KB163207

슈퍼 히어로 트라이얼

DX.5

이시부미 이치에이 지음
미야마 제로 일러스트
이승원 옮김

목차

표지 · 본문 일러스트
미야마 제로

그 날, 백화점은——— 복마전으로 변했다.

-『첫 쇼핑』에서-

Life.1 불사조, 부활하다?

리제빔이 이끄는 클리포트와 싸우던 시절의 일이다.

그 일은 급작스럽게 찾아왔다. 그 남자가 우리 집에 나타난 것이다.

"인간계의 공기는 영 피부에 맞지 않는군."

VIP룸 소파에 앉아서 그런 소리를 늘어놓은 건—— 라이저 피닉스다! 그렇다. 리아스의 약혼자였던 라이저가 찾아온 것이다.

"오라버니도 참. 거드름 피우지 말고 빨리 용건이나 밝히는 게 어때요?"

라이저의 여동생인 레이벨은 오빠의 태도를 보고 한숨을 쉬며 그렇게 말했다. 느닷없이 찾아온 라이저를 마침 집에 있었던 나, 리아스, 레이벨이 맞이했다.

겨우 셋밖에 모이지 않은 상황이니, 예전의 라이저라면……

"내가 이렇게 찾아왔으면, 리아스의 권속 전원이 모여서 맞이해야 할 것 아니냐!"

……같은 소리를 하며 인상을 썼을지도 모르지만, 지금은 개의치 않는지 별다른 반응을 보이지 않았다.

라이저는 어험 하고 가볍게 헛기침을 한 후, 다시 입을 열었다.

　"실은 슬슬 새로운 『권속』을 정할까 하거든. 그러니 협력해 줬으면 한다."

　라이저는 그렇게 말하더니, 품속에서 『비숍』 체스말 한 개를 꺼냈다. 사용하지 않은 체스말이다. 그렇다. 라이저는 자신의 『비숍』인 레이벨을 본인의 어머니에게 트레이드로 넘겼다. 그래서 현재 레이벨은 라이저 모친의 『비숍』이며, 라이저의 『비숍』 자리는 하나가 비어 있다. 즉, 라이저는 현재 모든 멤버를 갖추지 않은 것이다. 레이팅게임에 복귀할 라이저는 예정에 맞춰 본격적인 준비에 돌입하려는 것 같았다.

　그 준비 중 가장 중요한 것이 바로 새로운 멤버 확충이라고 생각한다. 멤버 한 명의 확충으로 게임의 전술이 바뀌는 세계인 만큼, 실제로 동료가 한 명 늘어나면 전략도 변한다. ……파워로 밀어붙이는 그레모리 권속의 상징인 내가 이런 소리를 하는 것도 좀 그렇지만 말이다.

　리아스는 고개를 끄덕이며 말했다.

　"새로운 권속을 정하려는 거구나. 협력하는 건 괜찮지만…… 뭐랄까, 당신답지 않은 제안이네."

　리아스는 당혹스러워했다.

　아무래도 리아스는 라이저가 새로운 여성 요원을 원한다고 여기는 것 같았다. 그리고 그런 일로 옛 약혼자인 자신에게 협력을 요청한 게 이해가 되지 않는 것이리라.

'하렘에 새로 들일 요원을 구할 테니, 예전 약혼자인 너도 협력해라.'──라고 말한 상황이나 다름없으니까 말이다. 리아스의 애인인 나도 좀 그냥 흘릴 일이 아니라고 생각했기에, 최대한 무난한 느낌으로 말했다.

"옛날 약혼자한테 새로운 여자를 구하는 걸 도와달라고 하는 것도 좀 그렇지 않아요?"

내가 그렇게 말하자, 라이저는 뜻밖의 말을 입에 담았다.

"으음. 뭐, 일단은 새로운 권속으로 여자를 뽑을 거다만⋯⋯ 요즘에는 남자가 한 명쯤 있어도 괜찮을 거란 생각도 들거든."

⋯⋯⋯⋯⋯⋯.

⋯⋯⋯⋯⋯⋯⋯⋯⋯⋯.

⋯⋯정말 뜻밖의 대답이라, 나는 머릿속이 새하얗게 변했다. 옆에 있는 리아스도 라이저의 말을 듣고 딱딱하게 굳어버렸다.

그리고 다음 순간, 나와 리아스는 동시에 외쳤다.

""뭐어어어어어어어엇?!""

당연했다! 다른 사람도 아니고 라이저가! 피닉스 가문의 삼남이자, 호색가 인상을 주는 그가! 권속 전원을 여자로 뽑아서 하렘을 실현한 그가⋯⋯ 남자를 권속으로 들이는 것도 괜찮겠다고 말한 것이다!

말도 안 돼, 말도 안 돼, 말도 안 돼, 말도 안 돼!

나는 혼란에 빠졌고, 머릿속으로 '말도 안 돼'라는 말을 연달아 외쳤다! 그 정도로 충격이 컸다! 내가 문득 레이벨을 보니까 ──눈알이 튀어나올 것만 같을 정도로 놀랐으며, 입까지 쩍 벌리고 있었다. 오빠의 말을 듣고 진심으로 놀란 것 같았다.

"오, 오, 오, 오, 오, 오, 오, 오오오오오오오오오오오오오라버니! 혹
시, 무슨 병이라도 걸린 건가요?! 이상해요! 정말 이상하단 말이
에요!"

여동생까지 저런 반응을 보이자, 라이저는 약간 언짢은 표정
을 지었다.

"……내가 남자 권속을 들이는 게 그렇게 이상한 거냐?"

"""응."""

라이저의 질문에 우리 셋은 한 목소리로 답하며 고개를 끄덕
였다. 그 모습을 본 라이저는 고개를 푹 숙였다.

라이저는 고개를 살짝 젓더니, 나를 손가락으로 가리키며 외
쳤다.

"아무튼! 적룡제, 효도 잇세이! 겨우 네 스케줄을 확보했다.
그러니 최대한 협력해 줘야겠다! 자아, 지금 바로 명계의 피닉
스령으로 전이하자!"

이리하여 우리는 한가한 오컬트 연구부 멤버 몇 명과 함께 명
계로 갔다.

　　──우리(나, 리아스, 레이벨, 달려와 준 교회 트리오와 코네
코, 개스퍼)가 전이 마방진으로 이동한 곳은 피닉스 가문의 성
이었다!

예전에 온 적이 있다. 방에 틀어박혀 나오지 않는 라이저를 밖

으로 꺼내기 위해서 이곳에 왔었다.

"공주님! 어서 오십시오!"

"아아, 레이벨 님! 걱정하고 있었습니다!"

피닉스 가문의 하인들이 레이벨의 곁으로 몰려왔다. 피닉스 가문의 여식인 레이벨은 이 성에서 일하는 이들에게 사랑받고 있는 것 같았다.

그리고 피닉스 가문의 일원인 다른 한 명은…….

"라이저 님, 일전에 드린 서류에 서둘러 사인해 주십시오."

"도련님! 일전의 공무를 독단으로 취소하시다니, 대체 뭘 어쩔 작정이신 겁니까!"

"다, 다들 좀 진정해라! 손님을 모시고 왔단 말이다! 일단 손님들부터 모셔라!"

라이저는 레이벨과는 대조적인 대접을 받고 있었다. 뭐랄까, 라이저다운 광경이기는 했다. 리아스도 이마를 짚으며 한숨을 내쉬었다. 만약 리아스가 라이저의 아내가 됐다면, 매일같이 이런 광경을 봤을지도 모른다.

……아니야! 리아스가 라이저의 아내가 될 리가 없어! 내가 아내로 삼기로 마음먹었거든! ……일단 그 일은 제쳐두기로 하고, 지금은 이곳에 온 이유부터 처리해야겠다.

우리가 라이저에게 안내를 받으며 복도를 걷고 있을 때, 그가 입을 열었다.

"실은 내일, 이 성은 새로운 권속을 뽑는 시험장이 될 거다. 효도 잇세이는 권속을 선정하는 심사위원 자격으로도 시험에 입회해 줬으면 한다."

……맙소사. 이것도 뜻밖의 요청이다. 자신의 권속을 뽑는 것에 협력해달라고 했으니, 적당한 이를 소개하거나 아니면 의견을 달라고 할 줄 알았다. 설마 이 성에서 권속을 뽑는 시험이 진행되고, 내가 심사위원이 될 줄은 생각도 못했다고!

라이저는 미안하다는 듯한 표정으로 리아스를 보며 말했다.

"리아스, 미안하지만 효도 잇세이뿐만 아니라 네 두 『비숍』도 협력해 줬으면 한다. 내가 이번에 모집하려는 권속은 『비숍』이거든. 그러니 그들의 의견은 참고가 되겠지. 하지만――."

"나는 심사에 참가하지 않는 편이 좋을 거야. ……스캔들이 날지도 모르잖아."

리아스는 라이저의 말에 그렇게 답했다. 라이저도 짤막하게 "미안하다." 하고 사과했다. 두 사람은 약혼자 사이였으며, 그 파혼은 명계에서 일대 스캔들이 됐다. ……뭐, 그 일에는 나도 얽혀 있지만 말이다. 두 사람이 약혼하는 자리에 쳐들어가서 리아스를 빼앗아간 장본인이거든.

그 후, 각종 미디어에서는 리아스와 내가 '신분의 벽을 넘은 사랑'을 해서 그런 결과로 이어졌다고 보도됐다고 한다. 그런 경위 때문인지 과거에 이런저런 일이 있었던 저 두 사람이 '라이저 피닉스의 권속 심사'에 사이좋게 동반참석 하는 건 미디어가 군침을 삼킬 듯한 먹잇감이다. 또 시끄러워질 게 틀림없다. 뭐, 옛 약혼자의 권속을 심사위원으로 삼는 것도 괜한 풍파를 일으킬 것 같지만……. 그 정도면 아슬아슬하게 괜찮은 걸까?

다들 그 점을 알고 있는 건지, 제노비아가 라이저에게 이런 질문을 던졌다.

"그런데 자기 권속을 뽑는데 잇세를 심사위원으로 삼는 건, 리아스 부장님의 옛 약혼자로서 심경이 복잡하지 않아?"

제노비아는 지당하기 그지없는 의견을 입에 담았다.

나도 그렇게 생각했다. 나는 라이저에게 사랑의 라이벌이다. 요즘 들어 통신 마방진으로 자주 이야기를 나누고 있지만, 나를 이렇게 중요한 시험의 심사위원으로 삼아도 되는 거냐는 의문이 황송하다는 생각과 함께 머릿속에 맴돌았다.

라이저는 고개를 돌리면서 말했다.

"큭! 그, 그저 적룡제의 지명도를 이용하려는 것뿐이다!"

아~「찌찌드래곤」인 내 이름을 이용해서 이 시험을 홍보하려는 건가. 그렇다면 이해가 된다.

하지만 레이벨은 웃음을 흘렸다. 그리고 장난스러운 미소를 머금으며 말했다.

"오라버니도 참. 솔직하게 이야기하는 게 어때요? ──잇세 님의 의견을 참고하며 같이 심사하고 싶다고 말이에요. 오라버니와 친분이 있는 남자는 잇세 님뿐이니까요."

레이벨이 그렇게 말하자, 라이저는 "시, 시끄러워!" 하고 고함을 지르며 얼굴을 붉혔다.

……나, 나는 라이저의 친한 지인인 거구나. 영광스럽게 받아들여야 할지, 복잡한 심경으로 받아들여야 할지 알 수가 없다. 그리고 나도 어떤 반응을 보이면 좋을지 짐작조차 되지 않았다.

아무튼 이 날, 우리는 내일 열리는 시험을 대비해 밤늦게까지 회의했다.

다음 날——.

피닉스령에서 맞이한 첫 아침. ……어젯밤에는 레이벨의 어머니도 나오셔서 우리를 환대하셨다. 라이저도 기분이 좋은지 음주가무를 즐겼다. 피닉스 가문의 현 당주님과 라이저의 두 형님은 일 때문에 이 성에 없었지만…… 그레모리 성에 머물 때보다도 더 융숭한 대접을 받은 것 같아서 긴장됐다.

나는 몸가짐을 단정하게 한 후, 제공받은 방을 나섰다. 그리고 창문을 통해 성 밖을 보니—— 성문으로 이어지는 엄청난 장사진이 눈에 들어왔다! 피닉스령만이 아니라, 명계 모든 지역에서 서류 심사를 통과한 참가자들이 이른 아침부터 모여든 것이다. 남녀를 따지지 않고 모집해서 그런지 남자 악마도 많았다. 종족 또한 인간형 악마를 비롯해 덩치 큰 수인(獸人), 그리고 마물이나 거대한 드래곤까지 있다!

……으, 으음, 자리는 하나뿐인데 이렇게 많은 이들이 모일 줄이야. 서류 심사를 통과한 자들만 모인 건데도 천 명은 가뿐하게 넘을 것 같았다. 저들을 여러 시험을 통해 거르는 것이다. 모집했다고 해도, 오늘 그 한 명이 뽑힌다는 보장도 없다. 주인인 라이저가 모든 참가자에게 NO라고 하면 그걸로 이 시험은 종료된다. 다음 기회에 권속을 뽑게 되는 것이다.

어찌 보면 당연했다. 현대의 상급 악마는 최대 열다섯 명의 권속만 둘 수 있다. 주어진 자리는 한정되어 있는 것이다. 게다가 마지막 한 자리인 만큼 신경을 쓰게 되리라. 나도 장래에 마지막 권속을 뽑게 된다면, 신중하게 뽑을 게 틀림없다.

그건 그렇고, 악마세계에서는 상급 악마와 하급 악마 사이에 큰 격차가 존재했다. 하급 악마에게 상급 악마의 권속이 된다는 것은 출세를 위한 크나큰 첫 걸음이다. 야심을 가진 자라면 누구라도 『이블 피스』를 차지하고 싶을 것이다.

"자아~, 빵이에요. 천계 특제 은혜~로운 빵이에요~."

……창문 밖에 잘 아는 천사가 보였다. 이리나가 줄 선 사람들에게 빵을 나눠주고 있었다. ……이런 데서 「이리나 베이커리」를 차린 건가?! 홈베이커리 천사는 어디든 출몰하는구나…….

……아무튼, 나한테도 이번 시험은 좋은 기회다. 장래에 상급 악마가 되어서 권속을 거느리고 싶다는 욕망을 지닌 만큼, 이런 시험에 심사위원으로 참가하는 것은 좋은 경험이 될 것이다. 라이저가 나와 비슷한 취향—— 하렘 마니아라는 점도 멋진 포인트다! 오늘 시험을 마음껏 즐겨 보실까!

"이것도 하렘 왕이 되려면 꼭 필요한 일이야! 열심히 심사해야지!"

——나는 그렇게 외치며 기합을 넣은 후, 집합 장소인 회의실로 향했다.

회의실에 모인 우리는 시험 내용과 각자 할 일을 마지막으로 확인했다.

　시험 자체는 피닉스 가문에서 진행하며, 라이저가 종합적으로 주도할 것이다. 우리 중에서 중요한 임무를 맡은 건 심사위원인 나, 아시아, 개스퍼다. 아시아와 개스퍼도 심사위원인 것은 『비숍』인 두 사람도 이 시험에 참가해달라고 주최측에서 요청했기 때문이다. 루키 중에서 최고로 손꼽히며 장래가 유망한 리아스 그레모리 권속에 속한 『비숍』이 심사위원인 것은 라이저로서도 바라 마지않는 일이리라.

　또한 내 참가는 필수 조건이다. 이 시험의 모집 과정에서 '심사위원으로 적룡제 효도 잇세이도 참가!' 라는 점을 강조한 것 같았다. 그러니 피닉스 가문으로서도 그 점만은 절대 양보할 수 없을 것이다.

　"잇세 님, 성 앞의 줄은 보셨나요? 실은 잇세 님께서 오신다는 말을 듣고 참가하신 분도 있는 것 같아요."

　레이벨이 그렇게 말했다.

　……아무래도 이런 시험에 굶주려 있던 악마에게, 적룡제란 존재는 본인인 내 생각보다 훨씬 영향력이 큰 것 같았다. 이미 내 권속 자리를 노리는 자가 남녀를 불문하고 많이 있는 것이다. 그들은 내가 상급 악마로 승격하는 것도 시간문제라고 생각하는 것 같으며, 이런 시험에 참가하는 것 자체가 의미가 있는 일이라고 여기고 있다. 즉, 피닉스 권속이 되면 만만세지만, 그러지 못하더라도 나에게 얼굴을 알려둔다면 장래성을 생각할

때 충분한 소득이라 보는 것이리라.

……우와, 권속 모집은 내 생각보다 훨씬 욕망으로 점철된 일대 이벤트구나. 아직 상급 악마가 될지도 알 수 없는데, 그들은 내 권속 자리를 차지하기 위한 경쟁을 시작했어! ……참가자들의 시선이 무시무시할 것 같아……!

"……조심하세요, 잇세 선배. 아마 유혹 작전으로 잇세 선배의 관심을 끌려는 여자 악마도 있을 거예요. 기정사실을 만든 후에 권속 악마로 삼아달라고 요구하는 건 의외로 흔한 일이에요."

코네코가 나에게 주의를 줬다.

……아하. 내가 여자에게 약하다는 것을 알고 유혹 작전을 펼치는 거구나! 여자의 육체로 나를 낚아서 내 장래의 권속 자리를 차지하려는 속셈이다! 그, 그런 것에는 흥미가 있기는 한데 말이야……!

"괜찮은 여자는 내가 차지할 거니까 꿈도 꾸지 마라!"

라이저가 나를 견제했다! 젠장! 나도 빨리 권속을 거느리고 싶어! 남이 하렘을 만드는 걸 옆에서 보기만 하는 것도 엄청난 고통이야!

리아스는 개요가 적힌 서류를 보면서 라이저에게 물었다.

"하지만 남자도 참가를 허락한 건 좀 놀랍네."

리아스의 말에는 나도 동의한다. 하렘을 실현한 남자가 마지막 한 자리에 남자를 넣어도 괜찮다고 생각할 줄이야. 친동생인 레이벨도 "정말 놀랐어요." 하고 리아스의 말에 동의했다.

라이저는 머리카락을 쓸어 올리며 쓴웃음을 흘렸다.

　"……하긴, 나답지는 않을 거야. 뭐, 나한테도 심경의 변화라는 게 찾아왔거든. ……리아스와 사이라오그 바알, 그리고 다른 루키 악마들을 보며, 선배인 나도 나름대로 이런저런 생각을 했지."

　……그래. 리아스와 사이라오그 씨는 루키즈 포라 불리고 있으며, 레이팅게임에 본격적으로 참전하지도 않았는데 주목받는 신인으로서 명계 안팎에 널리 알려져 있다. 현역 게임 플레이어인 라이저가 그 점을 신경 쓰지 않을 리가 없다. 장래에 그들이 게임에 참가한다면, 강적으로서 자신을 막아설 가능성이 크니까 말이다. 의식하지 않는 게 오히려 이상했다.

　라이저는 말을 이었다.

　"전원 여자로 팀을 꾸린다. 남자 『킹』이 그러면 자기 취향에 맞춘 것처럼 보이겠지만, 각자의 능력으로 서로를 보완해 준다면 어엿한 팀으로 충분히 기능하지. 나는 나름대로 취향에 따라 권속을 모았지만…… 상급 악마 사이에서는 딱히 드문 일도 아니야. 자신의 취향에 맞춰 권속을 맞추는 것도 상류층으로 태어난 이의 특권이라 할 수 있거든. ……이런 소리를 늘어놓고 할 말은 아니지만, 나는 요즘 들어 이런 생각이 들어. ──내 아랫세대는 권속과 주종관계 이상의 무언가를 쌓아가고 있다는 생각 말이야."

　라이저는 리아스를 쳐다보았다.

　"리아스라면…… 애정이겠지. 그레모리 일족이 권속을 아끼고 사랑한다는 건 명계에서도 유명해. 사이라오그 바알은 권속과 함께 커다란 야망── 꿈을 이루기 위해 나아가고 있어. 그런…… 뭐랄까, 방침이라고나 할까? 아니, 팀의 원동력이라고 하는 편이 옳겠군. 그런 것이 나── 나의 팀에는 없다는 느낌이 들었어."

라이저는 볼을 긁적이며 고백했다.

……방침, 꿈인가. 확실히 리아스와 사이라오그 씨, 소나 회장님도 꿈 혹은 목표를 품고 나아가고 있다. 그것이 우리의 지침이 되고 있으며, 팀의 원동력으로서 필수불가결하다.

라이저는 이어서 말했다.

"그런 의미에서, 신선한 에너지를 팀에 가져다줄 녀석이 필요한 거야. 가능하면 여자가 좋겠지만, 혁신을 가져다준다면 남자라도 괜찮지."

……이 사람은 정말 변했네. 처음 만났을 때는 짜증 나는 색골 귀족이라고 생각했지만, 만날 때마다 태도가 부드러워지더니 지금은 이런 말까지 입에 담게 됐다. 옆에 있는 레이벨도 손수건으로 눈가를 훔치고 있었다.

"……흑흑, 오라버니. 성장하셨군요. 동생으로서 너무 기뻐서 눈물이 다 날 정도예요. 그렇게 여자, 여자, 여자, 술, 돈, 여자였던 오라버니가 이렇게 변하시다니……!"

여동생의 고백을 듣고 라이저도 당혹스러워하는 것 같지만, 그는 상기된 목소리로 이렇게 외쳤다.

"차, 착각하지 마! 남자도 권속으로 받겠다고 말했지만, 경박

한 녀석은 안 받을 거다! 권속으로 삼을 거면 여자보다 무예와 공적에 흥미가 있는 철저한 무인 아니면 모난 구석 없는 초식남 이야! 내 여자들을 건드리는 건 절대 용납 못해!"

그런 소리를 늘어놓기는 하지만, 고압적인 태도를 취하지 않는 것을 보면 역시 많이 변한 것 같았다.

"그리고 '가능하면 여동생 캐릭터 요망'이라고 모집 요강에도 적어뒀어. 역시 레이벨이 빠져서 생긴 구멍은 같은 속성으로 메우고 싶거든."

라이저는 자신이 집착하는 바를 밝히며 그렇게 말했다. 다들 고개를 갸웃거렸지만, 나는 이해가 됐다! 그래, 역시 여동생 캐릭터는 좋지! 나도 오늘 그 점에 중점을 두며 심사할 생각이다.

그렇게 최종 확인을 마친 후, 드디어 시험이 시작됐다.

"내 권속이 되고 싶은 녀석은 이기고 올라와라! 나와 함께 레이팅게임의 역사에 이름을 남기자!"

"""오오오오오오오오오오오오!!"""

참가자 전원이 이 성의 넓은 정원에 모인 후, 라이저는 개막 선언을 했다. 그러자 참가자들의 힘찬 함성이 주위에 울려 퍼졌다.

……참가자들의 반응이 정말 뜨거운걸. 힘찬 함성에 피부가 따끔거릴 지경이야.

심사위원인 나와 아시아, 개스퍼는 정원에 설치된 자리에 앉아서 행사를 지켜보고 있었다. 아직 우리가 나설 차례는 아니다. 우선 각 시험을 통해 인원을 줄일 예정이다. 대략 두 자릿수까지 줄어든 후에 최종 단계에 들어갈 것이며, 그때 우리의 의견도 반영된다.

참가자들이 치른 시험은 근력 테스트를 비롯해 마력 적성, 체스말 적성(각 체스말과의 상성) 등, 다양하다. 정부에서 발표한 권속 악마의 평균 능력치에 맞춰 참가자들을 평가하는 것이다. 평균적으로 능력이 뛰어난 것은 필수 요소지만, 극단적으로 돌출된 능력도 높이 평가되는 것이 특징이다. 체력은 떨어지지만 마력이 압도적으로 뛰어나거나, 혹은 특유의 힘—— 세이크리드 기어를 소유했다면 다른 능력이 떨어져도 높이 평가된다. 즉, 권속 악마에게는 차별화된 힘도 필요한 것이다. 뭐, 이번 참가자는 대부분 악마이니 세이크리드 기어 소유자는 없겠지만 말이다.

레이팅게임은 팀 배틀이다. 팀메이트가 서로의 장단점을 보완해 줄 수 있다. 그러니 뛰어난 힘을 하나라도 지녔다면, 그것이 무기이자 어필 포인트가 된다.

……권속 악마의 평가 기준은 능력 위주지만, 일반 악마의 생활과 상급 악마 간 교류에서는 계급과 가문이 영향을 끼친다. 정말 복잡한 구조라니깐……. 그렇기 때문에 명계에서는 레이팅게임이 다양한 의미에서 주목을 받는 것이다. 평민 출신 악마에게 출세할 기회를 준다—— 같은 식으로 말이다.

——그리고 이것이 상급 악마가 일반적으로 행하는 권속 악

마 심사 풍경이기도 했다. 일단 레이팅게임을 주관하는 단체의 전속 시험관이 각 시험에서 엄격하게 체크한다. 그럼 그 시험관이 끝까지 심사하면 되지 않겠냐는 생각이 들지만, 마지막 심사는 주인이 될 악마가 직접 한다. 그리고 이번에는 라이저의 뜻에 따라 마지막 심사를 우리에게 맡긴 것이다. 시험관에게 전부 맡기는 악마도 있는 것 같지만 말이다.

그리하여 시험은 이 정원 곳곳에서 진행됐다. 환성이 들리는 곳도 있는가 하면, 낙담한 목소리도 들렸다.

이야~ 여러모로 배울 게 많은걸. 오호라……. 나는 메모장에 신경 쓰이는 부분을 적어뒀다. 이런 시험을 통해 권속을 정하기도 하지만, 리아스처럼 인연이나 직감에 따라 고르는 경우도 많다. 그 점은 악마에 따라 다를 것이다. 나는 한번 정도는 이런 시험을 개최해 보고 싶다. 나와 만날 인연이 없는 애가 내 권속이 되기 위해 찾아와줄지도 모르니까 말이다.

내가 그런 생각을 하며 흥미롭다는 듯이 시험을 관찰하고 있을 때——.

"저기~ 적룡제님 맞으시죠~?"

여성의 간드러진 목소리가 들렸다. 고개를 돌려보니—— 출렁대고 있는 찌찌가아아아아아아아앗! 대담할 정도로 가슴 앞섶이 풀어진 의상을 입은 관능적인 누님이 요염한 표정으로 나를 쳐다보고 있다.

나는 마른침을 삼킨 후, 찌찌를 주시하며 고개를 끄덕였다.

"아, 예. 제가 적룡제인데요……."

대답을 들은 그 누님은 기뻐하면서 나에게 다가왔다! 그리고 내 손을 잡더니, 자신의 가슴 쪽으로 가져갔다.

"저는~, 적룡제님의 왕팬이에요~. TV에서 처음 봤을 때부터 뭐랄까~ 가슴이 두근두근~ 콩닥콩닥~했다니까요~."

이 누님은 애교를 떨듯 말했다! 이, 이건, 미인계가 틀림없어! 이 여성의 눈동자에 어려 있는 건—— 사냥감을 노리는 암표범의 눈빛이야! 코네코도 아까 말했다! 벌써부터 내 권속 자리를 노리는 악마도 있을 거라고 말이다! 이, 이 누님도 장래에 내 권속이 될 속셈인 게 틀림없다!

머리로는 알고 있어! 위험한 상황이라는 걸 알고 있다고

하, 하지만⋯⋯! 이런 식으로 누님에게 대시를 받은 적이 없으니까! 처음이니까! 기뻐서! 무, 무심코⋯⋯!

"그, 그런가요! 이야, 부끄럽네요~!"

나는 금방이라도 침을 질질 흘릴 듯한 표정으로 헤벌쭉거렸다! 알고 있어! 머리로는 알고 있단 말이야! 하지만, 어쩔 수 없잖아! 이성이 이런 식으로 나에게 다가오는 일은 흔치 않다고!

본능이! 이런 일을 경험한 적 없는 남자의 본성이, 이성을 능가할 것만 같아!

그 누님은 내 손을 잡아끌었다.

"저, 저기~, 저쪽에서⋯⋯ 둘이서 이야기 좀 할래요⋯⋯?"

이 누님은 으슥한 곳을 손가락으로 가리키더니, 가슴을 흔들어대며 달콤한 목소리로 그렇게 말했다!

——기정사실!

그 단어가 머릿속을 스치고 지나갔다! 둘이서 뭘 하려는 거죠?! 기정사실이란 대체 뭘 하는 거예요?! 머릿속이 흥분으로 가득 찬 나는 금방이라도 기정사실의 정체를 확인하고 싶어졌다!

"잇세 씨! 안 돼요! 집에 돌아가면 잇세 씨가 좋아하는 찌찌가 많이 있잖아요!"

나와 마찬가지로 심사위원인 아시아가 나를 정신 차리게 하려는 것처럼 손을 잡아끌었다. 어쩌면 좋을지 몰라 당혹스러워하고 있을 때, 누군가가 내 손을 여성에게서 떼어냈다.

——그 사람은 바로 레이벨이었다.

내 매니저는 당당하게 우리 사이에 끼어들더니, 그 여성을 막아섰다.

"효도 잇세이 님은 이번에 심사위원으로 참석하셨을 뿐이니, 불필요한 접촉을 자제해 주세요. ——부정행위로 실격당하고 싶은 건 아니겠죠?"

레이벨이 의연하게 말하자, 그 여성도 "자, 잘못했어요~."하고 말하며 물러났다.

역시 유능한 매니저! 나를 사수해 줬다!

레이벨은 뒤돌아서더니, 나를 손가락으로 가리켰다.

"잇세 님도 참! 코네코 양이 조심하라고 말했잖아요! 적룡제 답게 좀 똑 부러지게 행동하세요! 이 자리에 리아스 님과 제노비아 씨가 없어서 정말 다행이에요. 있었다면 큰일이 났을 테니까요."

레이벨은 나에게 주의를 줬다. 면목이 없었다. 한심한 모습을 레이벨에게 보여주고 말았다. 하, 하지만 나를 유혹하는 여자 악마가 있다는 건 진짜구나. 아, 앞으로는 주의해야겠다……! 여성에게 약한 나에게 있어서는, 발리나 사룡보다 성가신 강적 이다!

참고로 리아스는 괜한 스캔들을 피하기 위해, 레이벨의 어머니와 다과회를 가지고 있었다. 제노비아는 각 시험내용이 궁금한 건지, 조금 떨어진 곳에서 참가자들을 지켜보고 있었다.

레이벨은 한숨을 내쉬더니, 마음을 다잡으며 입을 열었다.

"심사는 잠시만 더 기다려 주세요."

레이벨은 나를 비롯한 심사 위원에게 차를 내주고, 찻잔을 내려놓으며 말을 이었다.

"오라버니의 권속 중에는 이런 심사를 거쳐 권속이 된 분도 있답니다."

"아하~ 그렇다면 라이저 씨는 이런 시험을 여러 번 했겠네?"

내가 묻자, 레이벨은 미소를 지었다.

"케이스 바이 케이스라고나 할까요? 출장지에서 발견한 애를 권속으로 삼기도 했으니까요. 오라버니는 성격이 저 모양이지만, 억지로 전생을 시킨 적은 없어요. 다들 합의하에 권속으로 삼았죠."

아, 그럴 것 같기는 해. 라이저는 건방진 도련님 같기는 하지만, 악랄한 조건이나 방법으로 남을 강제로 자기 권속으로 삼는 타입이 아니다. 그것은 권속들을 보면 알 수 있다. 지금도——.

"라이저 님, 어떤 자를 권속으로 삼을 건가요?"

"또 여자애? 레이벨 같은 여동생 타입?"

"남자를 권속으로 삼을 거라는 게 진짜야?"

"진짜진짜?"

시험을 지켜보고 있는 라이저의 주위에 피닉스 권속의 여성들이 모여 있었다.

"어이, 너희도 시험을 관찰하는 게 어때? 저 중에 너희의 새로운 팀메이트가 있을지도 모르잖아."

라이저는 이런 상황에 익숙한 건지, 가볍게 한숨을 내쉬며 그런 식으로 주의를 줬다.

라이저 권속의 훈훈한 광경을 보며 내 마음도 훈훈해졌을 때, 정원 한편에서 격렬한 파괴음이 들렸다! 흙먼지가 피어오르더니, 진동이 여기까지 전해졌다! 게다가 한곳에서만 들린 게 아니다! 여러 곳에서 들려왔다!

갑작스러운 일이 벌어지자 나는 자리에서 벌떡 일어났다! 바로 그때, 리아스가 남들 몰래 내 뒤편에 나타났다!

"후후후, 아무래도 그들이 활약하고 있는 것 같네."

리아스는 의미심장한 말을 입에 담았다. 아무래도 무슨 일이 일어난 건지 알고 있는 것 같았다.

"뭐가 어떻게 된 거야?"

내가 묻자, 리아스가 답했다.

"실은 이번에 내 권속을 빌려주는 대신, 내 제안을 받아달라는 조건을 달았어."

제안? 내가 의아한 표정을 지은 순간, 귀에 익은 목소리가 들렸다.

"──후후후, 전력질주를 하는 저보다 빠른 사람이 있을 리 없죠!"

그렇게 말하며 맹렬한 속도로 정원을 뛰고 있는 사람과 새를 합친 듯한 기괴한 생물이 눈에 들어왔다!

──저, 저 녀석은 코베 출신인데도 나고야산 토종닭의 조인(鳥人)인 타카하시 스카이!

그렇다! 쿠오우 학원 테니스부 부장이자 마물을 사역하는 아베 키요메 선배가 거느린 조인이다! 세, 세 걸음만 걸으면 뭐든 다 잊어버리는 새대가리가 여기 있는 거지……?

하지만 충격적인 일은 그것만이 아니었다! 다른 시험에서는 목이 없는 갑옷기사가 테스트용 바위를 들어 올리고 있었다! 저 목 없는 갑옷기사도 본 적이 있다!

"저, 저건 듈라한인 노헤드 혼다! 내 친구, 혼다잖아!"

저 갑옷기사도 아베 키요메 선배가 거느린 마물이다!

──이번에는 갑자기 한기가 느껴졌다. 냉기가 정원을 감쌌다!

"우호호호오오오오오오오오오오오오오오!!!"

짐승의 포효와 함께 고릴라가 가슴을 두드리는 소리가 들렸다 ──. 그 소리가 들린 곳을 쳐다보니, 냉동 브레스를 뿜는 새하얀 고릴라가 보였다! 아니, 설녀── 고릴라다!!

──크, 크리, 아니, 고리스티!!!

새하얀 그림자는 하나만이 아니었다!

"우호호호호호(폭소)."

또 한 마리의 고릴라가 호쾌한 웃음을 터뜨렸다! 저건…… 아마 크리스티의 언니인 스테파니다! 고릴라 자매가 왜 이런 곳에 있는 거지?!

"고릴라! 고릴라! 새! 갑옷!"

나는 손가락으로 그 녀석들을 가리키며 그렇게 외쳤다.

리아스가 말했다.

"응. 아베 양한테서 부탁을 받았어."

『저기, 리아스 양. 내 마물은 악마의 권속으로 스카우트될 정도의 실력을 지녔을까? 혹시 기회가 된다면 시험해 보고 싶어.』

졸업을 앞둔 동급생의 부탁이기에, 리아스도 '기회가 생긴다면'이라는 조건으로 받아들였으며…… 마침 라이저가 권속 모집을 한다는 말을 듣고 참가할 수 있도록 손을 써 준 것이다!

"서류 심사가 면제되어도 어차피 탈락할 테니까, 기념 삼아 불러본 거야."

리아스는 그렇게 말했지만……!

"다들 느려 터졌군요! 제 속도를…… 그런데 저는 왜 여기 있는 거죠? 아니, 그래서 저는 자기 자신을 찾고 있는 걸지도 모르겠군요…… 후후훗."

조인은 고속으로 움직이며 자기 자신을 잊더니, 자기 자신을 찾는 사색에 잠기기 시작했다.

"…………."

그리고 갑옷기사는 거대한 바위로 공기놀이를 시작했다.

"우호호호호!!"

"우훗훗(땀)."

고릴라 자매는 냉기를 뿜으며 담소를 나누고 있었다.

확실히 시험은 간단히 통과할 수 있는 것 같았다!

"헤헷, 명계의 공기도 나쁘지 않은걸."

그리고 그런 말이 들리더니, 캇파가 거대한 물기둥을 만들어 냈다! 아~, 저 캇파도 눈에 익어!

"저건 샐러맨더 토미타 씨! 맙소사, 캇파까지 온 거야?!"

코네코가 동경하는 캇파 래퍼다! 어느새 내 곁으로 온 코네코가 말했다.

"……제가 추천했어요."

코네코는 엄지를 치켜들며 자랑스레 말했지만……. 추천……. 자기가 키운 오이로 초밥이나 만들라고 외치고 싶네……!

"바아아아아! 프으으으으을!!!!"

힘찬 기합을 내지르며 대전 상대 수십 명을 한꺼번에 날려버린 건── 사과 캐릭터 인형탈을 입은 누군가였다! 아, 저 마스코트 캐릭터는 바알령의 「바플 군」이잖아!

그 모습을 본 리아스가 미소를 지었다.

"사이라오그── 아니, 바플 군도 왔나 보네. 마스코트 캐릭터로 참가해 보지 않겠냐고 말만 해 봤어. 그도 이런 시험에 흥미가 있는 것 같았거든."

──진짜로 사이라오그 씨까지 온 거야?!

충격적인 일이 연이어 벌어진 바람에 내가 입을 다물지 못하는 가운데, 계속 진행된 시험은 드디어 최종 단계에 돌입했다.

"…………."

심사위원석에 앉은 라이저가 표정을 한껏 굳히고 있었다. 옆에 있는 나도 라이저가 언짢아하고 있다는 것이 느껴졌다.

각 시험을 통과하고 최종 단계까지 진출한 자들이 단상 위에 서 있었다.

왼쪽부터 타카하시 스카이, 노헤드 혼다, 크리스티&스테파니 자매, 샐러맨더 토미타, 그리고 바플 군이 서 있었다. 그야말로 차원이 다른 포진이다. 내가 이번 시험의 주최자라면, 주저 없이 도망쳤을 것이다. 하지만 자존심이 강한 라이저는 우리까지 불러놓고 도망칠 수도 없기에, 그저 인상을 굳힌 채 인내심을 발휘하고 있었다.

리아스도 자신이 부른 멤버들이 모두 시험을 통과할 줄은 몰랐는지 약간 당혹스러운 눈치다. 리아스는 장난꾸러기라니깐. 이 멤버들이라면 통과하는 게 당연하잖아. 하나같이 상상을 초월하는 존재들인걸…….

단상에는 마지막 시험 사회를 맡은 우리의 천사—— 이리나!

『으음~ 여러분! 주님께 기도는 했나요~?! 자아, 라이저 피닉스 씨의 「비숍」을 뽑는 심사도 드디어 최종 시험만 남기고 있습니다! 심사위원 앞에서의 어필 대결입니다!』

나와 라이저의 텐션이 바닥을 치고 있는 가운데, 이리나는 여전히 기운이 넘쳤다.

　라이저는 나에게만 들리도록 작은 목소리로 이렇게 말했다.

　"어이, 효도 잇세이. ……여, 여자가 한 명도 없다만…….."

　"아, 으음…… 저쪽에 고릴라가 있죠? 쟤는 암컷이에요."

　"…………인간계의 언어는 몰라. 내가 알아들을 수 있는 언어로 말해."

　"당신은 악마잖아요! 못 알아듣는 척하지 말라고요! 그러니까, 저 새하얀 고릴라는 암컷이에요."

　라이저는 아무 말 없이 손으로 얼굴을 가렸다. 그리고 침통한 목소리로 "……으윽." 하고 신음을 흘렸다. 정신적으로 대미지를 입은 것 같았다.

　"……참고로 어느 쪽이 암컷이지? 나는 분간을 못하겠거든."

　"양쪽 다 암컷이에요. 쟤들은 자매거든요."

　"……잠깐 울어야겠어."

　라이저는 손으로 얼굴을 감쌌다. 볼을 타고 반짝이는 무언가가 흘러내렸다. 하지만, 무정하게도 시간은 흘러갔다.

　『그럼 여러분, 어필 타임이에요~! 여동생 타입인 점도 어필해 주세요!』

　이리나가 그렇게 말하자, 지옥의 어필 타임이 시작됐다.

　우선 조인인 타카하시 스카이가 나섰다.

　"안녕하십니까. 으음, 피타고라스 가문의 시험이었나요? 아니, 갈라파고스 가문이었는지도 모르겠군요. 제 일족은 같은 계보인 이스터 섬에 당도—— 아, 토스터 섬이었을지도 모르겠군요. 그것보다, 저는 왜 태어난 걸까요……. 그리고 여동생 여부를 묻는 질문에는…… 음, 어려운 문제군요. 그래도 굳이 따지자면, 여동생 장르에 속한다 할 수 있을지도 모르겠습니다. 요즘 들어 여동생이란 장르는 점차 넓어지고 있으니까요. —— 계집 녀(女)와 끝 말(末)이 합쳐져서 누이 매(妹)라는 한자가 되죠. 꽤 깊은 의미가 있는 것 같지 않습니까?"

이미 목적은 고사하고 존재의의마저 잊은 이 새대가리는 어필을 시작하고 몇 분 만에 어딘가로 날아가더니, 두 번 다시 돌아오지 않았다.

"계집 녀와 끝 말이 합쳐져서 누이 매(妹)라는 한자가……. 역시 남에게 여동생 캐릭터라 불리는 것만으로 안주해선 안 되겠네요……!"

새가 아까 한 말에 감명을 받은 듯한 아시아는 그 녀석에게 높은 평가를 줬다.

2번 타자는 노헤드 혼다였다.

"…………."

그는 말을 하지 못하기 때문에 스케치북을 꺼내더니…… 만담을 시작했다. 개스퍼와 제노비아는 그 만담이 재미있는지 대폭소를 터뜨렸다. 우리는 쓴웃음만 지었다.

혼다는 친구이기에, 나는 주저 없이 높은 평가를 줬다. 이딴 시험에는 기준 같은 건 아예 없다고!

3번 타자는 캇파인 샐러맨더 토미타 씨었다.

코네코가 단상에서 가장 가까운 자리를 차지하며, 열렬한 팬다운 모습을 보였다. 마치 동경하는 연예인을 본 것처럼 눈도 반짝이고 있었다. 저 캇파의 어디가 고양이귀 소녀의 마음을 사로잡은 것일까…….

캇파는 마이크스탠드를 거꾸로 쥐면서 말했다.

『군이 따지자면 나는—— 한 줄기 바람이야. 바람의 요정—— 실프. ……여동생이 아니야. 귀엽다는 말과는 동떨어졌지. —— 나는 실프야. 덧없는 바람처럼 사라지는…… 하지만 그걸로 괜찮지 않을까? 여동생이란 건 말이야……! 영원토록 오빠의 곁에 있지는 않는다고. ——여동생은 실프인 거야.』

오이 농가 아들내미는 느끼한 목소리로 그렇게 말했다.

아니, 너는 불의 요정 샐러맨더의 이름을 지녔잖아!

『그럼 이제 들려드리겠습니다. ——신곡「캇파도 회전하지 않는 초밥집에서 일하고 싶어」.』

"……기다리고 있었어요!"

돌발 라이브가 시작되자, 코네코가 흥분을 감추지 못하며 감동의 눈물을 흘렸다. 코네코만을 위한 리사이틀이 시작된 것이다. 나는 코네코가 어떤 애인지 알다가도 모르겠어…….

4번 타자는—— 바플 군이었다.

단상에 선 사이라오그 씨—— 바플 군은 바알령의 특산물인 사과를 꺼내더니, 손으로 으스러뜨려서 주스를 만들었다.

바플 군은 갓 짠 주스를 라이저에게 건넸다.

"오라버님, 저를 뽑아주신다면 매일 갓 짠 주스를 만들어드리

겠사옵니다."

라이저는 그 말을 듣더니…….

"……으으. 나, 저딴 소리를 듣고 한순간 혹했어……."

지금까지 무대에 선 멤버들이 너무 문제가 많았기 때문인지 감성이 망가진 듯한 라이저는 사과 인형탈의 말을 듣고 가슴이 두근거린 것 같았다.

정신 차려, 라이저! 저 사람은 여동생이 아니야! 사나이 중의 사나이라고! 근육질 그 자체란 말이야!

하지만 사이라오그 씨라 나도 높은 점수를 주고 말았다……. 나도 그렇고 리아스도 그렇고, 그레모리 가문과 인연이 있는 이들에게 약하다니깐…….

마지막 타자는 바로── 암컷 고릴라!!! 최종 시험까지 남은 유일한 희망…… 아니, 절망! 이번 시험에는 남자보다 여자가 더 많이 참가했다. 하지만 뚜껑을 열고 보니 이런 참상이……. 끝까지 남은 참가자 중 여자는 이 설녀, 아니 눈고릴라 두 마리뿐이다! 현실은 잔혹했다.

한편, 라이저는 미간을 찌푸리며 고개를 푹 숙였다.

"우훗."

"우호옷(핵폭소)."

눈고릴라는 단상에서 갑자기── 냉동 바나나를 먹기 시작했다! 이 고릴라들에게는 무슨 말을 해도 의미가 없을 것이다──.

나는 라이저를 향해 이렇게 말했다.

"……저기, 라이저 씨. 일단은 저쪽에…… 얼굴이 완전 판박이라 구별이 안 되기는 하지만, 일단은 여자애에 여동생이란 조건을 충족하는 애가 저기 있긴 해요."

라이저의 관자놀이에 시퍼런 힘줄이 섰다.

"……문제는 그게 아니잖아……. 고릴라라고, 고릴라! 내 마지막 권속이 고릴라라는 게 말이 돼?! 다양한 속성을 지닌 여자 권속들 사이에, 고릴라가 딱 한 마리 있는 거라고! 백성들이 그 광경을 보면 어떻게 생각할까?! 응?! 어떻게 생각하겠냐고!"

"……고릴라네, 하고 생각하겠죠."

"고릴라야!! 그래, 고릴라라고! 새하얀 고릴라가 라이저 피닉스의 권속이 되는 거란 말이다! 네가 상급 악마가 되어서 마지막 권속으로 고릴라를 뽑게 된다면 어떻게 할 거야?!"

"그야 물론 거절해야죠! 냉기 뿜는 고릴라라고요! 그딴 걸 권속으로 뽑는 건 제정신 박힌 놈이 할 짓이 아니에요!"

"거봐! 너도 발끈하잖아! 고릴라를 권속으로 뽑는다는 건 바로 그런 거야!"

"게다가 저게 설녀래요! 저딴 게 이 세상에서 유일한 설녀란 말이에요! 하지만 고릴라 피닉스 같은 이름의 팀기술을 짜면 강할 것 같기는 하네요! 냉기와 업화의 융합이잖아요!"

"헛소리 마아아아아아아아앗!"

나와 라이저가 드잡이질을 시작했다! 주위에 있던 이들도 어이없어하며 나와 라이저를 말리려 하는 바로 그때, 누군가가 단상 위의 고릴라에게 말을 걸었다.

"언니들! 파이팅~!"

새하얀 소복 같은 옷을 입은 푸른 머리 미소녀였다! 나보다 한 살 정도 어려 보였다. 단상에 있는 고릴라를 즐겁게 응원하고 있었다. 고릴라들도 저 소녀를 향해 손을 흔들고 있었다!

""……저 미소녀는 대체 누구야?!""

주먹다짐을 멈춘 나와 라이저는 동시에 그런 말을 중얼거렸다. 양쪽 다 색골이라 그런지, 미소녀가 시야에 들어오자마자 싸움 같은 건 안중에도 없어졌다!

구석에서 상황을 쭉 지켜보고만 있던 피닉스 권속의 『퀸』 유베르나 씨가 우리에게 다가오며 이렇게 말했다.

"유년기의 설녀 같네요. 드문 일이군요. 저 나이면 보통은 우락부락한 체격의 털북숭이가 되는데……."

"——윽!"

나는 충격을 받았다! 맙소사! 눈고릴라는 어릴 때 저런 모습인 거야?! 그것도 저런 미소녀인 거냐고! 보아하니 크리스티 자매의 막내동생같네!

"라이저 씨……. 진짜 놀랍네요……. 어라, 없네?!"

나와 드잡이질을 하던 라이저는 어느새 내 옆에 없었으며, 고개를 돌려보니 아름다운 유년기 설녀의 곁으로 순간이동했다!

"너, 내 『비숍』이 될 생각 없어? 만약 된다면, 지금 나이에서 성장을 멈추도록 하지."

그리고 주저 없이 『비숍』의 체스말을 품속에서 꺼냈다! 권속으로 만들려는 거냐?!

"우호호호호호홋!"

"우훗훗훗(분노)!"

하지만 단상에 있는 두 고릴라는 허락할 수 없다는 듯이, 여동생에게 치근대는 불닭 자식에게 달려들었다!

"커억!"

라이저는 고릴라에게 두들겨 맞고 그대로 날아갔다! '우리의 귀여운 여동생을 넘보지 마!' 라는 의미가 담긴 한방이리라! 펀치를 맞고 날아간 라이저는 입가를 손으로 훔치면서 분노를 폭발시켰다!

"좋다! 고릴라와 피닉스의 정상 결전을 시작해볼까!!!"

피닉스 성의 정원에서 펼쳐진 것은—— 불사조라 불리는 일족의 남자와 얼음의 화신인 고릴라 자매의 대결이었다.

……이 상황을 본 우리는 서로의 얼굴을 쳐다보며 행사장 뒷정리를 시작했다……. 사이라오그 씨도 도와줬다.

결국, 라이저 피닉스의 『비숍』을 뽑는 선발시험은 그렇게 흐지부지됐다. 하지만 후일, 라이저는 눈고릴라 종족의 유년기 소녀에게 접촉해서, 권속 후보로 피닉스령에 데려왔다고 한다. 진짜로 그의 권속이 될지는 설녀 일족과의 교섭에 달렸지만…… 서두르지 않았다간 고릴라가 되어버릴 테니 빨리 손쓰는 편이 좋을 것이다!

집으로 돌아온 나는 불쑥 이런 말을 했다.

"……나도 설산에서 유년기 눈고릴라를 잡아보고 싶네."

코네코가 내 무릎 위에 앉으며 말했다.

"……고릴라 군단과 싸울 각오는 되어 있나요?"

"……그건, 피하고 싶어."

당분간은 눈고릴라를 보고 싶지 않사옵니다! 하지만 이번 일은 좋은 경험이 됐어! 언젠가 나만의 하렘 요원을 모집해 보고 싶은걸!

Unknown Dictator.

　모든 세력이 참가한 일대 이벤트── 레이팅게임 국제대회
「아자젤컵」이 개막되고 얼마 지났을 즈음이었다.

　피닉스 가문의 장남이자 차기 당주이기도 한 루발 피닉스에게
자신을 팀원으로 받아달라며 찾아온 남자── 인간이 있었다.

　체격이 좋고 근육질인 20대 후반의 백인 남성이었다.

　루발은 국제대회에 「불사조」 팀의 「킹」으로 참가하고 있으
며, 자신의 권속 이외에도 『불사신』, 『불사조』, 『영조(靈鳥)』
에서 유래된 자를 모든 세력에서 폭넓게 모집했다. 그리고 그를
매료할 능력이 있다면 위의 조건에 해당하지 않아도 개의치 않
았다.

　백인 남성은 시험 삼아 루발의 권속과 피닉스 가문의 정원에
서 실력을 겨루게 됐다.

　루발 피닉스는 명계에서 열리는 본래의 레이팅게임에서 프로
플레이어로 활약하고 있으며, 상위 10인 안에 들어간 적이 있
는 실력자다.

　그런 그의 권속 또한 일정 수준을 능가하는 능력을 지녔다.

　──하지만 백인 남성의 이능은 그들을 상회하는 파워를 지

닌 이질적인 능력이었다. 그는 주위에 존재하는 기계를 조종할 수 있었던 것이다.

그가 정원에 있는 거대한 조명기기를 향해 손을 뻗자, 조명이 달린 기계가 멋대로 움직여서 루발의 권속을 향해 눈부신 빛으로 비췄다. 루발의 권속은 그 빛 때문에 일시적으로 시야가 차단됐다.

그뿐만 아니라 백인 남성은 정원 한편에 주차되어 있던 피닉스 가문의 스포츠카를 자신의 곁으로 옮기더니, 형태를 변화시켰다. 그가 손을 대자, 차는 형태가 변하면서 여러 개의 포문이 달린 대포로 변했다.

그 대포에서 아우라 포격이 발사되더니, 루발의 권속 중 한 명을 쓰러뜨렸다.

그 남성은 대포로 변한 차를 자신의 몸에 두르듯이 형태를 변화시키더니, 거대한 강철 날개를 만들어냈다.

등에 달린 분출구로 아우라를 뿜으며 하늘을 나는 그 남성을 본 루발은———.

"강철 날개인가……."

즐거운 듯한 어조로 그렇게 중얼거렸다.

시험을 마친 후, 루발은 그 남성에게 이름을 물어보았다.

"내 이름은 매그너스 로즈야."

그 남성은 그렇게 말했다.

루발은 단도직입적으로 질문을 했다.

"너는…… 아니, 네 배후에 있는 자는 누구지?"

루발은 직감적으로 그가 어딘가에서 파견된 에이전트라고 추정했다. 그의 눈에 깃들어 있는 것은 옳고 그름—— 그 어느 쪽의 감정도 아니라, 임무에 따라 움직이는 자의 눈빛이었기 때문이다.

그 질문을 들은 백인 남성—— 매그너스 로즈는 웃었다.

"눈치가 빠른걸. 역시 레이팅게임 톱랭커 중 한 명이자 피닉스 가문의 차기 당주다워."

그 남자는 자신의 신분을 증명하는 것을 보여주며 이야기했다.

"나는 중앙정보국 소속이야. 그 안에서도 세이크리드 기어를 소유한 에이전트지. 이 대회를 직접 보고 오라는 상부의 지시가 있었어. 그래서 당신들을 찾아온 거야."

시험을 견학하고 있던 피닉스 가문의 삼남—— 라이저는 미심쩍은 표정으로 매그너스를 쳐다보았다.

"……CIA인가. 일단 3대 세력의 화평 및 협력관계는 미합중국도 양해했을 텐데, 그런데도 피닉스 가문과 교섭을 하러 올 줄은 몰랐는걸."

매그너스는 어깨를 으쓱했다.

"우리 쪽에도 이런저런 사정이 있거든. 마왕의 아들(리제빔)이 위법 피닉스의 눈물을 이용해 벌인 일이 미합중국에서도 문제가 됐어. 특히 마피아들이 그걸 유통하면서 문제가 커졌어. 그 조사도 맡게 된 거야."

루발이 입을 열었다.

"……위법 피닉스의 눈물인가. 몇 개가 인간계에 유출됐다는 사실은 파악하고 있었지만, 대처가 늦어져서 미안하다. 인간계에 괜한 피해를 줬군. ……그런데 그것만이 아닐 텐데?"

루발이 묻자, 매그너스는 고개를 끄덕였다.

"트라이헥사 소동은 얼추 정리가 됐다고는 해도, 미합중국에서도 무시할 순 없는 일이거든. 그 덕분에 당신들 같은 이형 및 초현실적인 존재에 대해 알게 된 인간계의 높으신 분들이 전전 긍긍하며 이능 연구에 힘을 쏟고 있어. 그 점에 대해서는 고맙다는 말을 하고 싶네. 우리 부서도 대대적인 자금 지원과 함께 상당한 기대를 받게 됐거든."

매그너스가 그렇게 말하자, 루발이 질문을 던졌다.

"이야기를 정리하자면, 사룡전역을 경험한 미국이 이형의 존재에 대비한 방어수단을 얻기 위해 이번 대회에서 정보 수집을 하고 싶어졌고…… 그 담당자가 너인 거지?"

매그너스는 고개를 끄덕였다.

"맞아. ──그럼 이 사실을 안 불사조 악마(페넥스)께서는 나를 어떻게 할 거지? 내 세이크리드 기어는 신종이거든. 온갖 기계를 조종할 수 있어. 전자기기도 가능하지."

루발은 빙그레 웃으며 말했다.

"기계를 조종할 수 있는 세이크리드 기어……. 확실히 처음 보는군. 무엇보다, 네가 아까 보여준 강철 날개는 상당한 퍼포먼스였어. 좋아. 우선 시합에 내보내면서 네 역량을 살펴보지. 보잘것없다 싶으면 첫 시합 이후로 팀에서 빼겠어. 어때?"

매그너스는 여유 넘치는 미소를 지었다.

"좋아."

"그리고——."

루발은 근처에 있던 강철로 된 잔해를 쳐다보았다. 그것은 몇 번에 걸쳐 형태가 변화됐던 스포츠카의 잔해였다. 원형을 유지하지 못하는 고철이 되고 말았다.

"이건 CIA에 청구하면 될까? 일단은 내 차…… 였거든."

매그너스는 말로 형용할 수 없는 표정을 지었다.

"……그건 봐줬으면 좋겠는걸. 상사한테 혼나거든. 대신 저 찻값만큼 나를 부려먹으라고."

라이저는 그 말을 듣더니 "……이상한 녀석이군." 하고 중얼거렸다.

이리하여, 강철 날개를 사용하는 남자—— 매그너스 로즈는 루발 피닉스가 이끄는 「피닉스」 팀의 일원으로 등록됐고, 대회에서 신종 세이크리드 기어의 힘을 뽐냈다.

매그너스 로즈—— 그가 바로 새롭게 지정된 롱기누스 『기계황자(언논 딕테이터)』의 소유자다.

Life.2 펜드래건 씨네 메이드 양

 그것은 새해 초의 일이다──.

 어떤 남자가 나에게 연락하는 매우 드문 일이 생겼다.

 나는 휴일에 쿠오우 학원 앞에서 그 남자를 기다렸다. 그리고 그 자리에 나타난 사람은 바로──.

 "적룡제. 기다리게 했습니다. 부디 이해해 주시길."

 진지한 목소리로 말하며 나타난 미청년── 아서였다.

 그렇다. 나는 아서에게 쿠오우 학원 안내를 부탁받았다. 하지만 평일에 했다간 다른 학생과 선생님을 방해할 것이기에 휴일이라도 괜찮다면 해 주겠다고 답했고, 오늘 안내하게 된 것이다. 이미 리아스와 아자젤 선생님에게 견학 허가는 받았다.

 "흠, 여기가 쿠오우 학원입니까."

 안으로 들어온 아서는 흥미롭다는 듯이 복도를 걷더니, 아무도 없는 교실 안을 주시했다.

 "안에 들어가 봐도 돼요. 허락을 받았거든요."

 내가 그렇게 말하자, 아서는 "그럼 실례하겠습니다." 하고 말하며 교실 안으로 들어갔다.

 나는 실내를 둘러보는 아서에게 말을 건넨다.

"그나저나 당신이 이곳에 와 보고 싶어 할 줄은 몰랐어요."

아서는 창가로 향하며 대답했다.

"어쩌면 제 동생이 다니게 될지도 모르는 학교니까요. 오빠로서 살펴보고 싶었습니다."

아하, 그렇구나. 나는 그 말을 듣고 납득했다.

실은 내년—— 4월부터 르페이가 이 쿠오우 학원에 다닐지도 모른다는 이야기가 있다. 아서 본인이 동생의 교육을 우려하고 있는 것이다. 한창 공부할 시기의 소녀가 학교에도 다니지 않고 남의 집에서 대낮부터 빈둥거리는 것도 좀 그렇다—— 같은 식으로 생각한 것이다.

……물론 르페이는 마법사이며, 또한 발리 팀의 일원이기도 했다. 평범한 생활은 어려울 것이다. 하지만 지금 환경——『D×D』멤버로 이 동네에 살고 있는 지금은 사정이 다르지 않을까?—— 하고 오빠인 아서는 생각한 것이다.

아마 테러리스트와 싸우면서도 학교에 다니는 그레모리 권속과 시트리 권속을 보고, 아서도 나름 생각한 바가 있는 것이리라. 아니, 이런 상황에서도 학교에 다니는 우리가 이상한 걸지도 모른다는 생각이 들지만……. 그래도 학생의 본분을 잊었다간, 싸움으로 점철된 하루하루를 보내게 될 것이다. 아무 일도 없을 때만이라도 평범한 일상—— 학창생활을 만끽하고 싶다. 즉, 아서는 르페이가 그런 생활을 했으면 하는 것이다.

당사자인 르페이는 학교에 다닐 수 있다면 다니고 싶다는 반응을 보였다. 게다가 정식으로 편입 시험을 치르고 이 학교에 다니겠다고 말했다. 그래서 아서는 여동생이 다니게 될 학교에 흥미를 가진 것이다.

한편 아서는⋯⋯. 손가락으로 창틀을 슥 훔쳐 보았다. 그리고 손가락에 묻은 먼지를 보더니, 안경을 고쳐 썼다.

"⋯⋯흠."

웃고 있지만⋯⋯ 뭔가 할 말이 있는 듯한 눈치였다. 아니, 창 틀에 먼지가 있는 것 정도는 봐달라고요!

"여, 여기는 좋은 학교예요. 이곳에는 우리나 일반 학생 말고 도 이능력자들이 신분을 숨기고 다니거든요. 그들도 이 학교를 호평⋯⋯하고 있다고 생각해요."

나는 무심코 존댓말로 그렇게 말했다. 발리 팀의 다른 멤버에 게는 존댓말을 쓰지 않지만, 이 사람과 단둘이 있을 때면 존댓 말을 쓰게 된다. 몸가짐이 단정하고 차분한 신사라서, 무심코 그러게 됐다.

──내가 허둥대고 있을 때, 내 핸드폰으로 문자 메시지가 왔 다. 리아스에게서 온 것이었다.

『영국에서 손님이 왔어. 르페이를 찾아온 것 같아.』

──윽.

나는 리아스의 문자를 보고 놀랐다. 르페이를 찾아온 손님? 그렇다면⋯⋯. 나는 아서를 쳐다보면서 일단 이 사실을 그에게 도 알렸다.

나와 아서는 학교 견학을 서둘러 마치고 우리 집으로 향했다.

아무래도 그 손님은 이미 집 안으로 들어왔는지, 거실 쪽에서 목소리가 들렸다. 그곳으로 가보니, 메이드복을 입은 여성과 포옹하고 있는 르페이의 모습이 눈에 들어왔다.

"일레인! 일레인이 이곳에 올 줄은 몰랐어요!"

평소 항상 차분하던 르페이는 반가움을 감추지 못하며 메이드 여성을 꼭 끌어안았다. 상대는 흑발 영국 여성이었으며, 나이는 얼추 20대 초반 같아 보였다. 긴 흑발을 하나로 모아서 묶었고, 몸가짐이 단정했으며, 숙녀다운 풍모를 지녔다.

그 여성은 르페이와 포옹을 나누며 미소를 머금었다.

"물론이죠, 르페이 님. 그것보다, 이제까지 연락을 드리지 못해…… 정말 죄송합니다. 당주님을 설득하는데 시간이 걸렸답니다."

메이드에게서 떨어진 르페이의 표정이 약간 어두워졌다.

"……그래요. 아버님이……."

메이드는 우리를 쳐다보았다.

"실례했습니다. 인사가 늦었군요……. 저는 펜드래건 가문의 메이드인 일레인 웨스트코트라고 합니다. 주로 르페이 님의 시중을 들고 있죠. 일본의 악마 여러분, 잘 부탁드립니다."

메이드—— 일레인 씨는 그렇게 말하며 다시 인사를 했다. 흠음, 펜드래건 가문의 메이드구나! 게다가 르페이의 시중을 들던 사람이네.

일레인 씨는 리아스에게도 인사했다.

"마왕 루시퍼의 여동생분을 뵈어 정말 황송하기 그지없습니다."

리아스는 미소를 지었다.

"너무 격식을 차릴 필요 없어. 그리고 르페이에게는 내 권속이 신세를 지고 있으니, 오히려 고맙다는 말을 하고 싶을 정도야."

리아스가 방금 말했다시피, 우리—— 특히 나는 르페이에게 신세를 지고 있다. 나도 나중에 일레인 씨에게 인사해야겠다.

내가 속으로 그런 생각을 하고 있을 때, 쿠로카가 내 옆에서 납득한 듯한 투로 혼잣말을 했다.

"아~ 그 소문이 자자한…….'

"응? 쿠로카, 너는 저 사람을 알아?"

내가 묻자, 쿠로카가 귓속말을 했다.

(르페이의 교육 담당이야냥. 저 사람도 마법사라고 들었어. 아마 마술결사——『황금의 여명단[골든 돈]』을 발족한 세 사람 중에서 웨스트코트란 사람의 계보를 잇는다고 들었던 것 같아.)

——윽.

……그것은 꽤 흥미로운 이야기다. 르페이가 발리 팀에 들어가기 전에 속해 있었다던 마법사 조직—— 골든 돈. 일전에 만났던 메피스토펠레스 씨가 이사로 있는 『회색의 마술사[그라우 차오베라]』와는 다른 조직이다.

게다가 일레인이란 이름의 이 메이드가 골든 돈을 발족한 인물의 계보를 이었다니…….

(거물의 피를 이었다는 거구나.)

　내가 작은 목소리로 혼잣말을 중얼거리자, 쿠로카는 고개를 끄덕였다.

(뭐, 르페이가 그 조직에 들어간 계기가 저 사람일 거야.)

　그런 인연이 있었을 거라는 건 충분히 짐작이 됐다. 실제로 그 조직과 르페이의 가문이 어떤 관계인지는 모르지만⋯⋯.

　내가 그런 생각을 하고 있을 때, 일레인 씨가—— 아서 앞에 섰다. 그리고 아서에게 인사를 한 일레인 씨는 이렇게 말했다.

　"⋯⋯아서 님도 변함이 없으셔서 안심했어요."

　아서는 여전히 미소를 짓고 있지만, 잠시 말을 멈춘 후에 입을 열었다.

　"⋯⋯예, 당신도 변함이 없어 보여 안심입니다."

　⋯⋯하고 대답한 후⋯⋯.

　"⋯⋯⋯⋯⋯."

　"⋯⋯⋯⋯."

　아서와 일레인 씨 사이에서 말로 형용할 수 없는 분위기가 감돌았다.

　⋯⋯⋯⋯어? 으, 으음, 아서는 펜드래건 가문의 장남이면서도 가문의 보검인 콜브랜드를 가지고 멋대로 집을 떠났고, 일레인 씨는 그런 가문을 모시는 메이드다. 두 사람은 당연히 아는 사이일 것이며⋯⋯ 서로에게 복잡한 감정을 안고 있으리라.

　하지만 우리 집에 사는 여자들은 나와 다른 반응을 보였다.

　"어머나."

"흐음, 꽤 재미있네."

"이거 혹시……?"

"뭐, 그런 걸지도 모르겠군요."

"……이머나!"

아케노 씨, 리아스, 이리나, 로스바이세 씨, 그리고 레이벨이 아서와 일레인 씨의 얼굴을 호기심 어린 눈길로 번갈아 쳐다보았다.

일레인 씨는 이 분위기를 불식시키려는 듯이 헛기침을 한 후, 르페이에게 물었다.

"……저기, 르페이 님. 르페이 님께서 계약하신 적룡제님은 어디 계시죠……?"

일레인 씨는 주위를 두리번거렸다. 아무래도 르페이가 적룡제와 마법사로서의 계약을 맺었다는 사실은 펜드래건 가문에도 전해진 것 같았다.

내가 바로 적룡제지만 얼굴을 모르는 것 같았고, 나와 키바, 개스퍼를 번갈아 쳐다보았다. 현 적룡제가 남자라는 점만 알고 있는 것 같았다.

우선 일레인 씨는 나에게서 시선을 거두더니, 개스퍼와 키바를 주시했다! 아무래도 나는 완전히 안중에 없는 것 같으며, 그 두 사람 앞으로 이동하려 했다!

하지만 르페이는 내 옆에 서더니, 일레인 씨에게 소개했다.

"아, 이분이 현 적룡제이신 효도 잇세이 님이세요."

"아, 안녕하세요. 제가 적룡제인 효도 잇세이입니다."

나도 일레인 씨에게 인사를 했다.

그러자 일레인 씨는…….

"…………."

허를 찔려 얼이 나간 것처럼, 아연실색한 표정으로 내 얼굴을 쳐다보았다. 그녀는 키바와 개스퍼를 다시 쳐다봤지만…… 두 사람은 난처한 미소를 지으며 "저는 적룡제가 아닙니다.", "저도 마찬가지예요……." 하고 딱 잘라 부정했다.

"으음……."

일레인 씨는 한동안 말을 잇지 못했지만, 겨우 상황을 이해한 건지 나를 향해 깊이 고개를 숙이며 사과했다.

"…………실례를 범했습니다. 상상했던 것과 다르게, 개성적인 분이라 어떤 반응을 보이면 좋을지 몰라 당황했을 뿐이에요. 드래곤의 파동을 당신에게서도 느꼈지만, 저기, 그러니까…… 죄송합니다!"

……아뇨! 저 같은 게 적룡제라서 저야말로 죄송합니다! 저보다 미남인 키바가 훨씬 적룡제 같아 보이겠죠!

일레인 씨의 말에 따르면 나에게서도 드래곤의 파동을 느꼈지만, 우리 집에서는 여러 드래곤의 힘이 느껴지기에 나는 그중 하나—— 평범한 드래곤일 거라 생각했다고 한다. 오히려 드래곤의 파동이 전혀 느껴지지 않으면서도 차분하면서도 듬직한 분위기를 지닌 키바, 혹은 귀여운 얼굴을 지녔지만 감도는 아우라에서 바닥을 알 수 없는 무언가가 느껴지는 개스퍼가 적룡제라 생각한 것 같았다.

……진짜로 그런 거야?! 그게 다가 아니라, 내 겉모습이나 면상을 보고 적룡제일 리가 없다고 생각한 거 아니에요?! 그래요! 나는 일반인 출신이라 위엄이라고는 눈곱만큼도 없는 적룡제라고요!

 내 마음을 파악한 리아스가 나를 꼭 안아줬다.

 "네 심정은 이해해, 잇세. 하지만 말이야……. 한 10년 후에 적룡제의 위엄을 살릴 겸 수염을 기르는 것도 좋을 것 같네."

 으으, 수염! 나는 그것도 나쁘지 않을 것 같다고 생각했다.

 ……그러고 보니, 이 집에는 힘을 억누르고 있기는 해도 무한이라 불리는 용신 오피스도 있고, 여러 드래곤과 계약한 아시아도 있다. 드래곤의 소굴이라 해도 과언이 아닌 것이다. 아무리 마법의 달인이라도 명확하게 기운을 읽지 못하더라도 이상할 게 없으려나…….

 일레인 씨는 헛기침을 한 후, 이번에 찾아온 용건을 밝혔다.

 "이 나라에 온 이유는 다름이 아니라, 펜드래건 가문의 당주님── 즉, 아서 님과 르페이 님의 부친께서 두 분이 어떻게 지내는지 살피고 오라는 지시를 내리셨답니다."

 리아스는 턱을 매만지며 물었다.

 "그건 아서와 르페이의 평소 생활을 살펴보고 싶다──는 것으로 알면 될까?"

 리아스가 그렇게 묻자, 일레인 씨는 고개를 끄덕였다.

 "예. 며칠 동안 이곳에서 신세를 지며 아서 님과 르페이 님을 살펴보고 싶어요. 정말 송구하지만, 이것도 펜드래건 가문의 뜻이라 여겨 주시면 감사하겠습니다.”

　리아스는 그 말을 듣더니 고개를 끄덕였다.

　“……영국의 명문인 펜드래건 가문의 자제들이 이곳에서 지내는 만큼, 나도 반대할 수는 없어. 특히 르페이는 이 집에서 홈스테이 중이기도 하니까 말이야.”

　리아스가 그렇게 말하자, 일레인 씨뿐만 아니라 르페이도 고개를 숙였다.

　“리아스 님, 감사해요!”

　“관대한 배려에 진심으로 감사드립니다. 마왕의 누이분, 그리고 권속 여러분에게 진심으로 감사드립니다.”

　일레인 씨는 고개를 들며 말했다.

　“그럼 우선 아서 님과 르페이 님이 가장 신세를 지고 계신 백룡황 팀 여러분들을 소개해 주셨으면 합니다만——.”

　일레인 씨가 그렇게 말하고 있을 때, 나는 아서가 어느새 모습을 감췄다는 것을 눈치챘——.

　“우선 청소부터 하죠! 이런 방에서 지낸다니, 정말 믿기지가 않는군요!”

　지하의 어느 방에서 일레인 씨의 외침이 울려 퍼졌다.

　일레인 씨에게 발리 팀의 멤버를 소개하게 된 가운데, 1번 타자는 바로 르페이와 항상 함께 다니는 쿠로카였다. 우리 집 지하에 있는 방에 두 사람을 안내하자…… 우리 눈에 들어온 것은 엉망인 실내였다.

르페이와 쿠로카는 넓은 방을 함께 쓰는데, 어느새 쿠로카가 이 방 전체를 차지하며 자기 물건으로 이 방을 가득 채웠다. 방 한편만 특이할 정도로 깨끗하게 정리되어 있었는데, 저곳이 르페이의 생활공간일 것이다.

이 광경을 본 일레인 씨가 바로 분노를 터뜨린 것은 어찌 보면 당연했다.

쿠로카── 그리고 나까지 동원해서 이 방을 대청소하게 됐다. 방 한가운데에는 탁자난로가 있으며, 그것을 중심으로 별의별 물건이 방 곳곳에 굴러다니고 있었다. 아무래도 탁자난로에서 생활하는 쿠로카가 손이 닿는 범위에 자기 물건을 둔 것 같았다. 본인 입장에서는 지금 배치가 탁자난로에서 생활하기에 딱 좋을지도 모른다.

"아~! 그 베개는 거기 두면 최고인데! 앗! 잠깐만! 상의를 거기 두면 딱 손이 닿는단 말이야냥! 옷장에 넣었다간 나중에 귀찮게 꺼내야 하잖아~!"

쿠로카는 방 안을 척척 정리정돈하고 있는 일레인 씨에게 항의했다.

본인에게는 최적의 배치일지 몰라도, 남들이 보기에는 그저 어지럽힌 방에 지나지 않는 것이다. 내가 봐도 너무 난장판이라는 생각이 들었다.

……내가 그런 생각을 하고 있을 때, 잡지 밑에서 훤히 비치는 팬티가 튀어나왔다! 이, 이건 십중팔구, 아니, 틀림없이 쿠로카

거야……. 이렇게 에로틱한 팬티가 차례차례 발굴됐다! 입었던 것을 대충 벗어서 방치해둔 것은 아니리라. 새로 샀거나 세탁하고 말린 것을 그대로 방치한 것 같았다. ……한 장 정도는 챙겨도 들키지 않을 거라는 번뇌에 사로잡혔지만…… 르페이와 일레인 씨 앞이니 그냥 보고 만지는 선에서 만족하기로 했다.

하지만 팬티는 있는데 브래지어가 하나도 없는걸……. 브래지어는 잘 보관하는 걸까? 쿠로카가 그럴 것 같지는 않은데…….

바로 그때, 쿠로카가 야릇한 미소를 머금으며 내 귀에 대고 속삭였다.

(나는 갑갑해서 브래지어는 평소에 안 해. 항상 안 하고 다녀. 요술이나 선술을 응용해서 브래지어를 안 해도 깔끔한 형태를 유지하거든. 그, 러, 니, 까, 지금도 노브라야냥.)

……쿠로카는 에로틱한 시선으로 나를 응시하며, 자신의 가슴을 강조했다!

노, 노브라! 저, 정말 멋진 말이다! 그러고 보니 우리 집에 사는 여자애들 중에는 노브라 파가 많아서, 고개를 돌릴 때마다 출렁출렁 거리는 찌찌에 계속 눈길이 향한다고! 감사합니다! 감사합니다! 선술과 요술 만세!!

그런 쿠로카에게 일레인 씨가 한마디 했다.

"쿠로카 님! 청소에 집중하세요! 르페이 님의 친구분께서 이렇게 어지러운 방에서 생활하시는 건 용납할 수 없습니다! 르페이 님이 물들기라도 했다간, 펜드래건 가문의 장래가 불안해질 거란 말이에요!"

"……하아, 알았어."

쿠로카도 투덜거리면서 빗자루를 잡고 다시 청소를 시작했다. 그리고 잠시 후, 우리가 신경 쓰인 듯한 코네코가 등장했다.

"……서도 도울게요."

코네코는 일레인 씨에게 "언니가 폐를 끼쳤어요." 하고 깊이 고개를 숙이며 사과했다! 흑흑! 코네코의 이런 갸륵한 모습을 보니, 나도 눈물이 날 것 같아!

"코네코, 도우러 와 줘서 고마워."

"저야말로 잇세 선배가 이런 쓸데없는 일에 휘말리게 해서 죄송해요."

나는 후배와 그런 대화를 나눴다. 쿠로카, 너도 코네코를 좀 본받으라고!

청소가 얼추 끝난 후, 일레인 씨의 맹공은 마침 이 자리에 있던 펜리르를 덮쳤다.

"이쪽은 팀메이트인 펜리르예요."

르페이는 전설의 마수—— 펜리르를 소개했다. 북유럽의 악신 로키가 창조한 마물이다. 신마저 잡아먹는 늑대로서, 여러 세력의 두려움을 산 존재였다.

발리는 그런 펜리르를 지배해서 곁에 뒀다. 그 이유는 바로 각 신화체계의 신과 싸울 때 교섭 도구가 될 거라고 생각했기 때문이다. ……하지만, 이 전설의 마수도 지금은 르페이가 돌보는 처지가 됐다. 몸집도 괴수 사이즈에서 대형견 정도의 크기로 줄였다. 그래도 몸에 두른 아우라의 질은 박력이 넘치며, 눈빛도 날카롭다. 가능하면 마주치고 싶지 않은 상대 중 하나다. 흉악한 송곳니와 발톱을 지닌 이 녀석에게는 우리도 고전했지…….

그런 펜리르와 마주선 일레인 씨는 상대방을 지그시 응시한 후…… 손을 스윽 내밀었다.

"손!"

…………전설의 마수한테 이런 짓을 하는 저 배짱은 정말 대단했다. 나도 저런 짓은 못한다. 바로 물어뜯길 것 같거든……! 이 녀석은 웬만한 인간보다 훨씬 머리가 좋다고! 자존심에 상처가 났다고 생각하며 공격을 일레인 씨를 공격해도 이상하지 않을 상황이다! 늑대니까 개 취급을 당하면 화낼 거라고!

그런 펜리르는…… 화내거나 표정을 바꾸지 않았지만, 르페이를 언뜻 쳐다보며 반응을 기다리고 있는 눈치였다. 아마 사이가 좋은 르페이에게 '이 상황에서 어떻게 하면 좋을까?' 하고 눈빛으로 묻고 있는 것 같았다.

르페이는—— 펜리르를 향해 고개를 숙였다.

펜리르는 고개를 옆으로 돌리더니, 투덜대는 듯한 반응을 보이며 일레인 씨의 손바닥에 자신의 발을 올려놓았다! 아아, 저 자존심으로 똘똘 뭉친 펜리르가! 애완견 같은 짓거리를 하고 어어어어! 사이가 좋은 르페이의 부탁이라 저러는 거야!

펜리르의 행동을 본 일레인 씨는 만족한 듯한 표정을 지었다. 펜리르의 머리를 몇 번이나 쓰다듬어줬다. 이 여자는 개를 좋아하는 것 같네.

"역시 르페이 님의 애완견이군요! 교육을 잘했어요! 이 한 치의 빈틈도 없는 태도는 파수견 역할도 충분히 해낼 것 같아 안심이 되네요! 그래도 펜리르란 이름은 너무 거창하지 않나요? ……존! 같은 이름이 어울릴 것 같은데…….”

“풉! 아하하하하하하핫! 존! 괜찮은 이름이야냥!”

일레인 씨의 말을 들은 쿠로카가 배꼽을 잡고 폭소를 터뜨렸다. 신을 잡아먹는 늑대한테 존이란 이름을 붙이는 거냐……. 그건 좀 너무한 것 같은데……. 뭐, 뭐어, 나도 웃음을 참느라 죽겠지만 말이야!

쿠로카는 눈물이 날 정도로 웃으면서, 존── 아니, 펜리르의 머리를 쓰다듬었다.

“이야~. 그냥 확 존으로 개명하는 편이 좋을지도 모르겠네.”

펜리르는 그런 소리를 늘어놓은 쿠로카의 손을 그대로 물어버렸다! 방금 그 말을 듣고 열 받은 것 같았다.

“끄아아아아아아아아아아아아앗! 뭐하는 거야, 존!!!”

“아우우우우우우우우우우우우우우우우우우!”

쿠로카는 손을 물려서 불같이 화를 냈고, 펜리르 또한 울음소리를 내며 분노를 터뜨렸다.

“어?”

이 사태를 초래한 일레인 씨는 이 광경을 보며 그저 의아한 표정을 지었다.

아, 이 사람은 깐깐해 보이지만 실은 푼수라는 사실을 나도 눈치챘다.

하지만 이대로 쿠로카와 펜리르가 싸우게 둘 수도 없다.

"쿠로카, 펜리르. 손님 앞이니까 좀 조용히 해. 그리고 여기는 우리 집이라고! 더부살이 손님답게 처신하란 말이야!"

나는 쿠로카와 펜리르 사이에 끼어들며 말렸다. ……뭐, 덕분에 쿠로카의 발톱이 내 얼굴을 할퀴고, 펜리르가 내 손을 물어 뜯었지만 말이다.

자, 발리 팀 중에서 쿠로카와 펜리르를 소개했으니, 남은 건 발리와 미후뿐이지만…….

그 녀석들이 가장 성가시다니깐. 언제나 함께 행동하는 그 두 사람은 행동을 예측할 수가 없어서, 아서보다도 더 보기 힘들다. 마음이 잘 맞는 건지, 그 두 사람은 좋은 콤비거든.

르페이는 발리 팀 전용 연락회선 마법을 사용했지만 요즘은 통 연락이 되지 않는 것 같았다. 쿠로카도 손을 절레절레 저으면서 "열 번에 한 번 연락이 되면 다행인 편이야냥." 하고 말하며 한숨을 내쉬었다.

일단 부재중 전화 느낌으로 연락 자체는 그 두 사람에게 전달이 된다고 르페이와 쿠로카는 말했지만……. 발리 녀석은 합동 트레이닝 때나 불쑥 모습을 드러내니까 말이야. 초대 손오공 할아버지와 모의전을 하는 모습을 한 번씩 보기는 해.

하지만 미후까지 일레인 씨 앞에 대령하는 건 어려우려나. 그 녀석은 초대 손오공 할아버지를 거북하게 여기니까, 트레이닝 때는 절대 나타나지 않는다.

아자젤 선생님의 이야기에 따르면, 두 사람은 라면을 먹으러 자주 도쿄에 온다고 하던데……. 그 녀석들은 진짜로 라면을 좋아하는 것 같지만, 맛있는 라면집에 간다고 해서 운 좋게 만날 수 있을 것 같지는 않아. 발리의 말에 따르면——.

"라면만큼 취향이 갈리는 요리도 없지. 라면은 쉽게 추천할 수 있는 음식이 아니야, 효도 잇세이. 같은 간장 라면이라도 맛은 천차만별이지. 전통적인 맛에 공감하는 자도 있는가 하면, 돼지기름이 잔뜩 들어간 간장 돼지뼈만 선호하는 자도 있어. 소금? 훗, 그건 2류의 발상이다. 효도 잇세이. 소금라면이야말로 라면의 본질을 알 수 있다는 건 아마추어의 생각이지. 간이 심심하다=마니아 취향이라는 착각이야말로 라면 업계에서 고쳐야만 할 과제라고 할 수 있어. 애초에 최근에 유행하는——."

……라고 한다. 별생각 없이 물어봤을 뿐인데 일장연설을 시작한 발리를 보고, 나도 당혹스러웠다. 나중에 아자젤 선생님에게 물어보니…….

『잇세, 그 녀석한테 그쪽 이야기는 하지 마라. 최종적으로는 레시피까지 늘어놓기 시작할 거다.』

……라는 말을 들었다! ……나는 내 라이벌의 취미 및 기호를 이해할 수가 없다…….

발리에 대해 생각하고 있을 때, 일레인 씨는 어찌된 건지 줄자를 꺼내서 르페이의 몸 곳곳의 치수를 재기 시작했다.

"흠. 여기도, 여기도, 여기도 성장하셨군요. 당주님과 사모님에게 보고를 드리면 참 기뻐하실 것 같습니다."

일레인 씨는 르페이의 스리 사이즈부터 다리의 굵기까지, 전부 세세하게 쟀다.

"저, 저기, 일레인! 그, 그런 데까지 잴 필요는……!"

메이드가 줄자를 자유자재로 구사하자, 르페이는 간지러운지 몸을 배배 꼬았다. 왠지 미세하게 에로스가 느껴지는걸!

르페이는 오빠인 아서가 걱정되어서 집을 뛰쳐나온 만큼, 집 안 사람들도 그녀를 걱정하고 있을 것이다. 연락용 마방진으로 집에 연락하는 모습을 본 적은 있지만, 귀국한 적은 없는 것 같다. 그러니 르페이가 얼마나 성장했는지를 수치로 정리해 부모님에게 보고하는 건 메이드의—— 일레인 씨의 배려일지도 모른다. 뭐, 딸의 스리 사이즈를 들어도 부모님은 당황스러울 것 같지만…….

그리고 생각에 잠긴 내 앞에 그 녀석이 난데없이 나타났다.

"르페이, 여기 있었구나."

바로 그때, 발리가 방 안으로 들어왔다. 여기가 자기 집이라도 되는 양 서슴없이 들어왔네! 이제 와서 따질 일도 아니지만, 그래도 이 녀석이 우리 집에 나타날 때마다 깜짝깜짝 놀랐다.

"아, 발리 님."

발리를 본 르페이가 그렇게 말했다. ——바로 그때, 일레인 씨의 한쪽 눈썹이 슬며시 올라갔다.

"……르페이 님, 이분은 누구시죠?"

"이분이 백룡황 발리 루시퍼 님이에요."

르페이가 소개하자, 일레인 씨는 발리 앞에 서서 그를 똑바로 쳐다보았다.

"당신이 백룡황……."

자신의 앞에 선 메이드를 본 발리 또한 일레인 씨에게 약간 관심을 가졌다.

"호오, 꽤 괜찮은 분위기가 감도는걸. 상당한 실력자 같군."

"당신이 아서 님과 르페이 님을 데리고 다닌다는 바로 그……."

두 사람은 서로에게 뭔가를 느낀 듯한 반응을 보였다.

"…………."

"…………."

두 사람은 아무 말 없이 서로를 응시했다. 분위기에 서서히 긴장감이 감돌기 시작하자, 나는 그런 분위기를 환기시키려는 듯이 물었다.

"그, 그것보다 발리! 무슨 일로 르페이를 찾아온 거야?"

발리는 한숨을 내쉬면서 이렇게 말했다.

"그게 말이야. 아서가 좀 이상한 것 같은데……. 뭐, 원인은 짐작이 되는군. 동향 사람이 이곳에 찾아왔으니 다소 평소와 다른 모습을 보이는 것도 이상할 건 없지."

"발리 님, 오라버니와 다른 분들은……."

르페이가 물었다. 이 자리에 없는 아서와 미후에 대해 묻는 것이리라.

발리는 고개를 저었다.

"아까 슬래시 독 팀과 만났거든. 미후 녀석이 그 팀의 『고양이』 술사랑 『매』 술사를 보자마자 실랑이를 벌였어. ……뭐, 그 녀석들은 툭하면 '루시드래, 루시드래' 소리를 하거든⋯⋯."

오오. 발리가 미간을 찌푸리는 모습은 흔히 볼 수 있는 게 아닌데 말이야. 슬래시 독── 이쿠세 토비오 씨가 이끄는 『D×D』서포트 팀이 발리와 다소 인연이 있다는 이야기는 예전에 아자젤 선생님께 들었다. ⋯⋯그런데, 루시드래가 뭐지? 발리를 말하는 건가⋯⋯? 으음, 모르겠네!

호랑이도 제 말하면 온다더니, 미후도 이곳에 왔다.

"⋯⋯아아, 모처럼 소문이 자자한 슬래시 독 팀과 만났다 싶더니, 나를 딱 보자마자 원숭이라고 부르잖아. 나는 원숭이 요괴가 맞지만, 그래도 다른 식으로 표현할 수 있지 않느냐고. 그쪽도 고양이와 매와 개 조련사나 다름없잖아!"

⋯⋯미후는 불만을 마구 늘어놓았다. 입을 삐죽 내민 채 독설을 쏟아내고 있었다. ⋯⋯이쿠세 씨의 팀과 무슨 일 있었던 걸까.

르페이는 짜증에 사로잡힌 미후를 일레인에게 소개했다.

"아, 이분이 미후 씨예요."

미후의 얼굴을 본 순간, 일레인 씨는 자신의 생각을 솔직하게 말했다.

"어머나, 참 볼품없게 생긴 분이군요!"

일레인 씨는 그 말을 입에 담은 직후, "아, 죄송해요." 하고 말하며 손으로 입을 막았다. 푼수끼가 있다고는 생각했지만, 이런 상황에서 그게 발휘된 거냐고!

다음 순간, 나와 쿠로카는 "풉." 하고 폭소를 터뜨렸다!

이야~, '볼품없게 생긴 분' 이래! 엄청난 평가네! 확실히 발리 팀 안에서는 이 녀석이 가장 야성적으로 생기긴 했어! 그래도 볼품없다는 건 좀 그렇잖아!

 미후는 방금 그 말을 듣고 얼굴을 새빨갛게 붉히더니, 불같이 화를 내기 시작했다.

 "뭐야?! 오늘은 초면인 사람한테 볼품없게 생겼니, 원숭이니 같은 무례한 말을 듣는 날인 거냐고!"

 "뭐, 너는 볼품없게 생긴 원숭이가 맞잖아."

 쿠로카가 그렇게 말하자, 펜리르도 그 말을 긍정하듯 고개를 끄덕였다.

 "너희까지도 그딴 소리를 하는 거냐?! 나, 화났다고! 당분간 라면 투어는 혼자 다녀, 발리이이이이잇!"

 너무 열 받다 못해 울상을 지은 미후가 이 방을 뛰쳐나갔다.

 르페이는 쓴웃음을 지으며 일레인 씨에게 말했다.

 "으음, 제가 소속된 팀의 멤버는 이걸로 전부 다예요. 나중에 곳군도 소환해서 소개해드릴게요."

 르페이의 말을 들은 일레인 씨는 고개를 끄덕였다.

 "예. 소문으로 들었던 것보다 훨씬 안심이 되는 분들이라 다행이에요."

 일레인 씨는 발리 팀의 멤버가 르페이에게 나쁜 영향을 주지 않을까 걱정한 것 같았다. 아마 펜드래건 가문 사람들도 같은 생각이리라. 전직 테러리스트인 백룡황 팀에 속해 있다는 것은 가문에서 쫓겨나도 이상하지 않을 일인 것이다. 그런데도 여전히 발리 팀에 있는 딸을 진심으로 걱정한 거겠지.

발리 일행의 얼굴을 본 일레인 씨도 약간 안도한 것 같았다. 뭐, 처음 만났을 때는 발리도, 미후도, 쿠로카도, 아서도, 펜리르도, 분위기가 사악했지만 말이다! 하지만 만날 때마다 그런 분위기가 줄었다. 누구의 영향일까? 아자젤 선생님의 영향인가? 아니면 정세의 변화에 따라 심경에 변화가 생긴 걸까? 내⋯⋯『찌찌드래곤』의 영향이라고 말하는 사람도 있는데 말이다.

"⋯⋯그래. 나는 혼자서 라면가게에 가야 하는 건가. 뭐, 때로는 그것도 괜찮겠지."

약간 쓸쓸해 보이는 발리의 뒷모습이 내 눈에 들어왔다.

"⋯⋯나라도 괜찮다면 같이 가 줄게."

내가 그렇게 말하자, 발리는 고개를 저었다.

"훗, 라이벌에게 신세를 지는 것도 좀 그렇거든. 뭐, 정 안 되면 컵라면이라도 먹으면 돼."

⋯⋯건강에 나쁜 식생활인걸. 금욕적인 생활이 강함으로 이어지는 건가? 뭐, 몸에 좋은 식사도 중요하다고 보는데 말이야.

그런 발리의 모습을 본 나는 모든 요인이 복합적으로 합쳐지면서 지금의 발리 팀이 만들어진 것은 아닐까?——라고 생각했다.

일레인 씨가 쿠오우쵸에 머물기 시작하고 며칠이 지났을 즈음의 일이다.

르페이를 거실로 부른 아서는 다른 사람들이 지켜보는 가운데, 동생에게 선물을 건넸다.

"르페이, 이건 제가 당신에게 주는 선물입니다."

아서는 여동생에게 커다란 봉투를 건넸다.

"저한테요?"

르페이는 오라버니가 고개를 끄덕이자, 그 봉투를 열어보았다. 그리고 안에 있는 것을 꺼내 보니―― 그것은 바로 쿠오우 학원의 교복이었다!

"와아!"

르페이는 환한 표정으로 여학생 교복을 손에 쥐더니, 뛸 듯이 기뻐하며 그 자리에서 빙글 돌았다. 이렇게 기뻐하는 르페이는 처음 본다.

"오라버니, 이건……!"

아서는 르페이를 향해 미소를 지었다.

"예. 성급한 행동일지도 모르지만…… 르페이라면 시험도 간단히 통과할 수 있을 테니, 합격을 기원하는 부적 삼아 미리 준비했습니다."

흐음~! 아서는 르페이의 교복을 이미 준비했구나! 성급한 오빠지만, 여동생에게 교복을 선물한다는 건 꽤나 센스 있는 짓인 것 같았다!

"용케도 사이즈를 알았네."

리아스가 그렇게 말했다. 확실히 오빠라고는 해도 남자인 아서가 여동생의 옷 사이즈를 안다는 것은 의아했다.

아서는 안경을 고쳐 쓰면서 일레인 씨를 쳐다보았다.

"……직접 잰 사람이 있으니까요. 그 사람이 같이 가게에 가서 치수를 말해 줬을 뿐입니다. 비용은 물론 제가 냈습니다."

"저는 아서 님의 부탁을 들어드렸을 뿐인지라……."

일레인 씨는 고개를 슬며시 숙였다. 그리고 아서와 일레인 씨는 서로를 쳐다보며 미소 지었다.

…………

나는 그 모습을 보고 뭔가를 눈치챘다. 정확하게는…… 며칠 전 우리 집의 여자애들이 눈치챈 것이 바로 이것일지도 모른다.

나는 신경이 쓰인 나머지 르페이에게 물어보았다.

"……저기, 르페이. 아서와 일레인 씨는……."

르페이는 미소 띤 얼굴로 두 사람을 바라보며 말했다.

"……예. 두 사람은 서로를 마음에 두고 있어요."

──윽!

……역시 그랬구나. 르페이는 말을 이었다.

"하지만 두 사람은 신분이 다르기 때문에, 아무리 본인들이 서로를 사랑하더라도 펜드래건 가문으로선……. 오라버니는 맞선 상대가 줄을 잇는 상태였지만, 일레인 이외의 여성에겐……."

르페이는 낮은 목소리로 그렇게 말했다.

하지만 그 마음을 아버지인 현 당주가 눈치챘다면, 일레인은 펜드래건 가문에서 쫓겨날 것이 뻔했다. 하지만 아서가 가문에 남아 있다간 언젠가 들키고 말 것이다. ……결국 아서는 끝없이 강해지고 싶다는 오랜 꿈을 이루기 위해, 보검인 성왕검을 들고 펜드래건 가문을 뛰쳐나온 것이다.

그래. 아서가 가출한 건 강해지고 싶다는 야망 말고도 그런 이유가 있었구나…….

젠장! 알면 알수록 미워할 수 없는 상대네! 좋은 오빠인 걸로 모자라, 사랑하는 사람을 배신하고 싶지 않아 이런 행동까지 벌인 거라고!

하지만 가문의 방침에서 도망치고 있다고도 할 수 있는 건가. ……귀족으로 태어난다는 것만으로도 운명에 농락당하게 되는 걸지도 모르겠네.

하지만 말이야! 신분이 벽을 넘어선 사랑이란 건 언젠가 이뤄질 수 있어! 나도! 나 같은 녀석도 리아스와 연인이 됐잖아!

르페이는 빙그레 웃으며 말을 이었다.

"괜찮아요. 오라버니라면 분명 일레인과 함께할 방법을 찾아낼 거예요. 그저 아무 생각 없이 집을 뛰쳐나온 것도 아닌 것 같으니까요……."

……아서에게도 생각이 있는 거구나. 그래. 아서는 나보다 훨씬 머리가 좋아. 그렇다면 이 상황도 분명 타파하고, 일레인 씨와 함께할 수 있을 거야! 젠장! 아서는 남처럼 여기지 못하겠네! 나도 아서와 일레인 씨를 몰래 응원해야겠어!

나는 그렇게 생각했다.

아서의 선물 증정이 무사히 끝난 후, 일레인 씨가 귀국하는 때가 왔다.

"그럼 여러분, 짧은 시간 동안이지만 신세 많이 졌습니다. 르페이 님과 아서 님을 앞으로도 잘 부탁드립니다."

일레인 씨는 고개를 깊이 숙였다. 다른 이들은 각각 마지막 인사를 나눴다.

나는 지금까지 궁금한 점이 있었기에, 일레인 씨에게 은근슬쩍 물어보았다.

"……저, 저기, 저는 르페이의 계약 상대로 합격인 건가요?"

일레인 씨는 턱에 손을 대더니, 표정을 굳히며 이렇게 말했다.

"이 집에 머물면서 관찰해 본 결과…… 자신의 욕망에 매우 충실한 분이라는 생각이 들었어요."

…………진짜 짠 평가네! 확실히 나의 색골 면을 너무 많이 보여준 걸지도 몰라! 쿠로카의 팬티에서 눈을 떼지도 못했고, 일레인 씨가 르페이의 치수를 잴 때도 엉큼한 시선으로 쳐다봤어! 그것 말고도 짚이는 구석이 너무 많아!

내가 그렇게 생각하며 반성하고 있을 때, 일레인 씨가 대뜸 환하게 웃으며 말을 이었다.

"──하지만, 타인을 배려할 줄 아는 상냥한 분이라고 느꼈어요. 한집에 사는 사람의 방을 청소할 때도, 지인들의 싸움을 말릴 때도 직접 나서는 모습을 보며 감복했죠. 충분히 합격점이라 여겼어요."

──윽!

……나의 그런 면도 살펴보고 있었구나. ……이야, 두 손 두 발 다 들겠네. 그런 세세한 부분까지 지켜보고 있는 줄은 몰랐거든.

일레인 씨는 다시 나에게 인사를 했다.

"앞으로도 르페이 님을 잘 부탁드립니다. 앞으로의 평가 여하에 따라, 르페이 님과 아서 님도 펜드래건 가문으로부터 인정을 받을 수 있을 거라고 생각하니까요……."

나는 손을 내밀며 힘찬 목소리로 말했다.

"예! 물론 최선을 다하겠어요!"

나와 일레인 씨는 악수를 나눴다.

이리하여, 느닷없이 우리를 찾아온 펜드래건 가문의 메이드는 돌아갔다.

르페이와 아서, 펜드래건 남매를 조금 더 알게 된 것은 크나큰 수확처럼 느껴졌다!

Collbrand.

레이팅게임 국제대회 「아자젤컵」 예선이 끝나고 얼마 후——.

영국 모처——.

아서 펜드래건은 본가인 펜드래건 가문의 저택을 오래간만에 찾았다.

성왕검을 들고 집을 뛰쳐나간 것으로 모자라 한때 테러리스트 집단에 들어갔던 아서를, 당주인 그의 아버지는 아무 말도 없이 맞이했다.

테라스의 테이블에 아버지와 아들이 앉아서, 홍차를 마셨다. 그리고 한동안 침묵이 감돌았다.

먼저 입을 연 사람은 아버지인 펜드래건 가문 당주였다.

"졌다면서?"

"……예."

레이팅게임 시합에 관한 말이었다. 아서가 유일하게 패배한 시합——『리아스 그레모리』 팀과의 일전을 언급한 것이다.

당주가 말을 이었다.

"상대는 바스코 스트라다……. 그 초인이 상대였으니 어쩔 수 없었다고 생각해야 할지, 아니면 어리석은 아들이 그런 수준에 이른 것을 칭찬해야 할지, 심정이 복잡하구나.”

당주는 홍차를 한 모금 마신 후, 이렇게 말했다.

“실력으로는 나를 옛날옛적에 뛰어넘었던 너에게 이제 와서 무슨 말을 해 본들── 같은 생각이 들기는 하지만……. 흔한 말에 불과하더라도 일단 들어둬라. 콜브랜드는 최강의 성검이라 불리지만, 그래도 인간이 사용하는 도구에 지나지 않는다. 그것은 다른 성검이나 마검도 마찬가지. 쓰는 자의 실력에 따라 지고의 검도, 평범한 강철 덩어리가 될 수도 있다.”

“……저의 기량이…… 재능이 부족하다는 겁니까?”

아서가 그렇게 말했다.

당주는 슬며시 미소를 머금었다.

“너에게는 여유가 없다. 어릴 적부터 자신의 재능을 너무 심각하게 생각한 너는 그 탓에 가문을 뛰쳐나갔고, 무사수행이라는 명목 하에 나쁜 짓도 했지. 하지만 그런 나쁜 짓 덕분에 이 집에서 지내던 시절보다는 좀 놀 줄도 알게 된 것 같구나. 악우들 영향이려나?”

“재능에 여유를 가지라는 겁니까?”

“인생에 여유를 가지라는 거다. 너는 차기 자신이 콜브랜드라고 생각하는 것 같구나. 자신의 재능과 존재의의가 성왕검 그 자체라고 생각하지?”

“──윽.”

아서는 아버지의 말에 정곡을 찔린 느낌을 받았다.

당주는 말을 이었다.

"현 적룡제는 자신의 몸에 깃든 드래곤의 능력만으로 강해진 건 아닐 거다. 이성에 대한 관심 등이 상승작용을 이룬 결과, 지금 같은 평가를 받고 있는 거라고 들었지. 네가 지닌 재능에도 한계는 존재할 거다. ——그렇다면 다른 무언가 혹은 인생의 경험을 통해 강해질 수밖에 없을 테지. 너의 친구인 백룡황도 파스타를 매우 좋아한다면서?"

"그건 단순히 음식을 밝히는 거라고 생각합니다만——."

당주는 아들의 말을 끊듯 손가락으로 아서를 가리키며 말했다.

"샛길로 빠지는 것도 나쁘지 않다는 말이다. 참고로 홍차는 취미로 여기지 마라. 영국 신사의 기본 소양이니까 말이지. 그것 이외의 다른 걸 찾아보는 거다. 우선 르페이와 함께 쇼핑이라도 해 보는 게 어떻겠느냐? 뭐, 간단히 말해 검을 잊고 지내는 시간을 늘리라는 거다. 그러면 마음이 가벼워지며, 검에도 여유가 생길 거다. 속는 셈 치고 한번 해 봐라. 그게 전대 콜브랜드 소유자로서의 조언이다."

아서는 옛날부터 아버지와 사이가 좋지 않았다. ……아니, 가치관 자체가 다르다고 느꼈다.

하지만 방금 그 말에서는 공감하는 바가 있었다.

자신의 재능과는 다른 면에서, 성왕검을 접한다……. 아니, 성왕검이 아니라, 자기 자신의 다양성을 찾아라——.

당주는 갑자기 종을 흔들어서 메이드…… 일레인을 불렀다. 아서는 일레인과 시선이 마주쳤다. 일레인은 미소를 지으며 고개를 숙였다.

당주가 일레인에게 말했다.

"일레인, 그 자료를 가져와라."

"예."

잠시 후, 일레인은 종이로 된 자료 다발을 가지고 왔다.

당주는 아서에게 그 자료를 건네며 말했다.

"너에게 부탁할 게 있다. ……아니, 정확하게는 백룡황 일행과 『D×D』에 부탁하는 거지."

그 자료에는—— 영국 왕족의 비밀 정보가 실려 있었다.

당주는 자료를 살피는 아서에게 말했다.

"드디어, 왕족이 안고 있던 비밀을 털어놓더구나. 다섯 개의 세이크리드 기어가 신규 롱기누스로 등록된 건 너도 알고 있을 거다."

"예. 레이팅게임 대회에서도 롱기누스 소유자들이 활약하고 있죠. ……흠, 그중 하나인가요."

"——롱기누스 『알페카 타이런트』, 성가시기 짝이 없는 세이크리드 기어인 것 같구나. 예전부터 그리고리와 천계에서 포착을 하고 있었던 것 같다만, 왕족과 영국 정부는 그 정보를 은닉해 왔지."

"……하필이면 왕족과 연이 있는 가문 출신이 그 롱기누스를 지닌 거군요."

"폐하의 일족이 아닌 게 불행 중 다행이라 여겨야겠지."

"……이 능력자를 저희에게 맡기고 싶다는 겁니까?"

"『D×D』의 멤버 중 대부분이 대회에 출전 중이니 시간이 한정되어 있겠지만, 되도록 서둘러 손을 써주면 좋겠구나."

"제가 할 수 있는 건 그들에게 정보를 제공하는 것뿐입니다만…… 어떻게 될 겁니다. 그 어떤 일도 극복하며 여기까지 온 이들이니까요."

당주는 홍차를 마시며 태연한 어조로 말했다.

"이 일을 원만하게 처리한다면, 일레인과 네 사이를 인정해 줄 수도 있다."

아서와 일레인은 그 말을 듣고 동시에 눈을 동그랗게 뜨더니 —— 말뜻을 이해하자마자 얼굴을 새빨갛게 붉혔다.

일레인은 떨리는 목소리로 허둥지둥 말을 늘어놓았다.

"주, 주인어른. 무, 무무무무무무, 무슨 말씀을 하시는 건지 모르겠습니다만……!"

아서도 떨리는 손으로 안경을 고쳐 썼다. 그는 귀까지 새빨갛게 달아올랐다.

당주는 말했다.

"한때는 테러리스트 집단에 속했던 어리석은 자식이지만, 지금은 다양한 세력에 연줄이 생겼지. 발리 루시퍼와 효도 잇세이, 르페이에게 감사하거라. 아들과 딸이 『D×D』에 속해 있을 뿐인데, 나는 초현실적인 세계를 알게 된 정재계의 권력자들로부터 설명을 요구받게 됐으니까 말이다."

테러리스트 대책팀 『D×D』는 초현실적인 세계를 아는 인간들에게 큰 영향력을 지니고 있다. 그런 조직과 연줄이 있다는 것만으로도 엄청난 권위를 지니게 될 정도인 것이다.

당주는 한숨을 내쉰 후, 말을 이었다.

"그런데 르페이는 잘 지내고 있느냐?"

아서는 페이스가 무너졌지만, 태연을 가장하며 말했다.

"아, 예. 학교에도 익숙해진 것 같더군요."

"음. 적룡제와는 잘 지내고 있더냐?"

"……아, 아버님, 아까부터 말씀이 너무 직설적입니다."

"그게 내 성격이거든. 르페이는 진짜로 그자에게 반한 것이냐? 몇 번째 부인이 될 것 같지?"

"아니, 그러니까……."

"웨일즈에 있는 펜드래건 가문의 딸과, 웨일즈의 드래곤——『웰시 드래곤』이 인연을 맺는다……. 나는 흥미가 샘솟는구나. 상대가 펜드래건의 여식을 아내로 맞을 자격이 있는지 말이다. 상대는 이미 상급 악마라지? 부모님은 평민인가? 뭐, 이제 와서 그런 걸 따져 봤자 소용없지. 문제는 현 적룡제의 장래성이다. 최종적으로 마왕이 될 것 같으냐? 음?"

아서는 손으로 이마를 짚으며 난처한 표정을 지었다.

……아서는 자신과 아버지는 가치관이 너무 다르다는 생각에 다시 사로잡혔다——.

하지만 아서는 그 적룡제가 이 나라를 방문하는 날도 머지않았다는 예감에 사로잡혔다.

Life.3 영재교육 합숙회

　새해 초에 벌어진 『교회 전사들』의 쿠데타가 해결되고 며칠 지났을 즈음의 일이다.

　오컬트 연구부 부실 구석에서는 키바와 이리나가 진지한 표정으로 이야기를 나누고 있었다.

　"──그 일 말인데, 교회의──."

　"──맞아. 상부에 보고──."

　아무래도 교회 혹은 천계와 관련된 이야기를 하고 있는 것 같았다. 내가 관심을 가지자, 코네코가 이렇게 말했다.

　"……토스카 씨에 관해 교회 측과 논의 중인 것 같아요."

　아하, 그렇구나. 나는 납득했다.

　코네코가 방금 언급한 『토스카』는 일전에 쿠데타를 일으킨 교회 전사들이 데려온 키바의 동포다. 키바의 동포는 전부 죽은 줄 알았지만, 기적적으로 목숨을 건진 여자애가 있었다. 그 사람이 바로 토스카란 소녀다.

　현재 토스카 씨는 우리가 넘겨받았으며, 키바를 중심으로 해서 우리가 돌보기로 했다. 하지만 몇 년 동안 의식을 잃었던 그녀가 다시 정상적인 생활을 하는 건 하루아침에 가능한 일이 아니다. 게다가 익숙하지 않은 나라에서 살게 된 만큼, 마음고생도 심할 것이다. 악마나 천사가 아니라 평범한 인간이기에, 언어도 배워야 한다.

하지만 토스카는 다시 만난 키바의 곁에 남기를 원했다. 키바도 토스카가 원하는 대로 해 주기 위해 기쁜 마음으로 최선을 다하고 있다.

"말은 저도 가르쳐 주고 있어요."

오컬트 연구부의 신임 부장인 아시아가 그렇게 말했다.

그렇다. 우리 집에 사는 여자들은 힘을 합쳐 토스카 양을 돌보고 있다. 하지만 초면인 여자들에게 둘러싸여 지내게 된 토스카양은 당황스러운 것 같았다. 악마인 우리를 좀 무서워하는 걸까…….

"……토스카 씨는 리아스 전 부장님이 좀 무섭나 봐요."

코네코가 그렇게 말했다.

토스카 양이 리아스를 무서워하는 이유———. 교회 시설에서 자란 그녀에게 순수 혈통의 상급 악마인 리아스는 공포의 대상인 것 같았으며, 아직 리아스를 똑바로 쳐다보지도 못했다. 당연할지도 모른다. 교회에서 '악마는 적', '악마는 사악한 존재' 라는 식으로 배웠을 그녀 앞에 상급 악마가 나타난다면 두려워하는 것이 당연했다.

키바도 리아스와 처음 만났을 때 엄청 경계했다잖아……. 교회 출신이라면 누구나 거치는 일일지도 모르겠네……. 악마인데도 교회 출신인 아시아와 제노비아는 잘 따른다. 그것도 시설에서 지내던 시절에 아시아와 제노비아의 이름을 들은 적이 있기 때문이라고 한다.

결국 리아스는 전면에 나서지 않기로 했고, 기본적으로 토스카 양을 돌보는 건 신 오컬트 연구부 멤버들에게 일임했다. 약간 아쉬워하는 리아스의 표정이 인상적이었지만…… 이것만은 어쩔 수 없으려나.

내가 고개를 갸웃거리고 있을 때, 누군가가 힘차게 부실의 문을 열어젖혔다.

"야호~, 오컬트 연구부 여러분. 놀러 왔어."

에로 지식 전문가 여고생, 키류였다! 우리의 정체를 안 이 녀석은 아시아가 부장이 된 후로 짬만 나면 부실에 얼굴을 비추게 됐다! 오컬트 연구부가 에로에로 지식의 아지트가 되어버렸어!

"너의 그 에로한 시선보다는 건전할걸?"

키류는 안경을 고쳐 쓰며 나에게 그렇게 말했다! 젠장! 이 녀석도 내 생각을 읽을 수 있는 건가!

키류는 이야기를 나누고 있는 키바와 이리나를 보더니, 두 사람에게 다가갔다.

"키바꾼과 이리나 씨 발견~. 저기, 토스카 양은 잘 지내~?"

그리고 허물없이 말을 걸었다! 이미 토스카 양에 대해 알고 있는 거냐?! 이 녀석, 우리의 정체를 안 후로 예전보다 더 거침없이 행동하는 것 같지 않아?!

키바는 미소를 지으며 말했다.

"토스카도 키류 양이 준 책 덕분에 일본 문화에 흥미를 가지기 시작했어."

"교회 시설 출신 중에는 타인과의 교류를 거북하게 여기는 애가 많거든. 키류 양이 도와준 덕분에 살았다니깐."

——키바와 이리나가 그렇게 말했다.

키류가…… 토스카 양을 도운 거구나.

아시아가 나에게 말했다.

"사실 토스카 양이 키류 양에게 꽤 마음을 연 것 같아요……. 역시 같은 인간 여성이라 안심되나 봐요."

흐음, 그렇구나. 아, 그러고 보니 키류는 사람 사귀는 게 서툴던 아시아, 제노비아와도 순식간에 친해졌지. 어쩌면 교회 출신 여성과 가까워지는 재능 같은 걸 지닌 걸지도 몰라.

하지만 일말의 불안도 존재했다. ……안 그래? 키류라고, 키류. 에로 지식을 교회 트리오에게 심은 장본인이잖아. 하지만 나 이외의 오컬트 연구부 멤버에게는 전폭적으로 신뢰받을 정도로 인망이 있잖아…….

"내 덕분에 쟤들이 너한테 에로 공격을 하는 거니까, 조금은 고마워하는 게 어때?"

또 내 마음의 소리를 들은 건지, 키류는 나를 돌아보며 불쑥 그렇게 말했다! 젠장! 저딴 소리를 하니 반격하기 어렵잖아! 교회 트리오의 대담한 행동은 내 활력의 원천이기도 합니다! 그 점은 감사합니다! 하지만 그 애들을 변태로 만들지는 말라고!

키류는 안경을 반짝이며 이렇게 말했다.

"자아, 키바 군. 일전에 타진했던 건은 오케이한 거지?"

키류가 키바에게 물었다.

키바는 빙그레 미소 지으며 대답했다.

"응. 토스카도 내 동료들과 친해지고 싶나 봐."

내가 두 사람의 대화를 듣고 의아해 하고 있을 때, 키바가 대답했다.

"실은 말이야. 토스카가 오컬트 연구부 멤버들과 교류했으면 해서 키류 양, 이리나 양과 작전을 짰어. 이 동네에 살게 됐으니, 천천히라도 좋으니까 다른 사람들과 친해졌으면 하거든."

그러고 보니 키바는 그런 쪽으로는 쑥쑥 밀어붙이지. 평소에는 상냥한 인상이지만, 특훈 혹은 연습처럼 심신을 단련할 때는 자기 자신만이 아니라 동료들에게도 엄격하다. 제노비아도 키바에게 몇 번이나 약점을 지적당한 적이 있을 정도다.

"그런데, 괜찮겠어? 너무 서두르는 것 아닐까?"

나는 깨어난 지 얼마 안 된 데다가 낯선 땅에서 살고 있는 토스카 양이 걱정되어서 그렇게 말했다.

키바는 고개를 저었다.

"그렇지도 않아. 토스카는 의외로 말괄량이라서. 집에서도──. 뭐, 그 이야기는 나중에 할게. 아무튼 이번 주말에 토스카를 잇세 군의 집으로 데려갈게."

옆에 있던 키류가 끼어들면서 "나도 갈 거야."라고 말했다.

……키류와 토스카 양이 우리 집에 오는 거구나. 문득 키류가 부실의 문 쪽을 쳐다보았다.

"…………그건 그렇고, 손님이 찾아온 것 같네."

고개를 돌려보니── 희미하게 열린 부실의 문틈으로 누군가가 안쪽을 훔쳐보고 있었다.

"……누구지?"

내가 문 쪽으로 걸어가자, 몰래 훔쳐보다 걸렸다는 사실을 눈치챈 누군가가 허둥지둥 문을 열어젖혔다. 활짝 열린 문 너머에는── 신라 전 부회장님이 서 있었다!

"시, 신라 선배! 서, 선배가 왜 여기 있는 거예요?"

내가 묻자, 이상한 자세로 굳어 있던 신라 선배가 서둘러 몸을 펴더니 헛기침을 했다.

"어, 어험. 자유등교 중인지라, 이참에 학교 안을 둘러볼까 해서…… 구, 구교사 쪽도 둘러보던 참입니다."

그런 것치고는 키바 쪽을 힐끔힐끔 쳐다보고 있는데……. 으, 으음……. 우리 대화에 흥미를 가지고 있는 것처럼……. 뭐, 뭐어, 신라 선배는 키바에게 푹 빠져 있다고 하니 신경 쓰일 만도 해. 게다가 신라 선배가 토스카 양에 대해 알고 싶어 한다는 말을 리아스가 소나 전 학생회장님에게서 들었다고 했지.

아, 방금 키류의 안경이 반짝인 것 같았어.

"신라 선배도 작전에 참가하지 않겠어요?"

키류가 대뜸 그렇게 말했다! 신라 선배는 깜짝 놀라면서도 표정이 밝아졌지만, 곧 인상을 굳히면서 다시 헛기침을 했다.

"……조, 좋아요. 괜찮다면 저도 미력하게나마 돕겠어요."

……마, 맙소사. 신라 선배도 토스카 양 교류회에 참가하는 겁니까.

뭐가 어떻게 될지 모르겠지만, 키바의 소중한 동포를 위해 나도 거들어 보자!

"좋아, 키바. 나도 협력할게. 내가 도울 일은 없어?"

키바가 "고마워." 라는 말을 끝까지 잇기도 전에, 키류가 서슴없이 입을 열었다.

"그럼 이번 주말에는 너희 집에서 합숙을 하자! 한솥밥을 먹고, 하루 종일 같이 지내다보면, 자연스럽게 친해질 거야!"

진짜 무모한 녀석이야! 하지만 나쁘지 않은 방법 같네. 이 부실에 있는 멤버들도 고개를 끄덕이며 긍정적인 반응을 보였다.

이리하여, 이번 주말에는 토스카 양이 우리 집에 놀러오기로 했다.

그리고 주말—— 금요일 심야.

오늘부터 다음 주 월요일 아침까지, 토스카 양은 우리 집에서 묵기로 했다. 악마의 업무를 마친 후, 교류회가 본격적으로 시작됐다.

토스카 양과 동거 중인 키바와 개스퍼도 우리 집에 왔다. 참가를 표명한 신라 선배도 도착했다.

"……아, 안녕하세요. 저, 저기, 사흘 동안 잘 부탁해요."

토스카 양은 인사법을 배웠는지, 고개를 꾸벅 숙였다.

백발을 두 갈래로 나눠서 땋은 여자애다. 듣자 하니, 토스카 양도 원래는 프리드나 지크프리트가 있었던 전사 육성기관 출신이라고 한다. 하지만 육성기관이 원하는 수준의 자질이 없어서, 곧 키바가 있던 연구시설로 보내지고 말았다.

음. 그 망할 프리드 자식과 다르게 엄청 귀여운 여자애다.

"헬로~. 나도 신세 좀 질게."

키바의 뒤편에서 불쑥 모습을 드러낸 키류가 그렇게 말했다. 이 녀석도 사흘 동안 우리 집에 묵는다니, 무시무시한걸……. 무슨 일이 일어날지 상상조차 안 돼……. 아, 그러고 보니 이 녀석이 우리 집에 온 건 처음 아니야? 아시아와 그렇게 사이가 좋지만, 이 녀석이 우리 집에 놀러 온 적은 없거든. 뭐, 우리 정체가 들통 나면 곤란하니 그편이 나을지도 모른다. 이 녀석은 의외로 감이 좋으니까 말이다.

리아스가 이들을 맞이했다.

"효도 가에 어서 와. 환영할게, 키류 양. 그리고 토스카 양."

리아스는 환한 미소를 지었지만── 토스카 양은 리아스를 보자마자 키바의 등 뒤에 숨었다. ……역시, 아직 무서운 걸까? 리아스도 쓴웃음을 지으며 그들을 집안으로 안내했다.

키류는 안으로 들어오자마자, 2층으로 이어지는 계단을 쳐다보았다.

"좋았어~. 우선 아시아의 방부터 물색해볼까~. 2층에 있었지? 야한 속옷이 없나 뒤져봐야지~."

키류가 성큼성큼 계단을 올라갔다!

"키류 야아아아아앙, 기다려 주세요!"

그리고 아시아가 키류를 쫓아가는 구도가 펼쳐졌다! 이익, 키류! 도가 지나치면 나도 확 개입할 거야!

안경을 고쳐 쓴 신라 선배가 현관홀에서 집안을 둘러보았다.

"남자 집에 묵는 건 처음이군요……. 그리고 전부터 생각한 거지만, 이 집에는 여자가 더 많이 살아서 그런지 남자 집이라는 느낌이 들지 않아요."

그건 그래. 신라 선배가 방금 말했다시피, 이 집에는 사내자식보다 여자가 훨씬 많이 산다. 그러니 남자 집보다 여고생들 기숙사 같다.

키바는 내 옆에 서더니, 의욕에 찬 목소리로 "좋아." 하고 중얼거린 후에 이렇게 말했다.

"그럼 바로 다과회를 가져볼까?"

"응. 그러자."

나는 동의를 한 후, 우선 누구부터 토스카 양과 이야기를 나누게 할지 고민했다. 바로 그때, 토스카 양이 내 얼굴을 뚫어져라 응시했다. 그리고 곧 키바 쪽을 쳐다보더니, 나중에는 의미심장한 눈길로 우리 둘을 번갈아 쳐다보았다.

……나와 키바가 나란히 서 있는 게 신기해서 저러는 걸까?

아니면 그녀의 흥미를 끌 무언가가 있는 걸까? 나는 토스카 양의 시선을 받으며 의아하게 생각했다.

"……유우토 선배, 개스퍼 군, 토스카 양. 츠바키 선배. 어서 와요."

코네코의 목소리가 들렸다. 고개를 들어보니 코네코가 계단에서 현관 홀 쪽으로 내려오고 있었기에, 같이 차를 마시기로 했다.

스텝 1 토스카 양과 코네코

"…………."
"…………."

　위층의 빈 방에 놓인 소파에 앉은 토스카 양과 코네코는 아무 말 없이 서로를 응시했다. 코네코는 원래 무뚝뚝할 뿐이지만, 토스카 양은 멋쩍어 하며 몸을 움츠렸다. 일단 두 사람은 면식이 있다. 코네코는 토스카 양이 편히 생활할 수 있도록 키바와 함께 때때로 도왔으니, 그때마다 만났을 것이다.

　키바는 자신이 사는 맨션에서 만들어온 수제 케이크를 잘라서 우리에게 나눠줬다.

　코네코는 케이크를 먹으며 말했다.

　"유우토 선배는 요리를 참 잘해요. 일식, 양식, 중식뿐만 아니라 케이크를 비롯한 각종 디저트도 만들 줄 알아요."

　코네코의 그 말에―― 토스카 양이 답했다.

　"……예. 이자이야의 요리를 먹을 때마다 놀라요. 이렇게 요리를 잘 만드는 줄은…… 아니, 그 이전에 바깥 세계에 이렇게 맛있는 음식이 잔뜩 있다는 것도 몰랐어요."

　솔직한 감상인걸. ……아시아가 우리 집에 살기 시작했을 즈음이 생각나네. 교회 출신인 아시아는 우리 집에 와서 여러 음식을 먹을 때마다 놀랐고, 또한 기뻐했다. 지금까지 검소한 생활만 해왔으니 어쩌면 당연한 반응일지도 모른다.

"키바 군의 케이크는 역시 맛있어."

내 옆에서는 키바가 직접 만든 케이크를 먹은 신라 선배가 감동의 눈물을 흘렸다. 그러고 보니 신라 선배는 크리스마스 파티 때도 키바가 만든 케이크를 먹고 감동했었지.

코네코는 개스퍼를 쳐다보며 토스카 양에게 불쑥 물었다.

"……개스퍼 군은 안 무섭나요? 종이상자 안에 틀어박히거나 종이봉투를 뒤집어쓰며, 토스카 양한테 겁을 주진 않나요?"

뭐, 개스퍼는 기행을 저질러대니까 말이야. 게다가 묘한 박력도 뿜거든. 코네코는 개스퍼와 같이 살고 있는 토스카 양이 그런 점 때문에 고생하지는 않는지 걱정되는 걸지도 모른다.

"나, 나는 토스카 양한테 겁 안 줘. ……그, 그렇죠?"

개스퍼는 그렇게 말하면서도 본인의 반응을 확인하려 했다.

그러자 토스카 양은 빙긋 웃었다.

"처음에는 뱀파이어라는 사실을 알고 무서워했지만, 종이상자 안에 들어가는 뱀파이어가 있다는 이야기는 들어본 적도 없어서…… 어떤 반응을 보이면 좋을지 감이 오지 않았어요."

교회 시설에서 자라며 흡혈귀가 얼마나 위험한 존재인지 배웠을 테니, 적으로 여기며 경계해야 당연하겠지만…… 개스퍼는 종이상자 안에 숨는 흡혈귀잖아. 토스카 양의 반응을 보니, 개스퍼와는 잘 지내고 있는 것 같았다. 동거 중이라 그런지 빨리 친해진 것 같았다.

"개스퍼 군이 이상한 짓을 하면, 마늘을 잔뜩 넣은 수프를 먹이세요."

코네코가 농담하듯 말하자, 개스퍼는 "코네코, 너무해!"라고 비난하는 투로 말했지만…… 개스퍼라면 괜찮을 것이다.

——바로 그때, 토스카 양은 조심조심 코네코에게 물었다.

"……이자이야는 코네코 양이 여동생 같은 존재라고 말했어요……. 저, 저기, 이자이야와 처음 만났을 적의 이야기를 들려주지 않겠어요……?"

……아, 그래. 토스카 양은 성검계획 이후의 키바가 어떻게 살아왔는지 알고 싶은 거구나. 본인의 이야기와 지인의 이야기는 꽤 차이가 날 테니까 말이다.

코네코는 빙그레 웃었다.

"예. 저한테 있어서도 유우토 선배는 오빠 같은 존재예요. 좋아요. 처음 만났을 적의 이야기를 해드릴게요. ……뭐, 당시의 유우토 선배는 상당한 개구쟁이였죠."

코네코는 웃음을 흘렸다. 그러자 키바는 "좀 봐줘." 하고 말하며 쓴웃음을 머금었다.

코네코의 옛날이야기를 하는 가운데, 희미하게 열린 이 방의 문틈으로 안을 훔쳐보고 있는 이가——.

"……신경 쓰여냥……."

쿠로카였다. 토스카 양이 신경 쓰이는 걸까. 아니면 옛날이야기를 하고 있는 코네코가 신경 쓰이는 걸까. 혹은 키바의 수제 케이크가 신경 쓰이는 걸까. 뭐, 전부 다일 것이다.

나는 슬며시 입구 쪽으로 이동한 후, 몰래 문을 열고서 "들어오지그래?” 하고 쿠로카에게 말했다.

“그럼 실례할게.”

토스카 양은 처음에 고양이 귀 언니를 보고 놀랐지만, 코네코의 옛날이야기에 관심이 있는지 곧 그 이야기에 다시 귀를 기울였다.

음, 나쁘지 않네. 내가 마음을 놓고 이야기를 듣고 있을 때, 키바가 나에게 질문을 했다.

“케이크는 입에 맞았어?”

“응? 아, 맛있었어.”

꽤 달콤한 자허토르테였지만, 홍차를 곁들이니 딱 좋아서 계속 입에 넣게 됐다.

“다음에는 잇세 군이 좋아하는 치즈케이크도 만들어 줄게.”

“아, 그래. ……그런데 내가 좋아하는 케이크를 네가 어째서 알고 있는 거야……?”

의문에 사로잡힌 나는…… 문득 시선을 느꼈다.

토스카 양이 나──와 키바를 힐끔힐끔 쳐다보고 있었다. 뭔가 신기한 광경이라도 본 것일까?

“몇 년 전에 유우토 선배와 함께 백화점에 간 적이 있어요. 그런데 저와 유우토 선배는 그 백화점에서 미아가──.”

코네코는 의아해 하면서도 옛날이야기를 계속했다.

스텝2 토스카 양과 언니 두 사람

자아, 토스카 양과 코네코의 대화가 일단락됐을 즈음…….

"어머나, 저도 실례해도 될까요?"

아케노 씨가 갓 끓인 녹차 라떼를 가지고 나타났다.

"저도 끼워주세요."

그리고 로스바이세 씨도 아케노 씨를 뒤따르며 나타났다.

토스카 양은 나이가 비슷한 코네코나 개스퍼와는 쉽게 친해진 것 같지만, 연상의 언니들은 과연 어떨까? 리아스는 여전히 경계하고 있다던데……. 아니나 다를까, 토스카 양은 아케노 씨와 로스바이세 씨가 등장하자 긴장한 것 같았다.

아케노 씨가 물었다.

"무슨 이야기를 나누고 있었나요?"

코네코는 "유우토 선배가 옛날에 어땠는지 이야기하고 있었어요." 하고 대답했다. 그러자 아케노 씨는 토스카 양에게 미소를 지으며 말했다.

"괜찮다면 저도 유우토 군의 이야기를 해드릴게요. 유우토 군이 이곳에 왔을 때부터, 리아스와 함께 동생 격인 그를 지켜봐 왔으니까요."

그렇다. 아케노 씨는 악마로 전생한 키바를 리아스와 함께 지켜봐왔다. 그런 누나 입장에서 봐온 키바에 대한 이야기를 들려주려는 것이다.

키바도 아케노 씨의 말을 듣고 멋쩍은 건지 볼을 긁적였다.

토스카 양도 그 말을 듣고 표정이 약간 환해졌다. ——그리고 녹차 라떼를 맛보자 표정이 더 부드러워졌다.

"……따뜻해요. 약간 쓰지만, 달콤하고 부드러운 게 정말 맛있네요."

아케노 씨가 끓인 녹차 라떼를 맛본 토스카 양이 말했다.

뭐, 아케노 씨의 녹차는 본격적이거든. 친어머니와 리아스의 어머니에게 배웠다는데, 차 끓이는 솜씨가 일품이다. 그리고 그 녹차를 가지고 라떼를 비롯해 다양한 형태로 어레인지했다. 일본에 온 지 얼마 안 된 토스카 양에게는 녹차가 쓸 테니, 라떼로 해서 내준 것이다. 역시 아케노 씨의 센스는 일품이다.

"……저도 다도를 공부했지만, 녹차로 라떼를 만든 적은 없군요. 다음에 히메지마 양에게 배워야겠어요."

내 옆에 있던 신라 선배도 아케노 씨의 실력에 감탄했다.

전원이 녹차 라떼를 맛본 후, 아케노 씨가 이야기를 시작했다.

"유우토 군에 대한 추억 중에서 인상 깊은 건, 몇 년 전에 리아스와 저와 코네코와 유우토 군, 이렇게 넷이서 목장에 갔을 때의 일이군요. 그때, 유우토 군은 소젖을 짜는 데 빠져서——."

그날 밤, 키바의 부끄러운 옛날이야기가 전부 폭로됐다——.

참고로 아케노 씨의 이야기가 얼추 끝난 후, 로스바이세 씨의 「100엔 숍 강좌」가 밤늦게까지 계속됐다.

스텝3 토스카 양과 교회 트리오+α

하룻밤이 지났다.

……오늘은 여성들이 내 방에서 잠을 자지 않았다. 그 대신 내

방 한편에 조립식 다다미가 준비되더니, 그 위에 이부자리가 깔렸다. 그곳에서 잠을 잔 이는—— 키바와 개스퍼다.

내 방에서 남자들이 자는 게 대체 얼마 만이지? 리아스와 만나기 전이라면 마츠다나 모토하마가 자러 오기도 했지만……. 뭐, 오래간만에 남자들끼리 잠옷파티를 하게 되어서 텐션이 치솟은 나머지, 어젯밤에는 남자 셋이서 새벽까지 보드 게임을 했다. 때로는 내 방에서 남자들과 와자지껄 노는 것도 좋네! 나도 때로는 방에서 친구들과 놀고 싶어!

그리하여 토스카 양의 우리 집 합숙 2일차가 시작됐다. ……새벽까지 시끌벅적하게 놀았던 우리는 점심때가 다 되어서야 일어났다. 아침 식사를 건너뛰었네. 여자애들이 전원 참가하는 아침 식사에 나도 끼고 싶었는데…… 토스카 양에게 좀 미안한걸.

내가 방을 나서자, 복도에는 교회 트리오와 토스카 양, 그리고 키류가 있었다.

그쪽을 처다보니, 토스카 양이 깍지를 끼며—— 이리나에게 기도를 올리고 있었다!

"아아, 천사 이리나 님! 오늘도 저희를 굽어살피소서!"

이리나도 고리와 날개를 펼치더니, 황홀해 보이는 표정을 지으며 대답했다.

"응, 토스카 양. 오늘도 그대에게 하늘의 가호가 함께하기를—— 아멘."

……뭐 하는 거야. 나는 어떤 반응을 보이면 좋을지 알 수가 없었다.

사실 토스카 양은 이리나를 엄청 신성시했다. 뭐, 태어나서 처음 만난 천사니까 말이다. 지금까지는 전승을 통해서만 접했던 천사를 처음으로 만났으니, 교회 신도로서 감격하는 것도 당연하다. 처음 만난 순간에 감동의 눈물을 흘리며 기도를 올렸을 정도다. 이리나 또한 천사 대접을 받아서 만족, 토스카 양도 천사를 만나서 대만족인 WinWin 관계였다.

　이야기를 들어보니, 교회 측도 토스카 양을 돕기로 했다고 한다. 원래 교회 시설에서 자란 아이이며, 아직도 신앙심을 품고 있는 것이다. 어떻게 살았는지 알고 있는 교회 측으로선 그냥 내버려둘 수가 없어서 쿠오우쵸 인근에 있는 교회 시설에서 그녀가 신앙을 이어갈 수 있게 돕기로 한 것 같았다.

　아, 나는 다른 사람들의 옷차림에 눈길이 갔다. 다들 외출복을 입고 있었다.

　"저기, 어디 가는 거야?"

　내가 묻자, 제노비아가 답했다.

　"그래. 이 멤버로 여자들끼리 외출해서 쇼핑하기로 했어."

　호오, 쇼핑을 가는구나. ……아하, 뭘 하려는 건지 알겠어. 교회 시설에서 자란 이들에게 있어 쇼핑이라는 건 부담스럽다고나 할까, 일종의 금기에 가깝다. 신을 위해 속세에서의 욕망을 버리고 종교에 귀의하는 이가 바로 신도다. 게다가 교회 시설에서 자란 아이들은 철이 들기 전부터 신의 가르침을 접하며 자란다. 신앙을 위해 헌신하라—— 같은 가르침을 말이다.

　아시아, 제노비아, 이리나도 교회에 속한 이들이지만, 그녀들도 이 마을에 온 후로는 어느 정도의 자유가 허락된 것인지 예전에 금기시하던 일들도 서슴없이 접했다. 결과적으로 교회 트리오는 평소 평범한 여고생 같은 생활을 만끽하고 있다.

키바가 어젯밤에 내 방에서 말했다.

『토스카가 지금 생활을 조금이라도 즐겼으면 해. 그 애를 데리고 함께 백화점에 쇼핑을 하러 가고 싶어.』

키바는 부드러운 어조로 그렇게 말했다. ……동포인 그녀가 일상을 즐기기를 바라는 것이다. 교회 시설에서는 맛보지 못했던 이 세계의 즐거운 일면을 접하기를 바라는 것이다.

토스카 양도 교회 멤버와 키류처럼 친근한 동성 친구들에게 둘러싸여 있어서 그런지 표정이 밝았다.

"다들, 토스카를 잘 부탁해."

키바가 그렇게 말했다. 여성들 간의 교류도 중요하거든. 키바도 아시아 일행에게라면 토스카 양을 맡길 수 있을 것이다.

토스카 양을 그녀들에게 맡긴 후, 나를 비롯한 남자들은…….

"늦었지만 아침이라도 먹을까?"

내가 기지개를 켜면서 그렇게 말하자, 키바가 밝은 목소리로 말했다.

"내가 잇세 군의 아침을 만들게. 일식이 좋아? 아니면 양식? 뭐든 만들어줄게."

일식도 좋지만, 양식도 먹고 싶은걸……. 내가 뭐라고 답할지 고민하고 있을 때, 누군가의 시선이 느껴졌다.

외출하려던 토스카 양이 또 나—— 아니, 나와 키바에게 의미심장한 눈길을 보내고 있었다.

스텝4 토스카 양과…… 나?

그날 저녁 식사는 다 같이 먹기로 했다.

토스카 양은 다른 이들과 꽤 친해진 건지, 교회 트리오와 키류를 중심으로 다른 사람들과 대화를 이어가고 있었다. 마녀인 르페이와도 처음에는 서먹서먹했지만, 코네코와 아시아와 함께 이야기를 나누다 보니 태도가 점점 부드러워졌다. 이 자리에는 없지만 레이벨도 돌아온다면, 다 같이 다과회나 하고 친해졌으면 좋겠다.

그것보다…….

"토스카 양, 괜찮아. 다들 상냥한 사람들이니까 무서워하지 않아도. 그리고 주님께서 항상 지켜봐주고 계시잖니."

이리나가 약간 점잔을 빼며 그렇게 말하자, 토스카 양도…….

"예! 천사님!"

마음을 굳게 먹기 시작했다. ……여러모로 문제가 있는 상황이지만, 제노비아는 그 모습이 재미있는지 시종일관 폭소를 터뜨렸다. 이리나의 저 태도가 웃겨 죽겠다는 듯한 반응이었다.

토스카 양은 다른 이들과 꽤 가까워진 것 같지만……. 나는 눈치챘다. 토스카 양은 나와 리아스만 피하고 있어! 말을 안 건다고! 내 쪽에서 토스카 양에게 말을 건네도…….

"…………."

입을 꾹 다물었다! 게다가 내가 말을 걸 때마다 키바의 반응을 살피는 거냐고! 역시 키바 이외의 다른 남자는 무서운 거냐?! 뭐, 종이상자 안에 틀어박혀 지내는 기괴한 여장남자 개스퍼한테는 마음을 연 것 같으니 단정은 못 하겠네!

……호, 혹시 색골을 싫어하는 건가? 하지만 나는 토스카 양을 성적인 눈길로 본 적이 없거든? 깨어난 지 얼마 안 된 키바의 동포를 그런 눈길로 쳐다볼 수는 없다고! 몇 년은 지나서 찌찌가 좀 성장한다면 모를까……!

뭐, 나는 몰라도 리아스와는 친해졌으면 좋겠네. 상급 악마이기는 하지만, 상냥하고 멋진 여성이거든. 토스카 양도 분명 친해질 수 있을 거야. 하지만 역시 상급 '악마'라는 점 때문에 무서워하는 걸까……. 인간에서 악마로 전생한 존재가 아니라, 순수한 악마거든……. 경건한 신도로서는 기피할 수밖에 없는 존재인 걸까…….

저녁 식사를 마친 후, 나는 거실에서 고개를 갸웃거리며 고심에 빠졌다. 다들 거실에서 느긋하게 쉬고 있었다. 물론 토스카 양도 있기는 한데…….

바로 그때, 키류가 불쑥 입을 열었다.

"그러고 보니, 요즘 들어 여자애들 사이에서 효도의 평가가 달라지고 있어."

──윽.

그, 그건 참 흥미로운 이야기다.

"흐음, 어떤 식으로 말이야?"

나는 무심코 물어보았다. 여자애들 사이에서의 내 평가잖아. 신경 쓰이는 게 당연하다고!

　키류는 홍차를 한 모금 마신 후, 대답했다.

　"으음~ 의외로 야수는 아닌 것 같네~ 라거나 요즘 보기 드문 육식남이네~ 같은 식으로 말이야. 예전처럼 효도를 질색하는 것 같지는 않아."

　──으윽! 맙소사! 그런 역전극이 일어나고 있는 거냐?! 나는 그 말을 듣고 약간 놀랐다. 한때는 성욕의 화신, 야수라 불릴 뿐만 아니라 키바와 사귀는 호모라는 오해까지 샀던 나한테, 그런 일이 일어나다니……

　"맙소사. ……모르는 사이에 남자로서 내 매력이 상승한 거 아니야?"

　나는 턱에 매만지며 약간 폼을 잡았지만, 키류는 내 말을 딱 잘라 부정했다.

　"그건 아닐걸? 네 평판을 뒤집히는 계기를 만든 사람은 바로 키바 군이야."

　"나? ……내가 뭘 했는데?"

　키바는 느닷없이 자기 이름이 언급되자 놀란 것 같았다.

　키류는 말을 이었다.

　"여자애들이 키바 군에게 이렇게 물었어."

　『키바 군이 볼 때, 효도 군은 좀 어때?』

　──하고, 여자애들이 키바에게 물은 것 같았다.

　키바도 생각이 난 것 같았다.

"아, 그 일 말이구나. 그거라면——."

키바는 이렇게 대답했다고 한다.

『글쎄. 잇세 군은 확실히 색골이긴 해. 하지만 그건 우리 또래 남자애라면 누구나 마찬가지 아닐까? 그는 그걸 겉으로 표현할 뿐이야. 하지만 책임감이 강하고, 남들을 깔보지도 않아. 같은 남자로서는 참 사귀기 쉬운 타입이지.』

신사적으로 온화한 키바가 그렇게 말이 여자애들의 생각을 바꿨고, 그것이 나의 재평가로 이어졌다고 한다.

……크읏! 역시 친구를 잘 둬야 한다니깐! 젠장! 마츠다나 모토하마와 다르게, 키바는 나를 똑바로 알고 있네!

나는 키바의 목에 팔을 둘렀다!

"땡큐, 절친! 나를 위해 그런 소리를 할 사람은 이 세상에 너뿐일 거야!"

나는 오열했다! 그렇잖아! 이런 식으로 나를 제대로 지켜보고 있는 같은 또래 남자애는 이 녀석 뿐이라고!

감동 안 하는 게 이상할 거야!

"하하하. 숨 막힌다고, 잇세 군."

키바는 멋쩍어 했지만…… 괜찮잖아! 좋아, 잠옷파티 이틀째인 오늘도 밤새도록 남자들끼리 수다를 떨자고!

그 모습을 보자, 지금까지 침묵을 지키고 있던 토스카 양이 드디어 입을 열었다.

"저, 저기……."

맙소사! 토스카 양이 나를 쳐다보며, 입을 열었어!

"왜 그래? 으음, 토스카…… 양?"

나는 화들짝 놀라면서 그렇게 대답했다. 토스카 양은 마른 침을 삼키며 마음을 단단히 먹은 후, 나에게 물었다.

"…………저기, 어떤 관계인가요……?"

"……뭐?"

내가 되묻자, 토스카 양은 큰 목소리로 말했다.

"…………이자이야와는 어떤 관계인가요?!"

나, 나와 키바의 관계……? 나는 키바와 시선을 마주했다.

"……치, 친구? 동지? 동료…… 같은 거야."

내가 그렇게 대답하자, 토스카는 벌떡 일어나며 울먹이는 목소리로 외쳤다!

"…………비,『비엘』은 거, 거, 건전하지 못하다고 생각해요!"

──으윽?! …………비, 비엘? 보이즈 러브(BL)를 말하는 거야?! 갑자기 무슨 소리를 하는 거야아아앗!

"……토스카 양?! 그, 그, 그런 걸 어떻게 알았어?!"

나는 물어볼 수밖에 없었다! 평범하게 생활하기만 해선 접할 리가 없는 지식인 것이다!

토스카 양은 키류 쪽을 쳐다보더니, 몸을 배배 꼬며 대답했다.

"…………키, 키류 씨에게 빌린 참고서에 적혀 있었어요! 효도 잇세이 씨와 이자이야의 관계는『비엘』, 그러니까 남자와 남자가 서로를 좋아하는 사이라고요! 그, 그러면 안 돼요! 주님께서는 남자와 여자가 사이좋게 지내야 한다고 말씀하셨어요!"

토스카 양은 얼굴을 새빨갛게 붉힌 나와 키바를 향해 호소하듯 그렇게 외쳤다! 나는 키류 쪽을 쳐다보았다!

"후후후."

이 녀석! 안경을 반짝이며 으스대듯 웃고 있잖아! 확신범이지?! 토스카 양에게 일본에 관한 참고서랍시고 'BL 서적'을 준 거지?! 순수한 여자 신도에게 말도 안 되는 이문화 교류를 시킨 거냐, 이 안경녀야아아아앗!

헉! 나는 그 순간, 눈치챘다! 토스카 양이 나와 키바를 힐끔힐끔 본 이유를! 나와 키바의 관계가 신경 쓰였던 것이다!

토스카 양은 키바에게 직접적으로 물어보았다!

"이자이야! 소, 솔직하게 대답해 줘……. 효도 잇세이 씨를…… 어떻게 생각해?"

"그, 그건 저도 궁금하군요. 키바 군, 어떻게 생각하죠?!"

지금까지 침묵을 지켰던 신라 선배까지 캐묻기 시작했다! 신라 선배, 왜 이럴 때만 적극적인 건데요?!

당사자인 키바는――. 고개를 숙이며 짤막하게 대답했다.

"그, 그게, 그러니까…… 친구…… 사이야."

얼굴을 새빨갛게 붉히며 그런 소리 하지 마세요! 오해 살 거라고요!

"조, 좋아하는 거야?!"

"조, 좋아하나요?!"

토스카 양과 신라 선배는 질문 공세를 계속했다! 거봐, 이렇게 됐잖아! 게다가 토스카 양과 신라 선배는 평소와 다르게 엄청 감정적이라고!

키바도 나를 쳐다보더니, 어떤 반응을 보이면 좋을지 모르는 듯한 눈치였다.

"…………그, 그걸 본인 앞에서 이야기하긴 좀 그런데……."

어이어이어이어이어이! 방금 그 대답은 뭐야!? 평범하게 '친구예요!' 하고 말하면 되잖아! 왜 그렇게 괜한 오해를 살 반응을 보이는 건데?!

토스카 양은 키바의 반응을 보더니, 부들부들 떨기 시작했다.

"여, 역시 좋아하는구나……. 『비엘』이구나……. 이자이야가 나쁜 애가 되어버렸어……."

신라 선배도 온몸을 떨고 있었다.

"BL이야. 효도 군과 키바꾼은 역시 BL이었어……."

하지만 곧 미소를 짓더니……

"…………하지만 그것도 나쁘지 않네."

……같은 소리를 늘어놓았다! 신라 선배는 그래도 돼요?!

바로 그때, 신라 선배가 토스카 양의 손을 잡았다!

"토스카 양! 우리, 효도 군에게 지지 않도록 노력해요!"

"예! 잘은 모르겠지만 『비엘』은 나빠요!"

이 두 사람, 핀트가 어긋나 있지만 정신적으로 의기투합한 거 아니에요?!

싫어어어어어어, 좀 봐달라고오오오오오!

이 합숙은 내게 괜한 오해를 유발하는 지옥으로 변했다──.

이런 일도 벌어졌지만, 이번 모임에서는 이런 일도 벌어졌었다고 한다.

마지막 날 밤, 토스카 양은 마음을 단단히 먹고—— 리아스에게 말을 걸었다.

"……이제까지 물어보지 못했지만, 이제 결심이 섰어요……."

토스카 양은 리아스에게 이런 질문을 던졌다고 한다.

"……이자이야가 당신과 만난 뒤에 있었던 일을 이야기해 주겠어요?"

리아스는 미소를 지으며 쾌히 승낙했다.

토스카 양은 리아스가 악마라서 무서워한 것이 아니었다.

리아스는 키바가 전생한 후의 일을 전부 알고 있다. 그래서 토스카 양은—— 키바가 비운의 죽음을 맞이한 후, 복수심에 사로잡힌 이야기를 듣는 것이 무서웠다. 하지만 그녀는 유일한 동포인 키바에 대해 더욱 알고 싶었다. 토스카 양은 복잡한 심경을 어떻게든 정리하며 용기를 낸 후, 리아스에게 질문을 던진 것이다.

그리고 토스카 양은 감격의 눈물을 흘리며, 리아스에게 진심으로 하고 싶었던 말을 건넸다.

"——이자이야를 구해 주셔서, 정말 고마워요."

그 말을 들은 리아스 또한 눈물을 흘리며…….

"당신이야말로 살아남아 줘서 정말 고마워."

……이렇게 대답했다고 한다——.

이 모임 이후, 토스카 양은 자주 우리에게 귀여운 미소를 보여주게 됐다──.

앞으로도 토스카 양과 사이좋게 살자고! 다 같이 말이야, 키바!

Life. 4 Go West!

"음! 이 기술, 나도 쓸 수는 없을까⋯⋯!"

"그것보다 중요한 건 지금 이벤트야! 왜 이 타이밍에 그 장군이 배신하는 건데?!"

"왠지 전혀 다른 세계를 돌아다니고 있는 느낌이 드네요. 그냥 보고만 있어도 즐거워요."

어느 날의 일이다. 제노비아, 이리나, 아시아는 TV에 뜬 게임 화면을 보면서 일희일비하고 있었다.

교회 트리오가 지켜보는 가운데, 나는 방에서 오픈월드 RPG를 플레이하고 있었다. 그런 나를──.

"저기, 잠깐 실례할게냥."

──하고 말하며 쿠로카가 찾아왔다.

⋯⋯이 녀석이라면 게임을 시켜달라는 소리를 할 게 틀림없다! 쿠로카는 나(또는 우리)의 게임기를 멋대로 가지고 놀 뿐만 아니라, 남의 세이브 데이터로 플레이를 하는 문제아라고! 고대하고 있던 러브러브 이벤트를 저 녀석이 멋대로 플레이해버려서 날려버렸을 때, 내가 얼마나 슬펐는지 알아?!

나는 경계심을 품었지만⋯⋯ 쿠로카의 뒤편에 있는 르페이

제노비아는 내 게임 플레이의 문제점을 지적하기 시작했다.

……그러는 너도 현실에서는 파워 타입이지만, 게임에서는 사소한 것까지 되게 따지네!

……뭐, 게임은 교회 트리오에게 맡기기로 하자.

이리하여 나는 그날 밤, 발리 팀을 찾아가게 됐다.

나와 쿠로카, 르페이는 예의 널찍한 수행공간으로 전이했다.

그곳에서는── 발리, 미후, 그리고 처음 보는 두 사람이 우리를 기다리고 있었다. 그 두 사람은 고대 중국인이 입을 듯한 품이 넓고 헐렁한 옷── 승복과 비슷해 보이는 옷을 걸치고 있었다.

한쪽은 중학생 또래로 보이는 미소녀! 볼륨감 있는 자줏빛 머리카락이 인상적인 여자애지만…… 목에는 조그마한 해골 여러 개를 엮어서 만든 목걸이를 걸고 있었다. 취향 한번 특이하네.

다른 한 사람은── 인간이 아니다! 비대한 몸집과 돼지 머리를 지닌 인간형 이형, 수인(獸人)이다.

여러모로 이색적인 두 사람이다. 이들이 발리 팀의 신입일까? 으음, 초면인데 어디서 본 적이 있는 듯한 건 어째서일까? 그리고 저 두 사람과 미후가 같이 있으니…… 마치……. 뭐, 한 사람이 여자애라서 내가 생각하는 것과는 이미지가 다르긴 하네……. 하지만 미후── 손오공과 돼지 수인이 같이 있으니,

그것을 떠올릴 수밖에 없었다.

　내가 나란히 선 그 세 사람을 뚫어져라 쳐다보고 있을 때, 미후가 손을 들면서 인사를 했다.

　"여어, 적룡제. 와 줬구나."

　나는 미후에게 다가가 물었다.

　"그래. 그건 그렇고, 너희 팀의 새 멤버가 이 두 사람이야?"

　미후는 볼을 긁적이며 말했다.

　"아, 그게 말이야. 우리 쪽 초대 영감이 돌봐주라며 보냈거든⋯⋯. 으음⋯⋯ 이쪽에 있는 돼지가 현『저팔계』이고, 저기 있는 여자애가 현『사오정』이야."

　──윽! 나는 미후의 말을 듣고 눈치챘다! 그래, 그럴 줄 알았어!

　"맙소사! 그 저팔계와 사오정인 거야?!"

　나는 다시 돼지 수인── 저팔계 씨와 미소녀인 사오정을 쳐다보았다! 그래! 미후와 돼지 인간이 같이 있으니『서유기』를 연상할 수밖에 없다고!

　⋯⋯사오정이 캇파가 아니라는 게 좀 불가사의하지만⋯⋯. 어? 서유기의 사요정은 캇파 아니었나? 으음, 예전에 그렇지 않다는 말을 들었던 것 같은데⋯⋯. 요즘에 이런저런 일이 너무 많이 일어나서 까먹었나 보네⋯⋯.

　미후는 웃음을 터뜨리며 말했다.

　"뭐,『현』이 붙지만 말이야. 최근에『사오정』을 이어받은 것 같아."

그래도 엄청나네! 손오공을 만나고도 깜짝 놀랐는데, 당대의 저팔계와 사오정과도 만났잖아! 아, 오늘은 이 두 사람을 만난 것만으로도 충분히 만족할 수 있을 것 같아.

하지만 이 두 사람이 발리 팀의 새 멤버인가? 초대 손오공 할아버지가 보냈다는 게 영 마음에 걸린다.

아무튼, 이들은 나에게 있어 흥미로운 대상이다. 나는 저팔계와 사오정을 번갈아 쳐다보았다.

그러자 소녀인 사오정은 내 시선을 느끼고 부끄러워했다. 귀여워!

내 시선을 느낀 저팔계 씨는 자조 섞인 어조로 이렇게 말했다.

"어차피 나는 돼지야. 그래, 돼지라고. 꿀꿀거리는 것 말고는 할 줄 아는 게 없는 돼지새끼란 말이야."

"그, 그런 말 한 적 없는데……."

돼지 요괴라서 돼지처럼 생긴 것이겠지만, 딱히 그걸 가지고 별말 한 적 없는데……. 내 시선에 문제가 있었던 걸까.

미후는 쓴웃음을 지으며 말했다.

"아, 현 『저팔계』는 어마어마하게 부정적인 녀석이니까 방금 들은 말은 개의치 마."

미후가 그렇게 말하자, 저팔계 씨는 어깨를 으쓱했다.

"흥, 부정적인 돼지라 참 죄송하군요. 그래, 나는 돼지야. 돼지새끼라고."

——그렇게 말한 저팔계 씨는 쿠로카 쪽을 쳐다보았다.

"저기, 네코마타 누님. 부탁이 있는데요."

"뭐야냥?"

쿠로카가 고개를 갸웃거리자, 저팔계 씨는 당당한 어조로 말했다.

"저를 때려주지 않겠어요? 그리고 때린 후에 이렇게 말해 주세요. '그렇게 내 고양이 펀치를 맞고 싶은 거야? 이 돼지새끼야!' 하고요. 안 될까요? 안 되겠죠? 이야~ 아쉽네요."

이 사람, 무슨 소리를 하는 거야?! 느닷없이 변태 같은 소리를 늘어놓네?! 자기를 때려달라는 걸로 모자라 독설을 해달라잖아!

쿠로카는 느닷없이 그런 말을 듣더니, 눈을 동그랗게 떴다.

"……저기, 미후. 이 돼지 씨는 변태야?"

쿠로카가 그렇게 묻자, 미후는 땅이 꺼져라 한숨을 내쉬었다.

"그래. 부정적인 걸로 모자라 타고난 마조히스트야. 미녀한테 '돼지새끼' 소리를 들으며 두들겨 맞는 걸 껌뻑 죽을 정도로 좋아한다더라고."

"이야, 방금 그 '돼지 씨'는 질색하는 느낌이 섞여 있어서 참 좋네. 좀 흥분되는 걸. 꾸힉~ 하고 울고 싶어지네."

……이 돼지, 장난 아니네. 지지한 표정으로 저딴 소리를 늘어놓잖아! 난이도가 너무 높아! 내가 만난 이들 중에서도 상위 클래스의 변태 같아! 만난 지 얼마 되지도 않았는데 이딴 소리를 늘어놓는 거야?! 정신 나간 거 아니야?!

……뭐, 좋아. 돼지는 일단 무시하고, 다른 한 명—— 미소녀 사오정 양한테 관심을 가져야지.

"……저, 저기, 처음 뵙겠습니다. 현『사오정』이에요. 여자애라 놀라셨을 지도 모르지만…… 이래 봬도 정식으로『사오정』을 계승했어요."

미소녀인 사오정 양이 똑 부러지게 자기소개를 했다! 응. 역시 살갗이 희고 귀엽네! 저 자줏빛을 띤 볼륨감 있는 머리카락도 잘 어울려!

내 시선을 느낀 미후가 추가 정보를 제공했다.

"……참고로 현『사오정』양은…… 보다시피, 여자애──그것도 여중생이야."

"여중생! 여여, 여중생!"

그거 놀라운걸. 뭐, 외모를 보면 딱 그 정도로 보이긴 해. 요괴일 테니까 겉모습으로 나이를 판단하면 안 되겠지만…… 겉모습과 실제 연령이 같다니 좋네.

잠깐만, 여중생? 이 아이가 중학교에 다니고 있는 거야? 정체를 숨기고 학교에 다니는 것일지도 모른다. 우리도 악마라는 정체를 숨기고 학교생활을 하고 있고, 이 애도 겉모습은 인간 여자애와 똑같으니까 충분히 가능할 것이다.

하지만, 내 머릿속에 존재하는 사오정의 이미지는…….

내가 의아한 표정으로 쳐다보자, 사오정 양이 나에게 말을 건넸다.

"저, 저기, 괘, 괜찮으세요? 왠지 저를 보며 고개를 갸웃거리시는 것 같은데……."

"……아, 나는 사오정은 캇파로 알고 있었거든……."

사오정 양은 내 말을 듣더니 울먹거리며 고함을 질렀다!

"카, 캇파가 아니에요! 그건 일본 쪽에서 멋대로 심은 이미지 예요! 원래 사오정은 강을 거점으로 하는 요선(妖仙)—— 요괴 선인이에요! 머리가 벗겨진 요괴가 아니라고요!"

사오정 양은 아까와 다르게 빠른 어조로 불만을 늘어놓았다! 발끈하며 화내는 모습도 귀여웠다.

미후도 이 말에 동의하는지 고개를 끄덕였다.

"맞아. 사오정은 캇파가 아니라 요괴선인이지. 사오정이 캇 파라는 건 일본인이 이해하기 쉽도록 뜯어고친 설정이야."

……그렇다. 그런 말을 전에 들은 적이 있었다. 내가 깜빡한 건 바로 그거다. 미후—— 손오공과 처음으로 마주쳤을 때에 설명을 들었던 것으로 기억한다. 하지만 진짜 캇파와도 만난 적 이 있어서 기억이 뒤엉켰다고나 할까……. 나는 인간, 이형의 존재 가리지 않고 괴짜, 변태, 혹은 괴상망측한 녀석들과 툭하 면 마주쳤다. 그래서 그런 착각에 사로잡힌 걸지도 모른다. 그 래도 악마가 된 지 1년쯤 됐는데 이건 좀 그렇지 않을까…….

미후가 그렇게 말하자, 여중생 사오정 양이 옆에서 고개를 끄 덕였다.

"맞아요! 캇파가 아니라고요!"

요괴선인 사오정 양! 오케이, 여중생으로 기억해 두겠습니다!

"나는 원전에서도, 일본에서도 돼지인데 말이야. 어차피 나 는 돼지새끼야……."

옆에 있던 저팔계 씨가 자학하듯 말하는 가운데…….

미후가 사오정 양에 관해 이렇게 말했다.

"······앞으로는 조심해. 사오정 일족은 『캇파』라는 말을 엄청 신경 쓴다고. 특히 일본 사람에게 그런 말을 들으면 뚜껑이 열리나 봐."

그렇구나. 앞으로는 조심해야겠네······.

나는 두 사람에 대한 설명을 들은 후, 본론에 들어갔다.

"그런데, 나한테 뭘 도와달라는 거야?"

그렇다. 나를 부른 이유를 물어본 것이다. 대체 무슨 일로 협력을 요청한 걸까? 그것도 나에게 말이다. 내가 아니면 안 되는 이유라도 있는 걸까?

미후는 손바닥을 맞대며 부탁하는 포즈를 취했다.

"뭐, 그게 말이야. 좀 도와줬으면 하는 일이 있어."

이 마조히스트 변태 저팔계, 그리고 여중생 사오정 양을 상대로 나한테 뭘 어쩌라는 건데······.

"뭐, 일단 자세하게 이야기해 봐."

"실은———."

미후는 이야기를 시작했다.

실은 얼마 전에 초대 손오공으로부터 중요한 언질을 받았다고 한다.

그것은 바로! 현장 삼장법사의 부탁이라고 하는데, 원래 세 명의 제자인 투전승불———손오공, 정단사자———저팔계, 금신나한———사오정에게 하나씩 부탁을 했다고 한다.

스승인 삼장법사로부터 오래간만에 부탁을 받은 초대 할아버지들은 기뻐했지만, 한편으로 이런 생각을 했다.

　──이 부탁을 자손들에게 시키면 좋은 수행이 되지 않을까? 게다가 셋이 함께 이 일을 처리한다면 일족 간의 좋은 교류가 될 테고, 완수한다면 더할 나위 없이 기쁠 것이다.

　삼장법사의 세 제자는 그렇게 판단을 내린 후, 자신들의 이름을 이어받은(혹은 이어받을지도 모르는) 이에게 명령을 내렸다.

　──삼장법사님의 부탁을 셋이서 이뤄드리고 와라, 하고 말이다.

　그래서 초대 손오공 할아버지는 최근에 이름을 계승한 현『저팔계』와『사오정』을 미후가 속한 발리 팀에 맡겼다고 한다.

　부탁을 이뤄주는 김에 수행의 일환 삼아, 팀『D×D』에서 서유기 멤버들을 단련시켜줬으면 한다는 의미가 그 명령에는 담겨 있는 것이다.

　……내가 가장 마음에 걸리는 점은 초대 할아버지들이 미후를 어떻게 평가하고 있느냐, 다. 아직 이름을 이어받지 않았는데도 현『저팔계』,『사오정』과 함께 행동하게 한 것을 보면, 장래의『손오공』으로 일단 기대하고 있는 걸까?

　뭐, 오랜 여정 끝에 신불이 된 초대 할아버지의 심중을 나 같은 녀석이 읽을 수 있을 리가 없지만 말이야.

　"……그렇구나. 그럼 초대 손오공 할아버지를 경유해 현장 삼장법사…… 님한테서 부탁을 받은 거네."

　나는 미후의 설명을 듣고 그렇게 말했다.

그러자 미후는 또 땅이 꺼져라 한숨을 내쉬었다.

"……맞아. 영감의 부탁이라면 그냥 확 거절해버렸겠지만, 다른 제자분들과도 얽힌 일이라서 우리 쪽에서는 난리도 아니거든……. 그 세 제자 전원이 내린 명령을 거절했다간…… 나는 죽은 목숨일 거라고!"

오오, 이 녀석의 새파랗게 질린 얼굴을 보아하니 보통 심각한 상황이 아닌 것 같네. 게다가 머리를 감싸 쥔 채 오들오들 떨 정도로 겁에 질렸잖아.

"……초대 손오공, 저팔계, 사오정이 그렇게 무시무시한 분들이야?"

나는 그 점이 문득 신경이 쓰여서 발리에게 물어보았다. 이 녀석은 강자들에 대해서는 훤히 알거든.

"들은 이야기에 따르면, 팀 『D×D』가 총동원되어야 겨우 승산이 있을 정도일 거야. 삼장법사의 세 제자가 힘을 합치면 그야말로 상상을 초월할 정도로 강하거든. 그러니 미후 혼자서 도망치는 건 무리겠지."

발리는 단언했다.

……그렇구나. 그렇다면 아무리 미후라도 도망치는 건 무리일 거야. 초대와 만나는 게 무서워서 계속 도망 다니는 미후도, 삼장법사의 세 제자가 상대여선 도망치는 것도 불가능할 테지.

"그런데, 나한테 부탁하는 이유가 뭐야?"

나는 용건을 확인하기로 했다. 부탁을 받아들일지 말지를 떠나 어떤 내용인지도 모르거든. 내 예상을 초월하는 사태라면 거절할 작정이다.

미후는 구구절절한 목소리로 말했다.

"적룡제는 이런 일도 척척 처리했잖아? 어려운 의뢰부터 변태들 상대까지, 뭐든 다 헤쳐 나온 거 아니었어? 그러니 우리와 함께 이 녀석들을 돌보면서 이번 미션을 완수하지 않을래? 미션을 클리어하지 못했다간, 나한테 미래는 없어! 하지만 이 변태 돼지새끼와 여중생만 데리고 미션을 수행하려니 불안해. 그러니까 좀 도와달라고!"

미후는 또 손바닥을 맞대며 애원했다.

……이 녀석의 어이없는 장난질에 어울려야 하는 거라면 거절할 작정이었지만, 아무래도 이 녀석 개인의 문제가 아닌 것 같았다. 게다가 그 유명한 『서유기』와 관련된 인물들과 친분을 쌓는 것도 좋은 경험이 될지도 모른다.

"으음, 발리는 어떻게 할 거야?"

일단 팀의 리더인 이 녀석은 어떻게 할 생각인지 물어보았다.

"뭐, 현장 삼장법사의 부탁이라면 나도 거절하는 건 좀 그래. 들어주는 수밖에 없겠지. 이번에는 나도 저 녀석들을 도울 생각이야."

그러고 보니 삼장법사가 알비온의 심리치료를 해 주고 있다고 했었지. ……지금은 드래이그도 회복됐지만, 다음에 무슨 일이 있으면 나도 삼장법사에게 도움을 청해 봐야겠다. 어쩌면 삼장법사가 이천룡의 전속 카운슬러가 될지도 모르겠네.

쿠로카가 불쑥 귓속말을 했다.

(……실은 말이야. 이 건이 해결되고 나면, 초대 할아버지가 발리한테 나타태자를 소개해 주기로 되어 있어냥. 그 태자님은 진짜 강해. 그러니까, 발리는 내심 뛸 듯이 기뻐하고 있을걸?)

아하~ 그런 이유가 있었구나. 강한 녀석과 싸우는 게 보람인 이 녀석한테, 강자를 소개해 준다는 건 최고의 조건이리라.

나도 팔짱을 끼며 고개를 갸웃거렸다.

어쩔까. 나한테 부탁하고 싶은 일은, 서유기 팀의 미션──삼장법사의 부탁을 수행해야 하는 미후를 돕는 거네. 수락할까, 거절할까.

내가 생각에 잠겨 있을 때, 미후가 나에게 귓속말을 했다.

(……내 부탁을 들어주면 말이지. 나중에 쿠로카와 단둘이 있을 수 있게 손을 써 줄 수도 있어.)

──윽!

……미후 녀석이 대뜸 그런 소리를 했다!

(무, 무슨 소리야……?)

내가 마른침을 삼키며 되묻자, 미후는 엉큼한 표정과 목소리로 말을 이었다.

(나는 알고 있거든~? 천계에서 너희한테 전용 에로방을 줬다며? 거기서 아무한테도 방해받지 않으며, 쿠로카와 단둘이서 밤샘 코스 어때? 저 녀석이 차려진 밥상을 거부할 리가 없거든. 아마 밤새도록 할 수 있을걸?)

그 정보를 어떻게 안 거지?! 뭐, 이 녀석이라면 그 정도는 식은 죽 먹기일지도 몰라! 우리 정보는 전부 흘러나가고 있다 해도 과언이 아니거든! 하지만 이 녀석이 방금 말한 것처럼 쿠로카와 단둘이 있게 된다면——.

『우후후, 아무한테도 방해 받을 일 없겠네~. 이런 방에서 단둘이 있는 남녀가 할 일이라면 하나뿐이지 않아? 짝, 짓, 기, 하자냥♪』

관능적인 목소리로 그렇게 말하며 기모노를 벗는 쿠로카를 망상하고 말았다!

(……그, 그럴 가능성은 있어. 하지만 여자애와 단둘이 있을 기회는 흔치 않거든? 항상 다른 여자애가 나를 지켜보고 있다고.)

그렇다. 한 여자애와 단둘이 있을 상황은 웬만해선 생기지 않는다! 내 주위에는 항상 수많은 여자애들이 우글거리는 데 말이지! 아니지, 그렇기 때문에 단둘이 있을 수 없는 걸지도 모른다! 한집에서 살고 있는 여자애들과 계속 번갈아 만나다 보니, 누군가와 단둘이 있을 타이밍은 발생하지 않는다고!

미후는 고민에 잠긴 나를 향해 이렇게 말했다.

(그러니까 말이야! 내가 아자젤 전 총독이나 다른 누군가로 변해서 아침까지 시간을 벌어줄 테니까, 그동안 마음껏 즐기라는 거야!)

아, 아하~! 이 녀석은 다른 사람으로 변할 수 있었지! 게다가 선술을 써! 어쩌면 리아스나 다른 애들을 속일 수 있을지도 몰라! 그 틈에 나는 그 방에서 쿠로카와 단둘이 하룻밤을 보내는 거구나! 끝내주네! 완전 묘안이잖아!

나는 코밑을 손가락으로 슥 훔친 후, 미후에게 손을 내밀었다.

"헤헷. 좋아, 미후. 라이벌 팀의 부탁을 거절할 수야 없지."

"크큭. 역시 적룡제 나리는 말이 통한다니깐!"

우리는 뜨거운 악수를 나눴다!

이리하여, 이천룡인 나와 발리는 서유기 팀을 돕게 됐다.

삼장법사의 첫 번째 부탁.

그날, 나, 발리, 그리고 서유기 팀의 세 사람은 한밤중에 어느 대형양판점이 있는 전자상가 앞에 줄 서 있었다. 날씨가 추운데도 수많은 사람들이 한밤중에 이곳에 모여 장사진을 이루고 있었다.

미션1, 괴물워치를 입수하라!

…………삼장법사의 부탁이라는 게 이딴 장난감을 손에 넣는 거냐!

현재 일본 어린이 사이에서 유행하는 『괴물워치』. 게임을 비롯해 애니메이션, 만화, 장난감 등의 관련 상품도 전부 대히트를 치고 있는 엄청난 콘텐츠다.

참고로 『찌찌드래곤』의 저작권을 관리하는 명계의 그레모리 가문도 참고삼아 주목하고 있다 한다.

『찌찌드래곤』인 내가 내일 아침 열 시부터 이 전자상가에서 판매가 개시되는 『괴물워치』 장난감을 손에 넣기 위해, 밤새록 줄을 서게 됐다.

한 개로는 부족하다기에, 여러 개를 확보하기 위해 우리 다섯 명 전원이 줄을 서게 됐다. 정체는 숨겼다. 특히 겉모습이 인간과 동떨어진 저팔계 씨는 변화의 술법을 써서 인간으로 변했다. 덕분에 지금은 뚱뚱한 청년 같았다.

"……삼장법사는 장난감을 좋아하는구나."

내 혼잣말에 발리가 답했다.

"지인의 자식들에게 선물로 줄 거라더군."

아~, 그렇게 된 거구나. 하긴, 『괴물워치』는 우리 쪽 세계에서도 인기잖아.

"아무튼, 추위를 견디며 내일 아침까지 줄 서 있자고."

미후는 평소와 다르게 의욕이 넘쳤다. 거역할 수 없는 상황이라 그런지, 예전과 다르게 의욕을 불태우고 있었다.

——그리고 줄서 있는 우리를 보고 뭔가를 눈치챈 미후가 느닷없이 뚱딴지같은 목소리로 이렇게 말했다.

"어라라, 오정이 없잖아?!"

그렇다. 사오정 양은 오늘 오지 않았다.

"새벽에 부활동이 있어서 못 온다는 연락을 받았어."

연락을 받은 발리가 그렇게 말했다.

중학생이잖아……. 부활동이 중요한 거야.

미후는 그 말을 듣고 당황했다.

"잠깐만, 부활동보다 사오정으로서의 사명을 우선해야 하는 거 아니야?! 하아, 이래서 요즘 젊은 요괴들은 문제라니깐!"

미후는 이번 일을 셋이서 함께 수행해야 한다고 생각하는 건지, 꽤나 진지했다. 하지만 네가 그딴 소리를 하는 거냐. 가장 문제가 많은 건 바로 너잖아.

아무튼, 나는 이 상황에 대처하기 위해 대타를 준비해 뒀다.

나는 후드를 깊이 눌러쓰고 내 뒤편에 서 있던 인물을 미후에게 소개했다. 사실 이 사람이 바로 내가 이번에 준비한 서포트 요원—— 도우미다.

"이 사람이 오늘의 서포트 요원인——."

후드를 쓴 그 남자는 허탈한 미소를 지었다.

"샐러맨더 토미타입니다. ——캇파죠."

캇파인 샐러맨더 토미타 씨다. 전직 래퍼이며, 지금은 오이농가인 본가를 이어받은 이색적인 캇파다. 코네코가 동경하는 캇파이기도 했다. 참고로 이 사람은 그리고리의 괴인이다.

사오정 양이 오늘 못 온다는 사실을 알고, 내가 그를 불렀다.

"윽! 샐러맨더 토미타! 그쪽으로는 유명한 캇파지."

호오, 발리도 아는구나……. 이 래퍼이자 캇파인 오이 농부는 꽤 유명한가 보네…….

그런데 발리. 줄을 선 채로 컵라면을 먹지 마. ……엄청 맛있어 보이잖아.

하지만 미후는 눈알이 튀어나올 정도로 놀라더니, 대뜸 발끈했다.

"어이어이어이어이! 캇파를 데려와도 의미가 없어! 빨리 강에 데려다주고 와!"

하지만 샐러맨더 토미타 씨는 차분하고 신사적인 태도로——

미후에게 오이 한 개를 내밀었다.

"자아, 진정하시죠. 이거라도 드시지 않겠습니까? 겨울밤에 실외에서 먹는 오이도 썩 괜찮죠."

미후는 그 오이를 한입 베어 물더니, "아니, 그러니까……!" 하고 불평을 늘어놨지만, 그냥 무시하기로 했다. 중요한 것은 내일 발매되는 장난감을 손에 넣는 것이다.

옆에서는 저팔계 씨가 줄을 선 마담에게……

"사모님, 저를 때려주시지 않겠습니까? 가능하면 이 돼지새끼하고 매도하며 때려주면 감사할 것 같군요. 돼지인 제가 이 추위를 견디려면 그런 영혼의 샤우팅이 필요하거든요."

변태적인 행위를 요청하고 있었기에, 주위에 불편을 끼치게 둘 수는 없어서 내가 확 두들겨 패 줬다!

이렇게, 우리의 장난감 쟁탈전은 정오때까지 계속됐다.

물건을 무사히 입수했다고!

미션2를 수행하기 위해——.

우리는 중국 오지에 있는 사원으로 향했다. 높은 산 정상에 있는 그 사원에 가려면 험난한 길과 끝없이 이어져 있는 듯한 계단을 올라가야만 한다. 평범한 사람들은 이 계단을 올려다보기만 해도 얼굴이 새파랗게 질릴 것이다.

이런 수행에는 꽤 익숙한 나, 그리고 이 정도는 수행으로 치지 않는 듯한 발리는 아무렇지 않게 계단을 올라갔지만…….

"허억, 허억……. 너, 너희는, 왜 아무렇지 않게…… 올라가는 거냐고……!"

미후는 숨을 헐떡이며 우리를 겨우겨우 쫓아오고 있었다. …… 어라라, 미후는 체력이 없나 보네.

여중생인 사오정 양은 약간 피곤해 보이지만…….

"꽤 괜찮은 운동이 될 것 같아요."

미후보다 훨씬 여유로워 보였다. 하지만 사오정 양은 앞장서서 걷고 있는 자를 보더니 불쾌한 표정을 지었다.

"훗, 중국의 산도 좋군. 좋은 멜로디가 떠오를 것 같은걸, 코네코."

이 산의 절경을 둘러보고 있는 인물은 바로—— 캇파, 샐러맨더 토미타 씨였다. 그렇다. 그가 여기까지 따라온 것이다! 그리고 캇파를 좋게 여기지 않는 사오정 양은 불만을 표시하듯 볼을 한껏 부풀렸다. 오오, 여중생다운 귀여운 반응이네.

하지만 지금 가장 불만을 느끼고 있는 건 바로 미후였다. 그것도 피로 때문이 아니었다.

"빌어먹을! 저 돼지새끼……!"

미후는 저팔계 씨를 향해 분노를 터뜨렸다. 그럴 만한 이유가 있었다.

이 자리에는 나, 발리, 샐러맨더 토미타 씨, 미후, 미소녀 중학생 사오정 양, 그리고—— 돼지가 있었다!

"꿀꿀~."

우리와 함께 계단을 오르고 있는 건…… 돼지였다. 그렇다!

평범한 돼지다!

"돼지가 왜 여기 있는 거야?! 저팔계는 어디 간 거냐고!"

미후는 계단을 오리는 그 돼지를 보면서 분통을 터뜨렸다.

미리 연락을 받았던 발리가 말했다.

"그게, 등심 부분의 근육이 끊어졌으니, 오늘은 쉬겠다고 하더군."

등심——— 즉, 어깨에서 허리로 이어지는 등 부분의 근육이 끊어졌다고 한다.

"이 돼지 새끼, 확 차슈로 만들어 버릴까아아아아아아앗!!! 그런데 왜 대타로 평범한 돼지를 데려온 건데?!"

완전히 뚜껑이 열린 미후는 분노를 터뜨리며 계단을 올라갔다.

멤버가 갖춰져야 한다고 판단한 나와 발리는 상담 결과, 돼지 한 마리를 준비했다. 시간이 없었어……. 평범한 돼지를 데려올 수밖에 없었다고…….

하지만 그 마조히스트 저팔계는 진짜 의욕이 없네! 이렇게 긴 계단을 올라가야 한다는 걸 사전에 안 게 틀림없어! 지치는 게 싫어서 안 온 거라고!

하지만 평소와 다르게 의욕이 넘치는 듯한 미후는 불평 불만을 늘어놓으면서도 두 발로 계단을 올라갔다. ……삼장법사의 세 제자가 진짜 무섭나 보네…….

한나절 넘게 걸려 산꼭대기에 도착한 우리는 사원에 사는 덕이 높은 스님에게서——— 복숭아 몇 개를 받았다.

납작한 복숭아였다. 반도(蟠桃)라는 품종이며, 중국에서는 먼 옛날부터 불로불사의 과일로 여겨졌다. 물론 우리가 받기로 한 것은 인간 세상의 반도와 비슷하지만 전혀 다른, 고마운 효능이 있는 복숭아다.

뭐, 이야기를 듣자 하니 불로불사의 약 같은 게 아니라 신선이 만드는 약의 재료인 것 같았다. 삼장법사는 그것을 원한 것이다.

"그럼 이 복숭아를 전단공덕불 님께 전해 주십시오."

스님은 그렇게 말하며 복숭아를 건네줬다. 전단공덕불——현장 삼장법사를 말하는 것이리라.

아~ 이걸로 두 번째 미션도 클리어 했네. 기지개를 켜던 나는 사원 구석에서 도시락의 뚜껑을 여는 발리를 우연히 보았다!

귀여운 도시락 통에는 형형색색의 식재료로 만든 캐릭터 도시락이 들어 있었다. 발리의 얼굴을 본떠 만든 것 같은 도시락이며, 김으로 '발 군'이라고 적혀 있었다.

"너도 그런 도시락을 먹는구나. 누가 만들어준 거야?"

내가 묻자, 발리는 도시락을 먹으며 말했다.

"오늘 현장 삼장법사의 부탁으로 사원이 있는 산을 오를 거라고 알고 지내는 여자 마법사에게 이야기했더니, 이런 걸 주더군."

호오, 알고 지내는 여자 마법사! 르페이는 아닌 것 같은데…….

내가 관심을 가지자, 발리가 이어서 말했다.

"……한때 나를 감독하던 사람이지. 누나 같은 존재야."

흐음, 발리한테 그런 사람이 있는 줄은 꿈에도 몰랐어!

흠흠, 이렇게 싸움 이외의 일로 교류를 하다 보니, 이 녀석의 몰랐던 측면을 알게 되어서 즐겁네. 들어본 적 없는 정보도 이렇게 접할 수 있고 말이야.

발 군, 인가. 다음에 좀 알아보도록 할까.

"진짜야?!"

──바로 그때, 등 뒤에서 미후의 비명에 가까운 고함 소리가 들렸다.

신경이 쓰인 나와 발리가 다가가보니, 스님이 우리를 향해 이렇게 말했다.

"마침 잘됐군요. 여러분도 같이 들어 보시죠. 이제부터 이야기해드리려는 건 『서유기』에도 실려 있는, 초대 손오공이 서왕모 님이 주최한 연회에서 이 복숭아를 훔친 일화입니다. 그것은──."

그렇게, 기나긴 이야기가 시작됐다──.

산에 있는 사원에서 미션을 마친 우리는 삼장법사의 마지막 부탁을 들어주기 위해 어떤 장소로 향했다.

"우랴아아아아아아아아아아앗!"

산속 깊은 곳에서, 미후는 요괴를 향해 여의봉을 휘둘렀다.

"에잇~~!"

여중생 사오정 양도 손바닥으로 힘차게 물줄기를 뿜어서, 악랄해 보이는 요괴들을 단숨에 날려버렸다.

"이얍~."

의욕이 없는 듯한 저팔계 씨(아까 합류했다)는 정파(釘鈀)라고 하는, 이가 아홉 개 달린 갈퀴 같은 무기로 요괴들을 호쾌하게 날려버렸다.

그렇다. 미션3은 의외로 간단하게도 중국 오지—— 신선이 사는 영역에 출몰하는 요괴 산적들을 진압해달라는 것이었다.

이번에는 나와 발리도 몰래 도움을 줬다. 메인은 서유기 팀이며, 우리는 도망치는 요괴들을 해치우는 역할을 맡았다. 그리고 우리에게 달려드는 녀석들을 처리했다.

뭐, 아까 스님에게서『서유기』이야기를 하염없이 들었더니, 몸을 움직이고 싶어서 좀이 쑤실 지경이었거든. 그래서 마지막 미션은 우리로서는 환영해 마지않을 내용이었다.

"우랴아아아아아아압!"

"꿀꿀~."

어찌 된 영문인지 샐러맨더 토미타 씨도 전투에 참가하고 있고, 아까 그 돼지도 전장 옆에서 풀을 뜯어먹고 있지만…… 그냥 신경 끄기로 했다!

"사오정, 저팔계! 가자!"

"응~."

"예!"

미후의 말에 맞춰, 저팔계 씨와 사오정 양이 연계공격을 펼쳤다. 저렇게 호흡이 척척 맞는 모습을 보니, 서유기 팀의 유대라는 게 존재하는 것 같네.

"나한테 맡겨!"

"꿀꿀~."

때때로 캇파와 돼지도 끼고 있지만, 그냥 신경 쓰지 말자!

산적 요괴들을 해치운 서유기 팀을 보며, 나는 불쑥 발리에게 물었다.

"장래의 너희 팀 멤버로서는 어떻게 생각해?"

발리는 즐겁게 날뛰고 있는 세 사람을 쳐다보며 훗하고 웃음을 터뜨렸다.

"네가 나한테 그걸 묻는 거냐. ……뭐, 심심하지는 않겠지."

쓴웃음을 짓고 있지만, 방금 그 말에는 발리의 본심이 어려 있는 것처럼 느껴졌다. 그래. 저런 녀석들이 멤버라면 심심할 일은 없을 것이다.

이리하여, 우리는 초대 할아버지들의 명령을 완수했다——.

이제 남은 건—— 쿠로카와의 단둘만의 밤샘 코스뿐이다!

나는 "므흐흐." 하고 엉큼한 웃음을 흘리며, 이런저런 망상에 빠져들었다.

다음 휴일의 일이다.

"뭐어어어어어어어어어어엇?! 약속을 지킬 수가 없다고?!"

연락용 마방진을 통해 미후에게 연락을 받은 내가 비명을 질렀다.

미후는 건성으로 미안하다고 말하며 그냥 넘어가려 했다!

『이야, 그게 말이야. 미션은 무사히 완수했지만, 결국 영감의 제안으로 저팔계와 사오정은 발리 팀의 예비 멤버로 삼게 됐거든. 그리고 그 녀석들을 나 혼자 돌보게 됐다고. 그 뿐만 아니라 일전의 그 돼지, '차슈'도 우리가 맡게 되어서 한동안은 여유가 없을 것 같아.』

나, 나, 나는 그런 이야기 못 들었거든?! 이 녀석이 아자젤 선생님이나 다른 누군가로 변해서 다른 여자애들의 관심을 끌어 주면! 나는 그 틈에 예의 에로방에서 쿠로카와 밤새도록 으샤으 샤~르으으으으을……!!

그건 그렇고, 그 돼지도 기르게 됐구나. 그건 잘됐지만, 그래도 이름이 '차슈'인 건 좀 그렇지 않아?! ……발리 라면 연구용 재료로 쓰지나 않으면 좋겠는데…….

『그렇게 됐어. 자초지종은 쿠로카의 동생한테 이야기해 뒀으니까, 뒷일은 알아서 해! 그럼 안녕!』

미후는 그 말을 끝으로 통신을 일방적으로 끊었다!

"어이! 미후! 어이! 젠장, 저 자식……!!"

나는 분노가 머리끝까지 치솟았지만…… 곧, 미후가 마지막에 남긴 말을 이해했다!

……쿠로카의 동생한테, 자초지종을, 이야기했다고……?

등 뒤에서, 강렬한 위압감이 느껴졌다. 내가 머뭇거리며 뒤를 돌아보니── 온몸으로 투기를 뿜고 있는 코네코 님께서 서 계셨다! 그것도 도끼눈으로 쳐다보면서 말이다!

"……다른 사람들 몰래 그런 일을 꾸미다니…… 잇세 선배는 진짜 저질이에요!"

"끄아아아아앗! 잘못했어요오오오오오오!"

그 후, 코네코 양에게 교육적 지도를 당한 것은 말할 필요도 없을 것이다——.

젠장!! 미후 자식! 다음에 만나면…… 약속을 반드시 지키게 만들겠어!

나는 마음속으로 굳게 다짐했다.

Salamander Tomita.

레이팅게임 국제대회 『아자젤컵』 예선이 끝난 후의 일이다.

『명성(明星)의 백룡황』의 리더인 발리가 팀 멤버들을 소집했다.

멤버 전원이 모이자, 발리가 입을 열었다.

"새 멤버…… 정확하게는 보결 멤버를 영입하기로 했어."

발리가 그렇게 말하며 소개한 이는———.

"샐러맨더 토미타입니다. 캇파죠. 잘 부탁드립니다."

그자는 바로 래퍼 캇파, 샐러맨더 토미타였다.

이런저런 일로 이 캇파와 만난 적이 있는 발리 팀의 멤버들은 경악했다.

미후는 이렇게 말했다.

"발리, 진심이야?! 이, 이 캇파를……?"

발리가 대답했다.

"그래. 토미타 씨는 최근에 '캇파 중의 캇파'라 불리는 '최상급 캇파'로 승격했어. 실력 자체는 더할 나위 없지."

"최상급 캇파는 또 뭐야……."

미후가 영문을 모르겠다는 듯한 반응을 보이자, 쿠로카는 신음을 흘리며 말했다.

"캇파 중에서도 손꼽히는 캇파야. 오이 1억 개의 가치가 있다는 이야기를 들은 적이 있어."

"더 이해가 안 되네! 그리고 보니 그리고리에 속했던 적도 있다고 했지? 이 캇파는 대체 정체가 뭐야?!"

미후는 머리를 감싸 쥐며 딴죽을 날렸다.

"앗! 그리고 보니……!"

쿠로카는 화들짝 놀라더니, 미후와 현 저팔계, 그리고 샐러맨더 토미타를 나란히 세웠다.

세 사람이 나란히 서자, 쿠로카는 흥미롭다는 듯이 그들을 주목하며 이렇게 말했다.

"……원숭이 요괴와 돼지 요괴. 그리고 캇파……. 일본 요괴로서는 이쪽이 훨씬 확 와닿네냥."

그러자 자줏빛 머리카락을 지닌 여중생, 현 사오정이 불만을 표시하듯 볼을 부풀렸다.

"쿠, 쿠로카 씨! 이 세 사람이 더 서유기 느낌이 난다고요?!"

캇파란 오해를 받고 싶지 않은 또래의 사오정은 발끈하며 화를 냈다.

쿠로카는 볼을 긁적였다.

"그야 일본에서는 이 구성이 더 유명하거든."

"요괴선인!『사오정』은 요괴선인이에요!"

"그것보다, 우리 팀은 요괴가 정말 많네……. 게다가 진짜 돼지도 기르고 있잖아."

미후는 그렇게 중얼거리며 탄식을 터뜨렸다.

　멤버 사이의 교류가 잘 이뤄지고 있다고 느낀 발리는 고개를 끄덕이며 이렇게 말했다.

　"아무튼, 샐러맨더 토미타 씨는 유사시에 우리를 지원해 주기로 했어."

　그렇게 말한 후, 멤버들을 둘러보던 발리는 일전에 라비니아 레이니에게 들었던 말을 떠올렸다.

　──쿠로카 씨가 나츠메, 미후 군이 샤크, 펜리르가 진……
왠지 발 군의 팀 구성은 『슬래시 독』 팀과 비슷한 것 같아요.

　발리는 그 말을 듣고 그 자리에서 바로 그럴 리가 없다고 부정했지만──.

　"뭐, 영향을 아예 받지 않은 건 아니겠지."

　지금은 그런 생각이 들었다──.

Life.5 공주님들의 꽃꽂이

　나—— 키바 유우토는 주인인 리아스 누나를 모시고, 명계에 있는 어느 유명한 카페로 향했다. 카페에 있는 회의실을 빌려서, 은밀히 간담회를 가지는 것이다.

　그 상대는 리아스 누나의 소꿉친구이자 둘도 없는 친구인 소나 시트리 전 학생회장님, 동기이자 대공 가문의 차기 당주인 시그바이라 아가레스 씨다. 리아스 누나를 비롯해 이 세 사람—— 상급 악마 명가의 여자 차기 당주들 모임이다.

　테러 대책팀 『D×D』가 조직된 후로 시작된 정기 간담회라고나 할까. 상급 악마들과의 교류 또한 차기 당주에게는 중요하며, 시트리 가문과 대공 아가레스 가문과 친분을 쌓는다는 의미에서 보더라도 매우 중요한 자리다.

　……뭐, 보통은 이 또래 아가씨들답게 연애나 패션 이야기를 주로 하지만 말이다. 하지만 같은 또래 차기 당주가 모여서 고민을 털어놓는 건 좋은 일이라고 생각한다.

　일단 상급 악마 공주님들의 간담회인지라, 오랜 관습에 따라 각자가 자신의 권속 중에서 『나이트』를 대동했다.

　나 말고도 시트리, 아가레스의 『나이트』가 한 명씩 이 자리에 있었다. 시트리에서는 메구리 토모에 양, 그리고 아가레스에서는 정장 차림에 밤색 스트레이트 장발을 지닌 20대 초반의 여성 『나이트』가 왔다.

듣자 하니 아가레스의 여성 『나이트』는 사이라오그 바알 씨의 『나이트』 베르가 푸르카스 씨(바알 전에서 내가 싸웠던, 「페일 호스」에 탔던 사람)의 여동생이며, 이름은 바피르 푸르카스 씨라고 한다.

『나이트』이며, 때때로 이런 행사에 주군을 모시고 동행하기에, 『퀸』 다음으로 바빴다. 명예로운 일이지만 말이다.

그리고 현재, 공주님들은 사룡전역 이후의 전후 처리에 대한 보고를 비롯한 공적인 대화를 얼추 마친 후 사적인 이야기를 시작했다.

리아스 누나가 자신의 고민을 두 사람에게 털어놓았다.

소나 전 회장님…… 아니, 소나 선배는 리아스 누나의 고민을 듣고 이렇게 말했다.

"신부수업……인가요?"

리아스 누나는 고개를 끄덕였다.

"응. 잇세의 어머님과 이야기하다가, 어머니의 신부수업 이야기를 듣고 여러모로 생각하는 바가 있었거든. 일본에서는 옛날부터 신부수업 때 화도(花道)나 다도를 배우기도 했다니까, 나도 배워 볼까 해."

잇세 군과 리아스 누나의 관계는 주위에서도 다 알고 있으며, 리아스 누나 또한 잇세 군과 장래를 함께하기로 마음먹었다. 그런 만큼, 신부수업에 관해 고민하는 것도 당연할지도 모른다. 일본인 남성을 남편으로 맞이하는 만큼, 그에 걸맞은 지식과 재주를 지닌 아내가 되고 싶은 것이리라.

시그바이라 씨는 안경을 고쳐 쓰며 질문을 던졌다.

"가동? 작동? 일본의 기계공학인가요? 신부수업으로 로봇을 만들기라도 하나요?"

화도는 가동과, 다도는 작동과 일본식 발음이 동일해서 헷갈린 것이리라. 로봇 애니메이션에 조예가 있는…… 아니, 마니아인 아가레스 가문 차기 당주는 화도나 다도보다 가동 및 작동 쪽에 귀에 익은 것 같았다.

"아니에요, 시그바이라. 꽃꽂이와 마시는 차에 관한 거예요."

──하고, 소나 선배가 가르쳐줬다.

"꽃꽂이와 차인가요……. 저는 영락없이……."

시그바이라 씨는 약간 아쉬워했다.

소나 선배는 리아스 누나의 고민을 듣더니, 차를 한 모금 마신 후에 대답했다.

"그래요. 일본에서는 신부수업으로 꽃꽂이와 다도를 배운다는 이야기는 저도 들었어요. 그럼 아케노에게 배우는 건 어떨까요? 아케노라면 그쪽으로 조예가 있을 텐데요?"

소나 선배가 말한 것처럼, 아케노 씨는 일본적인 관습과 전통 기예는 대부분 익혔다. 효도 가에서 하숙 중인 아케노 씨는 집 곳곳에 아름답게 꽃꽂이가 된 꽃병을 장식하기도 했다.

하지만 리아스 누나는 고개를 저었다.

"아케노에게 말은 해 봤는데, 자기는 제대로 배운 게 아니라 그저 흉내만 내는 거니까 본격적인 곳에서 제대로 배우는 편이 좋을 거라지 뭐야."

아케노 씨라면 리아스 누나를 생각해서 그리 말했으리라. 그 레모리의 차기 당주라면, 다소 지식이 있는 친구보다는 프로에게 제대로 가르침을 받는 편이 나을 거라 판단한 것이다.

소나 선배는 턱에 손을 대면서 생각에 잠겼다.

"그렇군요. ……그럼 저도 다녀볼까요."

그리고 뜬금없이 그렇게 말했다. 역시 여성으로서, 시트리 가문의 차기 당주로서, 결혼에 관심이 있는 것 같았다.

"어머, 소나도 신부수업에 흥미가 있나 보네."

리아스 누나가 그렇게 말하자, 소나 선배는 고개를 끄덕였다.

"예. 일본에 살고 있는 만큼, 이곳의 문화를 제대로 체험하며 이해해야 하겠죠. 제대로 된 유파에서 제대로 배우는 편이 좋을 거예요."

바로 그때, 같은 상급 악마 여성이자 아가레스 가문의 차기 당주인 시그바이라 씨도 조용히 손을 들었다.

"그럼 저도 체험해 보죠. 요새는 연구실에 틀어박혀서 모형만……."

시그바이라 씨는 갑자기 말을 멈추더니, 헛기침을 하며 다시 말했다.

"요새는 계속 연구에만 몰두했으니, 이문화 교류 차원에서 신부수업을 받으며 좋은 경험을 쌓고 싶군요."

리아스 누나는 두 사람의 의사를 확인한 후, 말했다.

"그럼 셋이서…… 꽃꽂이부터 익혀보자."

소나 선배와 시그바이라 씨는 고개를 끄덕였다. 두 사람 다 리아스 누나의 말에 동의하는 것 같았다.

이리하여, 동기인 상급 악마 세 사람은 신부수업 삼아서 꽃꽂이를 배우게 됐다.

나를 비롯한 『나이트』 세 사람은 시선을 교환하며 무언의 의사소통을 나눴다.

간담회로부터 며칠이 지난 휴일——.

세 공주님은 정기 간담회의 연장선 느낌으로, 권속 중에서 『나이트』를 한 명씩 대동하고 신부수업——『꽃꽂이 교실 체험회』를 실시하게 됐다.

그리고 소나 선배가 아는 사람을 통해 신청했다는 꽃꽂이 교실에 참가했다.

리아스 누나와 소나 선배가 권속 여자애들에게 같이 배우자고 말해 봤지만, '윗분들끼리의 교류에 우리가 끼는 건 좋지 않다. 다음에 또 기회에 있으면 말해달라.' 라고 말했다고 한다. 동료들은 귀부인들 사이의 교류에 방해가 되지 않도록 사양한 것이다.

잇세 군은…… 애초부터 부르지 않았다. 신부수업에 장래의 남편을 데려가는 건 좀 그러니까 말이다.

그래서 그레모리에서는 나만 참가하게 됐다. 『나이트』로서, 행사에 참가하는 공주님을 수행하는 것이다.

공주님들은 전원이 기모노를 입고 있었다. 신부수업으로서 꽃꽂이를 배우는 만큼, 옷차림부터 신경을 쓴 것이다. 상류층 출신답게, 세 분 다 우아한 기모노가 잘 어울렸다.

시트리와 아가레스의 여성 『나이트』도 주인과 마찬가지로 기모노 차림을 했다.

그리고 남자는 나 혼자라, 예전의 그 성전환 총을 써서 여자애가 됐다. ……다시는 쓰지 않으려고 했는데…… 이것도 『나이트』의 소임이니까……. 기모노도 처음 입다 보니 익숙하지 않아서 넘어질 뻔했다.

시트리의 『나이트』인 메구리 양이 기모노를 입은 나를 보자마자 기뻐하더니, 스마트폰으로 사진을 찍고 싶다고 말했다.

"키바 군, 사진 한 장만 찍을게. 나중에 츠바키 씨한테도 보내줘야지……!"

아무튼, 우리는 드디어 꽃꽂이 교실의 문을 두드리게 됐다. 간판에는 『폭섬류(爆閃流) 총본산』이라는 말이 멋들어진 글씨체로 큼지막하게 적혀 있었다.

그 멋진 입구의 정문에서, 카메라가 달린 초인종으로 우리가 도착했다는 사실을 상대방에게 알렸다. 양문형의 문을 제자로 보이는 기모노 차림의 여성이 열었다. 문 너머에서는 돌을 깔아 만든 길이 있었으며, 그 길은 현관까지 이어져 있었다.

리아스 누나는 그 길을 따라 걸으면서 소나 선배에게 물었다.

"전통과 격식 있는 화도의 유파 맞지?"

"그래. 유명한 곳이야. 상대가 인간이든, 악마든, 배우려는 의지만 있다면 차별 없이 가르쳐 준다고 해."

……아, 악마한테도 가르쳐 주는 곳인가. 왠지 불길한 예감이 들었다. 보통 이런 느낌이 들면 문제가 발생했는데…….

약간의 불안감이 감도는 가운데, 제자들이 현관을 열어줬다.

안에서는—— 기모노 차림의 중년 여성이 기다리고 있었다. 그리고 그 사람의 머리 위에는 꽃병이 놓여 있었다! 형형색색의 꽃이 꽂힌 꽃병을 머리 위에 올려놓은 것이다!

머리에 꽃병을 올려둔 중년 여성은 차분하게 고개를 숙였다.

"블래스트류를 잘 찾아오셨어요. 폭발의 폭, 섬광의 섬이라 쓰고, 블래스트라고 읽죠. 저는 현 가주 바쿠산 우메코라고 합니다."

"저희야말로 오늘 잘 부탁드려요."

리아스 누나를 비롯한 아가씨들도 고개를 숙여 인사했다.

……고개를 숙이는데도 꽃병이 떨어지지 않을 뿐만 아니라, 물 한 방울 튀지 않아……. 저 꽃병이 어떤 식으로 만들어져 있는 건지도 신경이 쓰이지만…….

그것보다 방금 블래스트류라고 말한 것 같은데……. 그건 일본어가 아니지 않아? 폭섬류인 줄 알았는데……. 들어본 적도 없는 유파야. 악마도 받아준다는 걸 보면 뒷세계에서는 꽤 잘 알려진 유파일 것이다. 하지만, 불안이 엄습하는걸……!

가주 여성은 우리를 보자마자 날카로운 시선을 머금었다.

"입문을 하기 위해선 저희 유파 나름의 시험을 치러야 한답니다. ……사실, 그 시험은 이미 시작됐죠."

──윽. 시, 시험. 게다가 이미 시작됐다고……?

우리는 당혹스러워했다. 그런 가운데, 리아스 누나가 물었다.

"시, 시험……? 어떤 시험이죠?"

가주는 입가를 손으로 가리며 "오호호호." 하고 가볍게 웃었다. 하지만 곧 박력 넘치는 위압감── 아, 아니, 아우라를 온몸으로 뿜기 시작했다!

일반인이 아우라를 뿜을 수 있을 리 없다. 하지만…… 이 가주는 꼿꼿이 교실의 선생님답지 않게 농밀한 기를 온몸에 둘렀다!

그런 가주가 말했다.

"──여러분의 아우라를 살펴보겠습니다. 저희 유파를 배우기 위해선 아우라가 꼭 필요하죠. 자아, 여러분의 아우라를 보여주시죠!"

──윽! 서, 설마, 꼿꼿이 교실에 와서 시험을 치르게 된 것도 모자라, 아우라까지 발휘해야 하는 건가! 나를 비롯한 『나이트』 셋은 이 상황에서 당황했지만, 공주님 세 분은──.

"좋아요. 아우라를 보여드리면 되는 거죠?"

리아스 누나는 씨익 웃으며 소나 선배, 시그바이라 씨와 시선을 교환했다.

""" "하잇!" """

상급 악마 가문의 차기 당주인 세 여자 악마가 동시에 아우라를 온몸으로 뿜었다! 현관문이 부서져 나가더니, 신발장도 으스러지기 시작했다!

저 세 분이 뿜은 아우라를 본 가주는 환희에 사로잡혔다.

"──윽! ······뷰티풀······. 저희 유파에 입문하기 위해서는 아우라를 뿜을 수 있어야 하기에, 그 점이 큰 벽으로 작용합니다만······ 아무래도 여러분은 저희 유파의 문을 두드리기에 걸맞은 자격을 지니신 것 같군요."

가주는 그 세 사람을 집안으로 들이며 이렇게 말했다.

"좋습니다. 안에서 화도의 진수를 가르쳐드리죠!"

아무래도 입문 테스트를 합격······한 걸로 생각하면 될까? 이, 이런 식으로 꽃꽂이 유파에 입문하는 건 전대미문 그 자체라고 생각하는데······.

우리를 이곳에 데려온 소나 선배도 아우라를 뿜으면서 미심쩍은 표정을 짓더니, "······정보가 잘못된 걸까?" 하고 중얼거렸다.

현관 안으로 들어서서 긴 복도를 따라 나아가던 가주는 불온한 표정을 지었다.

"──이미 화도는 시작됐으니, 주의해 주시길."

······잠시 후, 아까 느꼈던 불길한 예감은 완벽하게 적중하고 만다.

"하앗! 운룡(雲龍)의 형!!"
"이얍! 명봉(名峰)의 진!!"

힘찬 목소리가 연이어 들려왔다.

우리가 안내된 곳은—— 도장이었다! 바닥이 판자로 된 널찍한 연습장이다. 그곳에서는 기모노 차림의 여성들이 침봉 혹은 꽃병을 사이에 두고 앉아서 대치하고 있었다. 그리고 준비된 형형색색의 꽃을 번갈아 침봉이나 꽃병에 힘차게 꽂았다.

아까 같은 용맹한 기합을 내지르더니, 기묘하기 짝이 없는 포즈를 취하며 침봉이나 꽃병에 힘차게 꽃을 꽂는 것이다.

대, 대체 뭘 하고 있는 걸까…….

보통 꽃꽂이 교실에서는 다다미방 같은 곳에서 다소곳하게 무릎을 꿇고 앉은 후 배우는 것 아니었나……?

이, 이런 격투기 도장 같은 곳에서 화기(花器)에 둘러앉아서 번갈아 꽃을 꽂는 건 듣도 보도 못했는데…….

우리가 벙찐 표정을 짓고 있을 때, 가주가 입을 열었다.

"문하생들은 화기를 중심으로 실전적인 대련을 하며, 매일 수련에 힘쓰고 있습니다. 저희 유파에서 주로 사용하는 화기는 침봉과 꽃병입니다만, 자유로운 발상에 따라 다른 그릇 혹은 도구를 쓰는 것도 허용되죠."

——화기. 이 사람, 방금 화기를 링이라고……. 그리고 실전이니 단련이니……. 이제는 영문을 모르겠다.

완전 혼란에 빠진 가운데, 가주가 우리에게 물었다.

"화도의 기원이 무엇인지는 알고 있나요?"

소나 선배가 안경을 고쳐 쓰며 대답했다.

"거대한 수목 혹은 바위를 신의 매개체라 여긴 것이 기원이며, 무로마치 시대에 다도와 함께 발전했다고 알고 있어요."

　가주는 고개를 저으며 이렇게 말했다.

　"오호호호. 진실은 그렇지 않답니다. 때는 3세기 경, 세베루스 왕조 시대, 로마 제국 황제 마르쿠스 아우렐리우스 안토니우스 아우구스투스, 통칭 헬리오가발루스는 연회에 초대된 손님에게 대량의 장미꽃을 부어서 질식사시키는 것을 즐겼다는 설이 있죠. 그래요. 세베루스 왕조시대, 로마 제국 황제 마르쿠스 아우렐리우스 안토니우스 아우구스투스, 통칭 헬리오가발루스야말로 화도의 기원입니다! 아마도요!!"

　──사, 3세기, 세베루스 왕조……? ……장미꽃으로 질식사, 헬리오가발루스 황제…… 게다가 '아마도'…….

　의문이 계속됐지만, 리아스 누나는 생각에 잠긴 듯한 반응을 보였다.

　"설마 화도의 기원이 세베루스 왕조 시대라니……. 다음에 그 시대를 잘 아실 은거한 선조분들에게 물어봐야겠네……."

　리아스 누나는 이 나라에 관한 것에는 엄청 둔감하거든. 나도 이곳에 오고 얼마 안 되는 시절에 사무라이와 닌자에 관한 잘못된 지식을 듣고 엄청 당혹스러웠어. 지금은 나도 제대로 알고 있지만, 리아스 누나는 어떨까…….

　이것도 전부 내 스승 탓이겠지만……. 사부님, 왜 리아스 누나가 이런 오해를 하게 한 건가요……? 위대하고 존경스러운 스승이지만, 그 점에 있어서만큼은 원망스러웠다.

　내가 한숨을 쉬고 있을 때, 가주는 근엄한 얼굴로 말했다.

"──화도란, 죽음을 통해 깨닫는 것이다. 그것이 개파조사 블래스트 지로마루가 내건 저희 유파의 가르침이죠."

""오오.""

리아스 누나와 시그바이라 씨는 그 말을 듣고 감명을 받았다! 나를 비롯한 다른 멤버들은 고개를 갸웃거렸다! 개파조사 블래스트 지로마루라는 말에서 느껴지는 수상쩍음 또한 상상을 초월하고 있었다!

아, 아무래도 한시라도 빨리 리아스 누나를 데리고 이곳을 벗어난 후, 제대로 된 꽃꽂이 교실을 찾아가는 게 나을 것 같았다.

내가 한마디 해야겠다 싶어서 걸음을 내디딘 바로 그때였다.

가주가 도장에서 수련 중이던 자에게 말했다.

"거기! ──한 꽂이 했군요."

"소나는 그 말을 듣더니, 미심쩍은 표정을 지으며 물었다.

"꼬, 꽂이……?"

가주는 「오호호」 하고 미소를 지으며 말했다.

"예. 꽃꽂이에서 말하는 '꽂이'란 본디 뛰어나다, 혹은 화기에 잘 심었다는 의미죠. 그러니 뛰어난 기술을 보였을 때는 '한 꽂이 했다'고 말해 주는 것이 화도의 소양이랍니다."

그 말을 들은 공주님들은──.

"그런 의미가 있었구나…….."

리아스 누나는 또 감탄했고…….

"정말일까요……. 왠지 저도 이 묘한 분위기에 휩쓸릴 것만 같군요."

소나 선배는 당혹스러워하고 있었다. 그리고 시그바이라 씨는——.

　"저 침봉은 요즘 제작 중인 60분의 1 사이즈 『던감 무라마사』 오리지널 버전의 무기로 써먹을 수도 있을 것 같네……."

　단련 중인 자들을 보면서, 그런 뚱딴지같은 감상을 입에 담았다!

　이곳에 계속 있다간, 좋지 않은 무언가에 전염될 것만 같다……!

　바로 그때, 누군가가 우리에게 다가왔다.

　두 어깨에 침봉이 달린 기모노를 걸친 험상궂은 여성이었다. ……침봉은 어깨에 올려두는 게 아니라고 생각하는데 말이야.

　"가주님."

　두 어깨에 침봉을 올려둔 여성이 가주를 불렀다. 그 여성은 험악한 눈길로 공주님들을 쳐다보고 있었다. 온몸에서도 아우라가 배어나오고 있었다. 범상치 않아 보이지만, 제발 범상했으면 좋겠다고 마음속으로 빌었다!

　"어머, 트레비앙 씨. ……빈말로도 온화하다고 할 분위기가 아니군요."

　가주가 그렇게 말하자, 침봉을 두 어깨에 올려둔 여성이 자신만만한 미소를 머금었다.

　"예. 저기 있는 뉴페이스들에게 관심이 가서요. 꽤 괜찮은 아우라를 뿜고 있군요."

　그 여성은 리아스 누나 일행 앞에 서고 인사했다.

"저는 블래스트류 사천왕 중 한 명인 트레비앙 스즈모토라고 합니다. ——빨간 머리 아가씨, 나와 한번 겨루지 않겠어요?"

"""——윽?!"""

갑작스러운 도전이었다! 입문하고 10분도 지나지 않았는데, 리아스 누나가 문하생—— 그것도 수제자 뻘로 보이는 이와 대결을 펼치게 된 것이다!

혹시 리아스 누나 일행의 아우라가 범상치 않아서 이렇게 된 것일까.

리아스 누나도 어리둥절했지만, 곧 상황을 파악하더니 자신만만한 미소를 지었다.

"좋아. 괜찮다면 나도 선배들에게 한 수 배우고 싶은걸."

아아, 리아스 누나는 옛날부터 도전을 받으면 좋아라 받아주는 사람이었지…….

"가주님, 괜찮을까요?"

리아스 누나가 가주에게 물었다.

가주는 환하게 웃었다. 마치 제자들의 재롱을 즐기는 것처럼 말이다.

"호호호, 정말 못 말리는 제자들이군요. ——좋습니다. 꽃꽃이에는 신선도가 중요하죠. 그리고 링을 통해서만 알 수 있는 것도 있으니까요."

리아스 누나와 수제자라는 여성은 불똥이 튀는 것만 같을 정도로 서로를 노려보았다.

리아스 누나는 이런 상황에서 결코 물러서지 않는다. ……뭐,

서로의 목숨을 빼앗으려고 드는 것도 아니니, 일단 분위기를 지켜보기로 했다.

　곧 리아스 누나와 수제자라는 여성이 꽃꽂이…… 시, 시합(?)을 치르기 위한 무대가 준비됐고, 두 사람은 화기—— 커다란 침봉을 앞에 두고 대치했다.

　……다다미 한 장 크기는 될 듯한 커다란 침봉이었다. 대체 어떤 식으로 싸움을 벌이려는 걸까.

　주위에 있던 제자들도 관전 모드였다. ——한편, 시그바이라 씨도 다른 제자와 시합을 하는 것 같으며, 그쪽에도 사람들이 몰려 있었다.

　가주는 리아스 누나와 수제자인 여성을 번갈아 쳐다보았다.

　"사용할 링은 침봉입니다. 이 침봉은 고명한 영매사와 도공이 만든 특제죠. 침 하나하나에 영기가 깃들어 있으며, 서로가 번갈아 『꽂이』하는 것에 따라, 다양한 효력이 발휘됩니다. 그럼 초심자인 그레모리 양의 선공으로 시작하죠."

　영매사…… 영기……! 꽃꽂이와는 전혀 연관이 없는 단어가 나오기 시작했다.

　불안이 증폭되는 가운데, 리아스 누나와 저 수제자라는 사람이 이용할 꽃이 준비됐다.

　준비된 꽃…… 중에는 채소나 과일도 있는데…….

　침봉이 준비됐고, 꽃도 준비됐다. 그리고 두 사람 다 의욕이 넘쳤다. 그것을 확인한 가주가 힘찬 목소리로 외쳤다.

　"꽃꽂이 개시!"

그 신호에 맞춰, 리아스 누나가 바로 선공을 펼쳤다. 준비된 꽃……과 과일, 채소를 둘러보더니 그중에서 하나를 잡았다.

"결정했어. 내 턴!!"

그리고 침봉에 그것을 꽂았다.

그와 동시에 제자들이 술렁거렸고, 가주도 신음을 흘렸다.

"――죽순이야!"

그렇다! 리아스 누나가 첫수로 선택한 것은―― 죽순이었다! 침봉에 죽순이 꽂힌 장면은 그야말로 충격적이었다!

느닷없이, 죽순! 꽃꽂이란 이런 거야?

하지만 리아스 누나의 첫수(?)를 본 수제자 여성은―― 식은 땀을 줄줄 흘렸다. 예상치 못한 날카로운 일격이었던 것 같았다.

가주도 감동한 눈치였다.

"……첫 수, 죽순. 처음 보는 대담한 한 수군요. ……한 꽃이 하는군요! 리아스 양에게 40포인트!!"

그리고 가주는 어느새 준비한 스코어보드를 넘겼다!

――이거, 포인트제 승부였어?!

경악이 끝나지 않는다. 이 화도는 어떤 설정인지 상상조차 할 수가 없어…….

수제자인 여성은 분통을 터뜨리면서 용감하게 단상을 향해 손을 뻗었다. 그리고 도구로 준비되어 있던 가위를 쥐더니, 눈에 보이지 않는 속도로 가위질을 했다.

"날카로운 한 수였어요! 그래 봤자 초보자의 비기너즈 럭! 단순한 허세! 진정한 화도를 보여드리죠! 저의 턴!!!"

수제자인 여성은 양손으로 든 그것을 힘차게 침봉에 꽂았다!

그것은 과일―― 아니, 커다란 수박이었다! 수박은 침봉에 꽂힌 순간, 꽃이 피듯 여덟 조각으로 나뉘었다!

"""오오!"""

환성이 터져 나왔다. 수제자의 그 수를 본 가주와 다른 제자들은 감탄을 금치 못했다.

"――수박! 그것도 침봉에 꽂힌 순간에 쪼개지는 세련된 연출!! 마치 한여름 오후에 어머니가 아이들을 위해 수박을 잘라서 테이블 위에 올려둔 것만 같군요! 수박에 칼집을 넣었으니까, 이렇게 깔끔하게 쪼개진 거겠죠……! 한 꽃이 했군요! 트레비앙 씨에게도 40포인트!!!"

리아스 누나와 포인트가 같아졌다! 수제자 여성은 수박이 침봉에 꽂혔을 때 쪼개지도록 미리 가위로 손질해 둔 건가!

……의, 의외로 이 유파는 심오한 건 아닐까? 아니야, 정신 바짝 차려! 이 분위기에 휩쓸리면 안 돼! 죽순과 수박으로 꽃꽂이를 하는 것 자체가 이상하잖아!

이럴 때 잇세 군이 있었다면 바로 딴지를 날렸을 텐데……! 그 날카로운 딴지가 그리울 지경이야!

――죽순과 수박을 이용한 꽃꽂이 대결이 벌어지고 있는 가운데……!

그 옆에서 펼쳐지고 있는 시그바이라 씨의 꽃꽂이 대결에서도 기묘한 수가 탄생했다.

"마, 맙소사! 침봉에 장난감을 꽂다니……!"

한 제자가 당혹스러운 투로 외쳤다! 그쪽을 보니―― 침봉 위에 로봇 프라모델이 놓여 있었다!

시그바이라 씨는 안경을 고쳐 쓰며 이렇게 말했다.

"아뇨. 이건 장난감이 아니라 던프라예요. 던감의 프라모델, 줄여서 던프라죠. 한낱 장난감으로 여겨져선 안 될 만큼 심오한 ――."

그리고 시그바이라 씨의 이야기가 시작됐다. 잇세 군은 시그바이라 씨와 로봇 애니메이션 이야기를 하던데……. 다음 날에 초췌해진 그 모습은 내 기억에도 강렬하게 남아 있다.

리아스 누나, 시그바이라 씨가 꽃꽂이를 하는 광경을 본 소나 선배는 고개를 저으며 한숨을 쉬었다.

"역시 뭔가 잘못된 것 같지만…… 리아스와 시그바이라가 즐거워 보이니…… 이것도 화도의 한 형태라고 봐도 되려나요……."

"그, 그럴까요……."

나는 그렇게 대답했다. 다른 『나이트』 두 사람도 뭐라고 대답하면 좋을지 모르겠다는 표정을 지었다.

이곳이, 이들이, 잘못됐다는 건 명백하지만, 리아스 누나와 시그바이라 씨는 왠지 즐거워 보였고―― 무엇보다 표정이 진지했다.

우리가 어처구니없어 하고 있을 때, 리아스 누나의 꽃꽂이 대결에 변화가 발생한 것 같았다――.

"아니!"

"대단하군요! 다들 이것 좀 보세요!"

그런 목소리고 들렸다!

그쪽을 쳐다보니── 맙소사! 침봉에서 대나무가 자라났다! 그것도 리아스 누나가 첫수 삼아 꽂았던 죽순에서 말이다!

가주는 온몸을 부르르 떨면서 감탄한 듯한 목소리로 말했다.

"……리아스 양이 꽂은 죽순이, 침봉에서 뿜어진 영력, 그리고 리아스 양 본인의 아우라에 의해 성장한 것이겠죠……. 기적이에요……. 마치 하늘을 찌르는 한 자루 창 같군요……."

이, 이런 일도 일어나는구나……. 저 침봉은 대체 어떻게 만든 걸까…….

가주가 고함을 질렀다.

"이것보다 더 뛰어난 꽃꽂이는 존재하지 않겠죠. ──이 승부의 승자는 리아스 양이에요!"

"""와아!"""

제자들이 환성과 함께 박수를 보냈다. ……아, 아무래도 리아스 누나가 승리(?)한 것 같았다…….

수제자인 여성은 분통을 터뜨리면서도, 리아스 누나를 인정한다는 듯이 박수를 보냈다.

"……대단하군요. 하지만 저는 사천왕 중에서 가장 약하죠. 머지않아 싸울 다른 세 사람은 저를 능가하는 실력자──."

수제자 여성은 그런 말을 늘어놓았다! ……호, 혹시 사천왕 전원과 승부를 하게 되는 걸까…….

"누구의 도전이든 받아주겠어! 그것도 엄연한 수행이거든!"

리아스 누나는 이번 승리를 통해 의욕이 샘솟은 것 같았다.

문득 소나 선배가 빙그레 웃었다.

"키바 군, 보세요. 리아스는 진심으로 기뻐하며 즐기고 있는 것 같군요……. 무엇보다 진지해요. ……저 애는 신부수업에 진지하게 임하고 있어요. 그 정도로 깊은 사랑에 빠져 있는 거 겠죠. 같은 여자로서 좀 부럽군요."

그렇다. 리아스 누나는 잇세 군을 진심으로 좋아하고 있다. 그래서 이 꽃꽂이 교실에 문제가 있더라도, 성실히 배워서 어디 내놔도 부끄럽지 않은 반려자가 되려 하는 것이다.

……그런 리아스 누나를 은근슬쩍 돕는 것도 『나이트』…… 아니, 『동생』의 소임일 것이다.

"저희도 참가하는 게 어떨까요?"

나는 다른 『나이트』와 함께 이 독특한 꽃꽂이 교실을 체험하게 됐다.

이리하여, 세 공주님과 『나이트』 세 명은 꽃꽂이의 진수라는 것을 맛보기 위해, 꽃꽂이 교실…… 아니, 꽃꽂이도장에서 가르침을 받게 됐다——.

어느 날의 일이다.

내가 효도 가에 놀러가 보니, 잇세 군이 현관에 놓인 무언가를 보며 깜짝 놀라고 있었다.

그것은 바로—— 침봉에 꽂힌 죽순이었다!

잇세 군이 리아스 누나에게 물었다.

"저, 저기, 리아스. 현관에 놓인 저건……."

리아스 누나는 죽순을 쓰다듬으며 미소 지었다.

"우후후, 괜찮지? 이건 꽃꽂이 교실에서 배운 거야. 타이틀은 『첫수 죽순』. 꽃꽂이는 참 심오하네. 모든 유파에 다 도전해 보고 싶어졌어!"

리아스 누나는 도전 정신에 불타고 있었다. 이럴 때면 이 사람은 직성이 풀릴 때까지 멈추지 않는다.

……아무래도 『나이트』로서, 그리고 『동생』으로서 리아스 누나를 보좌해야 할 것 같다. 하지만 리아스 누나가 즐거워 보이니, 이것도 평화의 한 형태라는 생각이 들었다.

그래도 소나 선배가 다음에 소개해 줄 곳은 평범한 꽃꽂이 교실일 것 같아서 좀 안심이 됐다.

……그건 그렇고 나는 리아스 누나와 함께 다니며 신부수업을 받게 될 것 같은데, 그 스킬을 대체 어떻게 써먹지?

남자로서 그 점이 고민됐다.

Kimono Girl?

어느 날의 일이다. 나, 효도 잇세이는 리아스 일행이 꽃꽂이를 배울 때 찍은 사진을 보게 됐다.

기모노 차림인 여성들이 영문 모를 포즈를 취하며 채소와 과일, 던감 프라모델을 침봉에 꽂고 있었다.

……이 사람들은 대체 뭘 배우고 있는 거지……?

상급 악마 가문 공주님들의 신부수업 광경을 보고 불안이 엄습하면서도…… 기모노 차림 하나는 끝내줬다.

이야~, 미소녀와 미녀들이 우아한 기모노를 입고 있으니 한 폭의 그림 같네!

──그리고 나는 기모노 차림을 한 미소녀를 주목했다.

바로 여자로 변한 키바였다.

여자가 된 키바는 여전히…… 귀엽네. 원래 미남이라서 그런지, 성전환을 하니 미소녀가 됐잖아.

나는 키바에게 은근슬쩍 이렇게 말했다.

"키바, 기모노도 너한테 잘 어울리네. 아름다워."

바로 그때였다.

키바는 눈을 동그랗게 뜨더니── 내 말을 이해하며 얼굴을 붉혔다.

"······그, 그래? ······어울려······?"

왠지 기뻐하는 것 같은데······. 남자도 이런 말을 들으면 기쁜 건가?

그 모습을 본 여자애들이 한마디씩 했다.

"역시 유우토가 남자라 다행이야."

"우후후, 강적이 있을수록 의욕이 샘솟지만 말이죠."

리아스는 쓴웃음을 지었고, 아케노 씨는 즐거운 듯한 어조로 그렇게 말했다.

"키바가 여자 검사라면, 내 입장이 난처할 것 같아."

"동감이야. 키바 군한테 이길 자신이 없거든."

여검사인 제노비아와 이리나도 그렇게 말했다.

백발인 토스카 양이 옆에서 그 광경을 보더니, 벌떡 일어나며 말했다.

"그, 그런 건······ 안 되지만, 그래도 왠지 괜찮을 것도······ 아니, 안 돼!"

토스카 양은 여전히 심경이 복잡한 것 같네.

그런 토스카 양이 이렇게 말했다.

"저, 저기! ······그게······ 기모노를 입은 이자이야의 사진을 가지고 싶어요."

이제 와서 그딴 소리를 하는 거냐!

리아스는 미소를 지으며 토스카 양에게 그 사진을 줬다.

"자아, 받아. 소중한 가족의 이런 사진은 귀중하거든."

토스카 양은 그 사진을 받더니 기뻐했다.

그런 토스카 양이 키바에게 말했다.

"이자이야! 나도 이자이야와 함께 기모노를 입고 싶어."

"뭐? 그럼 내가 또 여자로 변해야 한다는 거잖아. 그래도 토스카의 부탁이라면 어쩔 수 없지."

키바는 소중한 동포의 부탁을 들어주고 싶은 것 같았다.

그럴 때, 리아스가 불쑥 나에게 이런 말을 했다.

"잇세도 여자애가 되어 보는 건 어떠니?"

리아스가 그렇게 말하자, 다른 여자애들도 "보고 싶네.", "꼭 보고 싶어." 하고 말하며 눈을 반짝였다!

어이어이어이어이어이! 나도 여자가 되라는 거야?!

하아, 다시는 안 보려고 치워버렸던 그 요상한 총을 다시 꺼내니까 이런 일이 벌어지는 거라고!

"나는 됐어! 여자애를 보거나 만지는 건 좋지만, 내가 여자가 되는 건 딱 질색이야!"

그날, 우리는 이런 대화를 주고받으며 하루를 보냈다———.

Life.6 백룡황의 흑역사

그것은 레이팅게임 국제대회 「아자젤컵」 예선 종반에 일어난 일이다.

우리 집에 있는 나와 리아스를 찾아온 이는—— 흰색 로브와 흰색 뾰족모자를 쓴 금발 미녀 마법사였다!

"찌찌의 드래곤 씨, 잘 지냈죠?"

멋진 미소를 지으며 나타난 이 여성 마법사는 라비니아 레이니 씨다!

그리고리의 에이전트 부대 「슬래시 독」 팀의 일원이며, 마술사협회 「그라우 차오베라」에 속한 마녀이기도 한 초절정 미녀 누님이다! 롱기누스 중 하나—— 「앱솔루트 디마이즈」의 소유자이기도 했다!

그리고 내 숙명의 라이벌인 발리의 누나 격인 존재이기도 하며, 그 녀석이 고개도 못 들게 만드는 엄청난 인물이다.

뭐, 겉모습만 보면 미인에 상냥해 보이는 누님인데…… 발리 녀석이 이 사람을 왜 그렇게 거북하게 여기는 건지 영문을 모르겠다니깐.

그런 라비니아 씨와 함께 온 남녀가 있었다.

"여어, 젖룡제."

"일전에는 신세 졌어, 효도 잇세이 군!"

불량스러운 느낌의 미남—— 사메지마 코우키 씨와 머리카락을 올려 묶은 쾌활한 분위기의 여성—— 미나가와 나츠메 씨(이쪽도 미인!)였다.

이 세 사람과는 얼마 전 그림 리퍼 습격 사건 때 힘을 합쳐 싸웠다.

우리는 이 뜻밖의 손님들을 집에 있는 VIP룸으로 초대하려고 했지만……

"우리는 딱히 높으신 양반들도 아니고, 중요한 일로 찾아온 것도 아니야."라고 하기에, 거실로 안내했다.

우리 집에서 하숙하고 있는 여자애들도 이 손님들을 신기해하며 거실에 모여드는 가운데, 아케노 씨가 끓인 차를 세 사람에게 내줬다.

그리고 간략하게 인사를 나눈 후, 리아스는 본론에 들어갔다.

"세 사람은 볼일이 있어서 이곳에 찾아온 거라고 생각해도 될까?"

라비니아 씨는 리아스의 말을 들으며 묵묵히 차를 홀짝였지만, 미나가와 씨와 사메지마 씨는 서로의 얼굴을 쳐다보며 쓴웃음을 지었다.

미나가와 씨가 입을 열었다.

"그게 말이야. 사실은——."

바로 그때였다. 다들 어떤 기척을 느끼고, 거실 문 쪽을 쳐다보았다.

그곳에는 얼굴만 쏙 내민 발리 팀의 미후, 그리고 자줏빛 머리카락의 여자애와 머리가 돼지인 수인이 있었다!

미후와 당대의 사오정, 그리고 당대의 저팔계였다——. 이, 이 녀석들은 어느새 이 집안에 들어온 거지?!

우리의 시선을 눈치챈 세 사람은 깜짝 놀랐다!

"헉! 어버버, 미후 씨, 들켰어요!"

사오정이 허둥대는 가운데, 미후는 혀를 찼다.

"쳇! 오정, 팔계! 일단 도망치자!"

미후와 사오정은 들통이 나자마자 그대로 내뺐다.

"하아, 돼지를 정말 빡세게 부려먹는 원숭이라니깐……."

저팔계도 불평을 늘어놓으며 다른 두 사람을 뒤따르듯 도망쳤다.

그 모습을 본 리아스가 주저 없이 이렇게 말했다.

"누가 좀 쫓아가주지 않겠어?"

""오케이!""

제노비아와 이리나가 그 말에 답하며 미후 일행을 쫓아갔다.

너무 갑작스러운 일이라 이 자리에 있던 이들 중 대부분은 입을 쩍 벌린 채 아무 말도 하지 못했다.

뭔가 성가신 일이 벌어졌다는 것을 눈치챈 리아스는 한숨을 내쉬며 손으로 이마를 짚었다.

"저들은 발리 팀의……."

미나가와 씨는 딱딱한 미소를 지으며 고개를 끄덕였다.

"그게, 실은 말이야. 발리가 우리…… 정확하게는 라비니아 한테 방금처럼 자객을 보내고 있어."

──윽! ……다들 이 정보에 놀라는 것과 동시에, 흥미를 가졌다.

발리가 자신의 누나 같은 존재인 라비니아 씨에게 자객을 보내고 있다니…….

아, 그러고 보니 우리 집에서 사는 쿠로카와 르페이도 지금은 이 자리에 없다! 호, 혹시, 발리가 소집한 건가……?

나는 사메지마 씨와 미나가와 씨에게 물었다.

"사메지마 씨, 미나가와 씨……라고 불러도 될까요?"

"나츠메라고 불러도 돼."

미나가와 씨── 나츠메 씨는 가벼운 어조로 대답했다.

나는 나츠메 씨에게 물었다.

"라비니아 씨는 그 녀석의 누나 같은 존재죠? 그런데 왜 자객을 보내는 거죠?"

나츠메 씨는 한숨을 내쉬었다.

"그게 복잡한 사정이 있거든……. 뭐, 이유는 나중에 이야기해 줄게. 아무튼 발리의 라이벌인 효도 잇세이 군에게 협력을 부탁하고 싶어."

사메지마 씨도 웃음을 흘리며 입을 열었다.

"뭐, 한동안 우리와 함께 이 얼음공주를 지켜달라는 거야. 실은 사흘 후에 이 마을 근처에서 팀 『D×D』와 관련된 마법사들의 회합이 있거든. 그게 끝날 때까지만 도와주면 좋겠어."

사흘 후에 이 마을 근처에서 팀 『D×D』와 관련된 마법사들이 회합을 가진다고? 아~ 로스바이세 씨한테서 그런 이야기를 들었던 것도 같네.

　당사자인 로스바이세 씨가 손을 들었다.

　"아, 저도 그 회합에 출석할 예정이에요. 그럼 『그라우 차오베라』 측의 참석자는 얼음공주 레이니 양이군요."

　로스바이세 씨가 그렇게 말하자, 라비니아 씨도 "맞아요." 하고 답했다.

　문득 이 자리에 없는 사람들을 의식한 내가 나츠메 씨에게 물었다.

　"이쿠세 씨와 다른 팀 분들은 오지 않았나요?"

　나는 리더인 이쿠세 씨가 이 자리에 없다는 게 신경 쓰였다.

　나츠메 씨가 답했다.

　"토비오를 비롯해 다른 사람들은 딴 임무를 수행하고 있어. 그리고 리더인 토비오한테서 발리가 라비니아에게 심술궂은 장난을 못하게 지켜달라는 부탁을 받았는데, 비번인 우리 둘이서 발리 팀 전원을 상대하는 건 무리거든."

　──하고 말한 나츠메 씨는 어깨를 으쓱했다. ……『심술궂은 장난』인가……. 역대 최강의 백룡황도 오랜 지인들에게 있어서는 귀여운 존재에 불과한 걸까?

　당사자인 라비니아 씨는──.

　"후후후, 발 군과 술래잡기 중이에요."

　상대가 자객을 보냈는데도 매우 즐거워 보였다.

뭐, 동생 격인 발리와 놀아 주는 거라고 생각하는 걸지도 모른다.

미후 일행을 쫓아갔던 제노비아와 이리나가 돌아왔다.

"큭, 놓쳤어."

"역시 잽싸네."

두 사람 다 분통을 터뜨렸다.

제노비아가 미후 흉내(때때로 남의 흉내를 낸다)를 내며 말했다.

"미후 말인데, '내가 누구보다 먼저 그걸 손에 넣을 거라고.'라면서 웃더라니깐."

나츠메 씨는 그 말을 듣더니, "원숭이 씨도 참전했나 보네." 하고 말하며 웃었고, 자초지종을 모르는 나로서는 더욱 혼란스러울 수밖에 없었다.

일단 상대의 부탁이 뭔지 파악한 리아스는 고개를 끄덕였다.

"발리가 자객을 보낸 이유는 나중에 듣기로 하고, 미후네 일파가 자객으로 온 건 엄연한 사실이네……. 하지만 시기상 우리도 한가하지는 않아."

리아스가 말했다.

그렇다. 우리가 참가 중인 레이팅게임 국제대회의 예선도 종반부에 이르렀다. 지금처럼 한가할 때도 있지만, 우리가 해야 할 일은 여전히 많았다.

하지만 동료의 부탁을 딱 잘라 거절할 생각은 없었기에, 나와 리아스는 서로를 쳐다보며 고개를 끄덕였다.

리아스가 말했다.

"많이 호위해 봤자 움직이기만 불편할 거야. 내 권속, 그리고 잇세의 권속 중에서 호위를 맡을 사람을 뽑자."

"오케이."

나도 그 말에 동의했다.

내 팀에서는 마법에 대해 해박하고 예의 회합에도 참석할 예정인 로스바이세 씨가, 그리고 리아스 네에서는 「슬래시 독」 팀의 멤버와 인연이 있는 아케노 씨가 뽑혔다.

"이 기회에 얼음공주의 술식을 곁에서 살펴볼까 해요."

"우후후, 왠지 재미있을 것 같군요."

로스바이세 씨, 아케노 씨, 두 사람 다 왠지 즐거워 보였다.

그리고 내 라이벌이 주모자인 만큼──.

"저, 효도 잇세이도 협력할게요!"

──나도 참가 의사를 밝혔다.

이리하여, 나와 아케노 씨, 그리고 로스바이세 씨는 나츠메 씨, 사메지마 씨와 함께 라비니아 씨를 호위하게 됐다.

발리는 대체 왜 이런 일을 벌인 걸까…….

나와 아케노 씨, 로스바이세 씨는 라비니아 씨를 호위하며 「슬래시 독」 팀의 사무소이기도 한 20층 맨션으로 갔다.

그곳은 쿠오우쵸에서 전철로 두 역 떨어진 동네에 있었다.

우리가 찾아간 맨션의 1층과 2층에는 편의점과 약국, 미용실 등의 다양한 가게가 들어서 있었다. 그리고 2층 안쪽에는 간판이 없는 사무소가 존재했다. 그곳이 「슬래시 독」 팀의 사무소다.

평소 사무소의 입구에는 일반인의 접근을 막는 술법이 펼쳐져 있기에, 평범한 사람은 이 사무소에 들어서기 어렵다고 한다. 뭐, 이 맨션 자체는 그리고리의 입김이 닿는 곳이라고 하는데…….

참고로 이 맨션 인근에는 이쿠세 씨와 라비니아 씨가 일하는 『BAR「쿠로이누」』가 있다. 이쿠세 씨는 거기서 바텐더를 하고 있으며, 라비니아 씨는 그 바의 전속 가수다.

바가 있는 빌딩의 1층에는 레스토랑이 있는데, 듣자 하니 거기도 「슬래시 독」 팀의 멤버들이 일하고 있는 가게라고 한다. 이쿠세 씨는 때때로 거기서 손님을 상대로 자신의 요리 실력을 뽐내는 것 같았다.

사무소 안에 들어가 보니—— 평범한 사무소와 마찬가지로 책상이 딱딱 배치되어 있었고, 그 위에는 서류와 컴퓨터 등이 놓여 있었다.

내가 운영하는 사무소와 큰 차이는 없었다.

——바로 그때, 사무소 안쪽에서 시꺼먼 대형견, 진이 모습을 드러냈다. 기척이 느껴지지 않아서 좀 섬뜩하네…….

나츠메 씨는 진의 머리를 쓰다듬어 줬다.

"어머, 진. 토비오가 너를 두고 갔구나."

진은 나츠메 씨에게서 시선을 떼더니, 우리—— 아니, 아케노 씨를 쳐다보았다. 진은 아케노 씨의 곁으로 가더니 앞에 앉았다.

진은 아케노 씨를 따르는 것 같았다. 그 몸에서 뿜어져 나오는 아우라가 자신의 주인과 흡사하기 때문이리라.

나츠메 씨도 그 모습을 보더니 웃었다.

"역시 진도 토비오와 친척인 아케노 씨를 따르는 것 같네."

나츠메 씨가 방금 말했다시피, 아케노 씨와 「슬래시 독」 팀의 리더—— 이쿠세 토비오 씨는 육촌 친척이다. 그래서 그런지, 예전에도 이 검은 개—— 진이 아케노 씨를 도와주러 온 적이 있다.

"우후후. 오래간만이에요, 진."

아케노 씨는 반가워하며 진의 머리를 쓰다듬었다.

나츠메 씨는 아케노 씨의 얼굴을 보고 뭔가가 생각난 건지, 불쑥 입을 열었다.

"맞다! 얼마 전에 스자쿠가 말이야!"

히메지마 가문 현 당주이자 아케노 씨의 사촌이기도 한 사람의 이름이 언급됐다. 그러자 아케노 씨도 눈을 동그랗게 떴다.

"스, 스자쿠 언니가 어쨌다는 거죠?"

"그러니까 말이야! 스자쿠가 엄청 무모한 짓을——."

그 후, 아케노 씨와 나츠메 씨는 책상의자 두 개를 나란히 놓고 앉아서 스자쿠 씨에 관해 즐겁게 이야기를 나누기 시작했다.

한편, 사무소에 비치된 소파에서는 로스바이세 씨와 라비니아 씨가 딱 봐도 낡고 어려워 보이는 마술서를 손에 들고 이야기를 나누기 시작했다.

"이, 이건……! 『맹세의 서』를 『그라우 차오베라』에서 해석

한 책이죠?! 이쪽은 『피카트릭스』를 메피스토펠레스 이사가 독자이론으로 평한 책이네요! 어어어, 엄청난 책들이 아무렇게나 놓여 있군요!"

로스바이세 씨는 엄청 흥분한 듯한 표정으로 사무소 책상에 쌓여 있는 책을 살펴보았다.

라비니아 씨는 미소를 지으며 말했다.

"저희 협회가 발간한 책이라면, 얼마든지 빌려드릴게요."

"저, 정말인가요?! 이건 『그라우 차오베라』에서 은닉해둔 책으로 알고 있어요! 이이이, 이렇게 귀중한 책을 저한테 빌려줘도 괜찮겠어요?!"

"아마 괜찮을 거예요. 제가 이사님에게 부탁하면 허락해 주실 테니까요."

"……『D×D』에 들어오기 잘했다는 생각이 다시 들어요!"

두 사람은 마술사 토크를 즐겁게 나누고 있는 것 같았다.

어라라, 아케노 씨는 나츠메 씨와, 로스바이세 씨는 라비니아 씨와 이야기꽃을 피우고 있네.

바로 그때, 이 사무소에 들어온 사람이 있었다. 서양인 같은 외모와 짙은 금발을 투테일 스타일로 묶은 미녀였다!

오드아이를 지녔으며, 오른쪽 눈은 푸른색을, 왼쪽 눈은 검은색을 띄고 있었다. 두 팔로 기묘한 생물…… 얼굴에 가면을 쓴 조그마한 이형의 존재(겉보기에는 네발짐승 같아 보이는데……)를 안아 들고 있었다. ──그리고 발치에도 그 생물이 두 마리 더 있었다.

가면을 쓴 세 마리의 조그마한 이형의 존재를 거느린 미녀가 나에게 인사를 했다.

"아, 안녕하세요. 저는 나나다루 시그네라고 해요. 『슬래시 독』 팀의 일원이죠."

이야기를 나누는 건 이번이 처음이지만, 낯은 익었다. 나나다루 시그네 씨! 나도 "안녕하세요. 효도 잇세이입니다." 하고 인사했다.

나나다루 시그네 씨와 내가 인사를 나누는 모습을 본 나츠메 씨가 이런 말을 했다.

"그러고 보니 너희는 처음 만나는 거겠네. 저 애도 우리 팀이 결성될 때부터 있었던 멤버 중 한 명이야. 알고 있을지도 모르겠지만, 사상 최강의 『도철(饕餮)』을 부리는 우리 팀 최고의 파워 타입이지."

그렇다. 대회의 시합을 통해 알고 있다. 이 호리호리한 여성은 파워 타입인 것이다.

──뭐, 파워 타입이라 불리는 건 사역하고 있는 이형의 존재, 『사흉』 중 하나인 도철 때문이다. 그 정체는 독립구현형 세이크리드 기어다.

지금은 품에 안을 수 있을 만큼 작지만, 시합에서는 어마어마하게 거대한 괴물로 변한다. 시합 영상에는 악마의 마력, 마법사의 마법, 세이크리드 기어의 이능마저도 전부 흡수해서 삼켜버렸다. 듣자 하니 롱기누스의 이능도 먹어치운다고 한다.

게다가 거구를 이용한 파워와 거구에 어울리지 않는 속도로 시합 내내 활약했다. 내가 본 시합에서는 한 마리만 사역했지만, 세 마리를 동시에 사역하면 어떻게 될까……?

나에게 깃든 드래이그가 말했다.

『도철은 중국의 괴물 중에서도 손꼽히는 녀석이다. 무엇이든 먹어치우지. 개념마저도 먹어치운다고 하더군. 그래서 사역할 수 있는 인간이 흔치 않다고 들었다. 그런 도철을 세 마리나 사역하고 있다면……. 크크큭, 이 팀은 정말 말도 안 되는 존재를 보유했는걸.』

드래이그가 저렇게 말하는 걸 보면, 상상 이상인가 보네…….

나나다루 씨는 세 마리의 도철을 소개해 줬다.

"이쪽이 폿군, 이쪽이 포군, 이쪽이 폰군이에요."

"""포~."""

나나다루 씨가 소개를 하자, 도철 세 마리가 동시에 울음소리를 냈는데…… 전부 똑같이 생겼으니 한 번 눈을 떼면 바로 헷갈릴 것 같았다!

──바로 그때, 나나다루 씨가 나츠메 씨에게 말을 걸었다.

"아, 맞다. 저기, 나츠메. 발리 군에 관한 일로 겐부가──."

어라라, 나나다루 씨도 저쪽 대화에 참가했네.

내가 할 일이 없어 따분한 느낌을 받고 있을 때, 사메지마 씨가 내 어깨에 손을 얹었다.

──윽! 그리고 나를 향해 DVD 패키지 하나를 쑥 내밀었다.

그 패키지에는 『성유(聖乳) 전설 ~파이널 환상전 외전~』이라 적힌 타이틀과 섹시한 복장을 한 누님이 실려 있었다!

사메지마 씨는 미소를 지으며 말했다.

"우리는 저쪽에서 이거라도 볼까?"

오오! 취향이 맞는 선배가 있어서 정말 기쁩니다!

"예! 좋아요!"

내가 주저 없이 그렇게 대답한 후, 옆방에서는 남자들만의 감상회가 개최됐다——.

우리가 사무소에서 이런 식으로 시간을 보내고 있을 때, 미후의 뒤를 이어 다음 자객이 나타났다.

이 사무소의 문을 열고 들어온 이는—— 쿠로카였다!

"야호~ 다들 여기 모여 있다며?"

우리 앞에 나타난 쿠로카는 사무소 안을 성큼성큼 걷더니, 어떤 인물 앞에 섰다.

"라비니아 양~. 그걸 나한테 넘겨줘냥♪"

쿠로카는 라비니아 씨 앞에 서자마자 손을 쑥 내밀었다.

라비니아 씨는 미소를 지으며 이렇게 말했다.

"그럴 수는 없어요. 그건 정말 소중한 것이니까요."

쿠로카는 그 말을 듣더니, "냐하하." 하고 웃으며 장난스러운 표정을 지었다.

아, 쿠로카는 저런 표정을 지을 때마다 나쁜 꿍꿍이를 꾸미지!

내가 경계심을 품었을 때, 쿠로카는 한 손을 쑥 내밀며 마방진을 전개했다.

"그럼 술법으로 잠시 동안 묶어둘게냥! 그 사이에 그걸…… 므흐흐흐~!"

어이어이어이, 이 네코마타는 여전히 장난을 칠 때마다 전력을 다하네!

내가 쿠로카를 막으려고 한 바로 그때였다.

내 옆에 있던 사메지마 씨가 앞으로 나서더니, 품속에서 조그마한 봉투를 꺼내서 찢었다. 그리고 그것을 쿠로카를 향해 던졌다.

쿠로카의 머리에 그 찢어진 봉투가 닿더니, 안에 들어있던 가루가 쏟아져 나왔다.

그러자 코를 찌르는 듯한 독특한 냄새가 방 안을 가득 채웠다.

그 순간── 쿠로카에게 변화가 발생했다.

"…………우, 우냐아아아앙♪"

쿠로카는 마치 술에 취한 것처럼 황홀한 표정을 짓더니, 사무소 바닥에 몸을 동그랗게 말고 누웠다. 그대로 고양이처럼 바닥을 굴러다니기 시작했다!

──쿠로카의 옆에서는 사메지마 씨의 고양이인 '뱌쿠사'가 벌러덩 드러누워서 배를 보였다.

사메지마 씨는 "하하하." 하고 가볍게 웃으며 말했다.

"내가 뱌쿠사한테 쓰려고 그리고리 측에 만들어달라고 한 개다래인데, 네코마타한테도 잘 먹히더라고. 역시 네코쇼한테도 통하나 보군."

아, 개다래 때문에 저러는 거구나! 그것도 그리고리에서 만든 거네! 그럼 쿠로카한테도 당연히 통할 거야.

　방금까지만 해도 장난을 치려고 눈에 불을 켜고 있던 쿠로카가 이렇게 된 것을 보면, 효과가 절대적인걸…….

　사메지마 씨는 장난스러운 미소를 지으며 나에게 말했다.

　"이거, 몇 개 줄까?"

　그리고 귓속말로 그렇게 말했다.

　(이걸 쓰면 저 네코마타한테 마음껏 야한 짓을 할 수 있을걸?)

　——윽! 나는 그 말을 듣고 충격을 받았다!

　……저, 저, 장난꾸러기 악동 고양이를 개다래로 지배할 수 있는 건가?!

　그, 그건 매우 매력적인 제안이지만 내가 직접 설득해서 야한 짓을 하는 편이 나 스스로도, 그리고 상대방도 납득할 수 있을 것 같았다!

　하, 하지만 개다래 플레이는 매력적이네!

　쿠로카의 지금 상태를 보니 그런 플레이도 나쁘지 않을 것 같고, 네코마타 자매에게 쓰면 어떻게 될지 궁금하기도 했다!

　여러모로 생각해 본 결과——.

　"……일단 진지하게 생각해볼게요! 긍정적인 방향으로요!"

　나는 그렇게 대답할 수밖에 없었다!

　——그렇게, 우리는 제2의 자객인 쿠로카를 물리쳤다.

　일단, 쿠로카를 잡은 김에 자초지종을 들어 보기로 했다——.

"어?! 4년 전에 발리가 쓴 노트?!"

나는 얼이 나간 표정으로 그렇게 외쳤다.

쿠로카를 잡은 후에「슬래시 독」팀에게 자초지종을 다시 물어보니, 우리는 그런 대답을 들었다.

──발리는 라비니아 씨가 가지고 있는 예전 노트를 되찾고 싶은 것 같았다.

나츠메 씨가 입을 열었다.

"발리는 4년…… 아니, 5년 전일까? 그 전에 세 권의 흑역사 노── 어험."

헛기침을 한 번 한 후, 다시 말했다.

……방금,「흑역사 노트」라고 말하려고 했죠?

"발리는 세 권의 경전을 남겼어.『마음의 서』,『기술의 서』, 『술법의 서』라는 거야.『기술의 서』는 빼앗겼지만,『마음의 서』와『술법의 서』는 라비니아가 소중히 보관하고 있어."

라비니아 씨가 노트 두 권을 꺼냈다.

표지에는 영어로「Vali Lucifer」라고 적혀 있었다.

……나, 저걸 본 적 있어. 일전에 이쿠세 씨와 라비니아 씨가 경영하는 바에 갔을 때, 라비니아 씨가 노트 한 권을 보여줬다.

거기에는 발리 녀석에 예전에 나한테 했던 말이 적혀 있었고, 4년 전부터 그럴싸한 대사를 계속 생각해왔다는 것을 알 수 있었다.

사메지마 씨는 커피를 홀짝이며 말했다.

"참고로『마음의 서』는 중2병 느낌 물씬 나는 대사집이고,

『기술의 서』도 그 녀석이 고안한 중2병 느낌 물씬 나는 필살기 집이야.”

　내가 본 것은 『마음의 서』구나. 발리, 뭐 이딴 노트를 만든 거 냐고!

　라비니아 씨는 내가 보지 못한 노트를 펼치면서 말했다.

　“그리고, 『술법의 서』는 발 군의 마법과 마력에 관한 독자이 론이 잔뜩 적혀 있는 중요한 책이에요.”

　관심이 생긴 나는 문득 그 노트를 살펴보았다.

　……묘한 명칭이 붙은 마력, 마법, 그리고 그것을 발동시킬 때의 다양한 포즈가 일러스트와 함께 실려 있었다. 주문 같은 것도 적혀 있었다.

　이것이 『술법의 서』인가. 바, 발리 녀석은 중2병을 제대로 앓 았구나…….

　나나다루 시그네 씨가 불쑥 이렇게 말했다.

　“당시의 발리 군은 엄청 즐거워하면서 썼던 것 같은데…….”

　즐거워하면서 썼던 거냐. 나도 그 광경이 보고 싶네…….

　밧줄에 꽁꽁 묶인 쿠로카가 재미있어 하면서 말했다.

　“그거! 나도 그게 보고 싶어! 발리는 빼앗아서 오라고 했지만, 보여준다면 발리한테 넘기지 않을게냥. 아니, 보는 것만으로도 만족해♪”

　바로 배신했다! 이 녀석, 처음부터 노트가 보고 싶어서 여기 온 거야?! 뭐, 동료가 중2병 시절에 쓴 설정 노트라면 보고 싶을 거야! 특히 이렇게 장난을 좋아하는 녀석이라면 더 그렇겠지!

라비니아 씨는 노트를 덮으면서 고개를 저었다.

"그럴 수는 없어요. 이건 당시의 멤버 혹은 숙명의 라이벌만 봐도 되는 거라고 생각하니까요."

오오, 나와 「슬래시 독」 팀 말고는 열람이 불가능한 거구나. 뭐, 저딴 내용을 남들이 함부로 보기라도 했다간 발리의 정신이 버티지를 못할 테니까 말이야……

발리가 이 노트를 회수하고 싶어 한다는 이야기는 들었지만, 라비니아 씨가 가지고 있다는 것이 발각되고 만 거구나.

그래서 이번 일이 벌어진 거야. 하긴, 이렇게 부끄러운 노트가 이 세상에 남아있는데 그 행방을 모른다면, 죽을힘을 다해 찾아 다니겠지.

하지만 동료가 볼지도 모른다는 리스크를 감수하면서까지 자신이 직접 찾으러 오지 않는 이유는……

나는 짚이는 구석이 잔뜩 있었지만, 오늘은 쿠로카를 격퇴한 것만으로 만족하기로 했다.

이틀 후── 라비니아 씨 일행이 쿠오우쵸 인근에서 3대 세력 관계자의 회합에 참가하게 됐기에, 우리가 호위를 맡게 됐다.

그 회합은 쿠오우쵸 인근에서 일하고 있는 3대 세력 관계자들의 근황보고회다. 참고로 『D×D』 멤버는 그 회합에 참가하지 않아도 된다. 물론 중요한 일이라면 우리에게도 정보가 전달되지만 말이다.

그 회합에 참가하러 가던 우리가 지름길인 공원을 가로지르고 있을 때였다.

그 녀석들이 우리 눈앞에 다시 나타났다!

"여어, 얼음공주님! 노트를 내놔!"

미후가 사오정, 저팔계와 함께 다시 등장한 것이다!

나, 아케노 씨, 로스바이세 씨는 라비니아 씨를 지키기 위해 전투태세를 취했다.

미후는 라비니아 씨의 호위인 우리를 보고 놀랐지만, 곧 호쾌하게 웃음을 터뜨렸다.

"크크큭, 적룡제와 그 동료들도 부른 거냐. 뭐, 좋아. 『슬래시독』 팀 대책 삼아서, 우리도 늑대를 데리고 왔거든!"

미후가 그렇게 말한 순간, 그의 뒤편에서 회색 늑대── 펜리르가 등장했다!

어이어이어이! 노트를 회수하라고 전설의 마물까지 보낸 거냐!

"펜리르냐!"

나는 경계심을 품었다. 아케노 씨도 일전의 격전을 떠올린 건지, 손에 뇌광을 둘렀다.

"저들은 진심인 것 같네요."

나는 언제든 갑옷을 걸칠 수 있도록 준비했고, 로스바이세 씨도 손 언저리에 마방진을 발생시켰다.

서, 설마 발리의 노트를 지키려고, 밸런스 브레이커까지 하게 되다니…….

미후는 웃음을 흘리며 말했다.

"크크큭! 우리가 먼저 그 노트를 확인해 주지! 발리 자식이 그렇게 발을 동동 구르면서 회수하라고 말한 걸 보면, 꽤나 문제가 많은 노트일 거 아니야. 이야~ 기대되는걸!"

펜리르를 투입해서 그런지, 미후는 여유 넘치는 태도로 그런 말을 늘어놓았다.

"대책이라면 있어요."

아케노 씨는 그렇게 말하더니 손을 들었다.

──그러자, 검은 그림자가 출현했다.

대치하고 있는 우리 사이에 끼어들듯 모습을 드러낸 건──검은 개, 진이었다!

"펜리르라면 진이 맡을 수 있어요."

아케노 씨는 그렇게 말했다. 아케노 씨가 손을 들었을 뿐인데 이렇게 모습을 드러내다니, 어느새 신뢰관계를 쌓은 것 같네. 피를 나눈 친척이라 가능한 히메지마 효과인 걸까?

진은 펜리르의 앞에 섰다. 신을 잡아먹는 전설의 늑대, 그리고 롱기누스인『케이니스 류카온』이 서로를 노려보며 대치했다!

"…………."

"…………."

늑대와 개는 짖지도 않으며, 서로를 노려보기만 했다.

잠시 후── 펜리르가 그대로 뒤돌아서더니, 미후를 상대로 전투태세를 취했다!

펜리르가 미후를 향해 송곳니를 드러냈다! 아군을 상대로 반역을 한 것이다!

그 모습을 본 미후는 눈알이 튀어나올 것만 같을 정도로 깜짝 놀랐다.

"왜 우리와 싸우려고 하는 거냐고, 펜리르으으으으?!"

펜리르는 우리한테는 보여주지 않았던 송곳니를 훤히 드러낸 채, 미후에게 달려들었다!

미후의 양옆에 있던 사오정과 저팔계가 당황했다.

"미후 씨, 인덕이 너무 없는 것 아닌가요……. 뭐, 그게 사실이니 어쩔 수 없지만요……."

"이게 다 평소 행실 때문이지."

두 사람 다 펜리르가 배신한 것에 나름 납득한 것 같았다!

"아우우우우우우우!!!"

"컹컹컹컹커어어엉!!"

펜리르와 진이 동시에 미후를 향해 몸을 날렸다!

"제, 젠자아아아아아앙! 두고 보자아아아아앗!"

미후는 사오정과 저팔계를 내버려둔 채, 그대로 줄행랑을 쳤다──.

공원 안에는 말로 형용할 수 없는 상황이 펼쳐졌다. 우리도 전투태세를 푼 가운데, 라비니아 씨는 빙긋 웃었다.

"진과 펜리르가 친해졌군요. 참 다행이에요."

……진짜로 사이가 좋아진 걸까?

뭐, 전설의 늑대와 개 사이에서 뭔가 교류가 있기는 했으리라.

──바로 그때, 뭔가를 느낀 듯한 라비니아 씨가 공원 한편을 쳐다보았다.

그 이유를 짐작한 듯한 나츠메 씨는 한숨을 내쉬었다.

"발리도 온 거지?"

나츠메 씨는 라비니아 씨에게 물었다.

진짜야?! 나도 눈치채지 못했는데…….

라비니아 씨가 쳐다보고 있던 나무의 뒤편에서, 발리가 모습을 드러냈다.

발리는 그대로 우리를 향해 걸어왔다.

나츠메 씨는 쓴웃음을 지었다. 손이 많이 가는 동생을 맞이하는 누나 같은 표정이었다.

"발리, 드디어 왔구나."

발리는 평소와 달리 당혹스럽기 그지없는 표정을 짓더니, 머뭇거리며 라비니아 씨에게 말했다.

"……라, 라비니아. 부탁이야. 그걸 돌려줘."

오오, 이렇게 위엄이 없는 발리는 처음 봐! 그 정도로 라비니아 씨를 거북하게 여기는 걸까? 어쩌면 그저 부끄러워하는 걸지도 몰라.

한편, 라비니아 씨는 발리가 등장하자 더없이 환한 미소를 지었다.

마치 귀여운 동생을 맞이하는 누나 같은 표정이다.

"발 군. 드디어 나왔군요. 그럼 차라도 마시면서——."

여전히 느긋한 라비니아 씨의 말을 끊으며, 발리가 말했다.

"아니, 같이 차나 마시려고 찾아온 게 아니야. 그 노트를 돌려줘. 그걸…… 지금 바로 처분하고 싶어. 나는 그 시절과는 달라졌어, 라비니아. 그것만은 이해해 줬으면 해.”

발리는 진지했지만, 라비니아 씨는 고개를 갸웃거리며 약간 난처한 듯한 표정을 지었다.

정말 귀여운 누나를 뒀구나, 발리이이이잇! 부러워 미치겠다고!

나는 나츠메 씨에게 은근슬쩍 물어보았다.

“저, 저기, 발리가 지금까지 직접 나서지 않았던 건…….”

나츠메 씨는 미소를 머금으며 말했다.

“그야 물론 부끄러워서야. 노트 건도 그렇지만, 저 애는 라비니아에게 정말 약하거든. 발 군의 누나니까 말이야.”

그런 누나가 발리에게 말했다.

“알았어요. 발 군이 정 그렇게까지 말한다면, 노트를 돌려주겠어요.”

발리는 그 말을 듣고 안도했다.

——하지만 라비니아 씨는 노트를 꺼내며 이런 말을 입에 담았다.

“그 대신, 발 군의 머리를 쓰다듬고 싶어요.”

“——윽!”

발리는 라비니아 씨의 말을 듣고 진심으로 경악했다!

그렇게 놀랄 일이야?! 저런 미녀가 머리를 쓰다듬어 준다면, 나는 좋아 죽을 거라고! 언제 어디서든 쓰담쓰담 오케이일 거라고!

“……효도 잇세이가 보는 앞에서 말이야?”

발리는 나를 힐끔 쳐다보더니, 머뭇거리며 그렇게 말했다. 역시 내가 보고 있어서 주저하는 걸까.

라비니아 씨는 환한 미소를 지으며 "예." 하고 대답할 뿐이었다.

발리는 "생각할 시간을 좀 줘!" 하고 말하더니, 팔짱을 낀 채 군은 표정으로 생각에 잠겼다.

아무래도, 저 녀석한테 있어서 라비니아 씨의 쓰담쓰담은 각오가 필요한 일인 것 같았다.

이 광경을 본 나츠메 씨와 사메지마 씨, 나나다루 씨는⋯⋯.

"이건 정말 귀중한 장면이야, 효도 잇세이 군."

"뭐, 이 기회에 발리도 옛 친분을 되찾으면 좋겠지."

"그립네. 옛날에는 항상 저런 분위기였잖아."

⋯⋯하고 말했다.

그리고 당사자인 발리는—— 몇 분 동안 진지하게 생각에 잠긴 후, 노트 탈환을 우선하기로 한 건지 "알았어."라며 라비니아 씨의 조건을 받아들였다.

라비니아 씨는 그 말을 듣고 발리에게 다가가더니, 그 녀석의 얼굴을 가슴으로 꼭 안아줬다.

그리고 자애에 찬 표정을 지은 라비니아 씨가 발리의 머리를 상냥하게 쓰다듬어줬다.

"⋯⋯저와 토비의 가게에 놀러 와요. 언제든 기다리고 있을게요."

라비니아 씨는 그렇게 말했다.

발리는—— 얼굴은 한껏 붉힌 채, 말로 형용할 수 없는 표정을 지었다.

1분쯤 지난 후, 발리는 라비니아 씨에게서 떨어졌다. 그리고 재빨리 라비니아 씨에게서 노트 두 권을 탈취했다.

"노트는 돌려받았어."

발리는 그렇게 말하더니, 빛의 날개를 펼치며 고속으로 이 자리를 벗어났다.

라비니아 씨는 발리를 배웅하듯 손만 흔들었다. 이 사람은 발리가 오랜만에 놀러와 줬다고 생각하고 있는 것이리라.

하지만, 모든 노트가 발리에게 넘어가고 말았는데…….

나츠메 씨가 라비니아 씨에게 물었다.

"노트를 넘겨줘도 괜찮은 거야?"

라비니아 씨는 그 말을 듣더니, 발치에 마방진을 전개해서 뭔가를 대량으로 출현시켰다.

그러자, 산더미처럼 쌓인 노트가 모습을 드러냈다!

무수히 쌓인 노트 앞에 선 라비니아 씨는 미소를 지으며 말했다.

"괜찮아요. 발 군의 귀중하고 소중한 노트니까, 사본도 이렇게 잔뜩 만들어 뒀거든요."

——윽! 맙소사! 발리, 네 고민거리는 이렇게 잔뜩 남아 있어!

라비니아 씨의 뒤를 이어 로스바이세 씨가 입을 열었다.

"사실 저도 사본을 만드는 걸 도왔어요……. 게다가 마술을 응용해서 노트를 작성했기 때문에, 원본보다 방어면에서 완벽

해요. 입수를 하든, 처분을 하든, 발리 팀도 고전을 면하긴 어려울 테죠."

로스바이세 씨도 협력한 거예요?! 게다가 마법으로 강화한 거야?!

대체 앞으로 몇 번이나 쓰담쓰담을 허락해 줘야, 발리는 이걸 전부 탈취할 수 있는 거야?!

미녀에게 쓰담쓰담을 받는 건 부럽지만, 나는 고생길이 훤한 라이벌에게 마음속으로 성원을 보낼 수밖에 없었다.

Restaurant.

　레이팅게임 국제대회의 본선을 앞둔 어느 날——.

　나, 효도 잇세이는 리아스와 함께 내 권속이 된 지 얼마 안 된 잉빌드를 데리고 이쿠세 토비오 씨가 주방을 맡고 있는 레스토랑을 찾았다.

　마침 한가하던 아케노 씨, 코네코도 함께 왔다.

　"어서 와. 뭘 주문할래?"

　우리가 카운터석에 앉자, 이쿠세 씨가 그렇게 물었다. 프라이팬을 휘두르는 모습이 자연스러웠다.

　"잉빌드의 입맛에 맞을 걸 부탁해요. 나는 뭘 시킬까……."

　내가 메뉴를 보면서 고민하고 있을 때——.

　불쑥 누군가의 목소리가 들렸다.

　"여기는 파스타 요리가 괜찮아."

　"여기 양식은 전부 맛있지."

　게다가 다른 방향에서 목소리가 들렸다!

　고개를 돌려보니, 근처의 테이블석에 발리와…… 면식은 있지만 이름이 생각나지 않는, 노란 옷을 입은 미소녀(열여섯~열일곱 살가량)가 있었다!

그리고, 안쪽 테이블에는 조조가 앉아 있었다!

저 녀석들이 왜 여기 있는 거야?! 그러고 보니 발리는 이쿠세 씨와 접점이 있고, 조조도 이쿠세 씨와 나름 교류하잖아.

하지만 엄청난 멤버들이 모여 있는걸.

뭐, 뭐어, 우선 주문부터 하자. 우리는 추천 메뉴인 햄버그 세트와 하이라이스, 파스타 요리를 각각 주문했다.

"그러고 보니, 당신은――."

리아스는 발리와 한 테이블에 앉아있는 소녀에게 말을 걸었다. 그녀는 자리에서 일어나더니, 정중하게 인사를 했다.

"인사가 늦었어요. 도몬 겐부라고 해요."

도몬――. 5대 종가 중 하나다. 게다가 영수『현무』의 일본식 발음을 이름으로 지녔다. 유심히 보니, 테이블 위에 15센티미터 정도 될 듯한 거북이가 있는데…… 꼬리가 뱀 같이 생긴 것을 보면…… 평범한 거북이가 아니네. ……저게 영수『현무』인가?

그러고 보니 그림 리퍼 습격 사건 때도 이 여자애를 봤다.

"어머, 리아스. 저 애와 직접 이야기하는 건 처음인 거야?"

아케노 씨가 그렇게 물었다. 그녀는 도몬 겐부 씨와 안면이 있는 것 같았다. 시선이 마주치자, 두 사람은 "일전에는 고마웠어요.", "아뇨, 괜찮아요." 하고 인사를 나눴다. 5대 종가의 피를 이은 자라 친분이 있는 걸까.

나는 발리에게 말을 걸었다.

"혹시 데이트 중이야?"

내가 그렇게 말하자, 발리가 아니라 도몬 겐부 씨가 얼굴을 새빨갛게 붉혔다.

"데, 데데데데데데, 데이트……?! 저는 그냥 발리 군과 이 가게에서 우연히 마주쳤을 뿐이에요……."

아, 그렇게 된 거구나. 누가 먼저 이 가게에 온 건지는 모르겠지만, 합석하게 된 것 같았다.

아마 이쿠세 씨가 호의를 베푼 것이리라.

왠지 저 두 사람의 관계가 매우 궁금하지만…… 지금은 추궁하지 않기로 했다.

이번에는 안쪽 테이블 좌석에 앉아 있는 조조에게 질문을 던졌다.

"이 가게에 자주 와?"

조조는—— 오므라이스와 치즈 햄버그 세트를 먹으며 말했다.

"이 가게는 내 취향에 맞춰 어레인지도 해 주거든."

단골손님 상대로는 융통성을 발휘해 주는 거구나. 이쿠세 씨답네.

지인들과 이야기하는 사이, 우리가 주문한 요리가 나왔다.

잉빌드에게는—— 우선 도미 카르파초가 나왔다. 그것도 본격적이다!

이쿠세 씨는 요리를 하면서 말했다.

"바다 근처에서 살았다니까, 생선 요리가 좋을 것 같았거든. 지금 청새치 그릴구이와 해물 파스타를 만들고 있으니까, 잠시만 기다려."

척척 요리를 만들고 있는 이쿠세 씨에게서는 요리 좀 하는 남자 파워가 강렬하게 느껴졌다!

각자가 주문한 요리가 나오자, 우리는 그것을 맛봤다.

우와, 맛있어! 이 햄버그! 두툼할 뿐만 아니라 육즙이 많은 게…… 감칠맛이 엄청나! 식재료인 고기를 부각시키기 위해 소스에도 손을 쓴 것 같네!

"……파스타 요리의 레시피를 나중에 배울 수 없을까?"

요리를 잘하는 리아스도 감탄할 정도였다!

"우후후. 잇세 군과 데이트할 때 이 가게를 이용하고 싶군요."

아케노 씨도 그렇게 말했다. 응. 맛이 끝내주는 가게니까, 데이트 때 이용하는 것도 괜찮겠네.

"……곱빼기도 가능한 게 참 좋네요."

곱빼기……라기보단 왕곱빼기 급인 햄버그(10단)를 맛있게 먹으며, 코네코가 그렇게 말했다.

그리고 잉빌드는───.

"───맛있어."

이 가게의 요리가 마음에 든 것 같았다. 곧 나온 청새치 그릴구이와 해산물 파스타도 맛있게 먹었다.

이쿠세 씨는 요리를 하면서 말했다.

"좋아하는 요리나 먹어보고 싶은 요리가 있으면, 얼마든지 말해. 동료의 취향을 고려하며 요리하는 게 내 특기거든."

아~ 발리와 조조가 이 가게를 찾는 것도 이해가 되네. 안 그래도 맛있는데, 그런 융통성까지 발휘해 주는 거잖아!

오늘 같이 못 온 애들도 데리고 오고 싶어.

그렇게, 우리는 평범한 휴일을 보냈다——.

Life.7 슈퍼 히어로 트라이얼

「효도 잇세이 권속사무소」에서 악마영업을 하고 있을 때의 일이었다.

통신용 마방진을 통해 어떤 의뢰가 들어왔다.

『꼭 협력해 줬으면 한다.』

——아는 이로부터, 그런 의뢰가 들어온 것이다.

나는 다음 휴일, 내 권속인 아시아, 제노비아, 로스바이세 씨, 레이벨과(권속은 아니지만 이리나와 에르멘힐데도 데리고) 함께 의뢰자들이 있는 장소로 전이……하지 않고 걸어서 이동했다.

그곳은 옆 동네에 있는 기업 빌딩이었다.

그 회사는 낮에는 일반 손님의 식당 이용을 위해 개방되며, 우리 같은 학생도 안에 들어갈 수 있다.

식당이 있는 층에 올라간 후, 식당에 들어가지 않고 복도에서 기다리고 있을 때였다. 빗자루로 청소 중이던 사람이 나와 내 동료들을 주시했다.

청소부는 우리의 모습을 보더니, 모자를 벗어서 우리를 향해 흔들었다.

"일부러 이런 곳까지 오게 해서 미안한걸."

그렇게 말한 그 청소부 형씨는—— 조조였다! 영웅파의 리더! 설마 이런 빌딩에서 청소부를 하고 있을 줄이야!

조조는 일하고 있는 자신을 보고 놀란 우리를 보며 웃음을 흘렸다.

"훗, 성창술사가 이런 곳에서 청소부 노릇이나 하는 거지."

아니, 너스레 떨며 할 소리가 아니잖아!

우리는 일을 마친 조조와 함께 빌딩 옥상으로 향했다. 그리고 조조가 그곳에서 이야기를 시작했다.

"실은 너희에게 의뢰하고 싶은 일은—— 우리 영웅파의 활동에 협력해 줬으면 해. 아니, 너희가 협력해 주지 않으면 이 일을 해내는 건 무리겠지."

조조는 청소부 복장으로 그렇게 말했다.

제노비아가 말을 이었다.

"영웅파에게 협력하라는 거야? 하지만 너희는 거하게 사고를 친 바람에 대회 참가 이외의 활동은 정지 상태 아니었어? 괜한 짓을 했다간 숙청당한다고 들었어."

그렇다. 제노비아가 방금 말했다시피, 영웅파는 원래 테러리스트 집단 『카오스 브리게이드』 소속이었다. 그리고 각 세력에서 테러 활동을 벌였을 뿐만 아니라 「마수소동」 같은 엄청난 사건을 일으킨 바람에 대외적으로는 해산됐다.

하지만 수미산의 천제(天帝), 제석천이 그들을 거두면서 「천제의 첨병」으로 수미산에 조직이 통째로 흡수됐다. 제석천이 책임을 지고 그들을 감시하며, 제석천을 위해 움직인다는 조건으로 영웅파는 활동이 허락됐다. 물론 목줄은 채워져 있다. 이상한 짓을 벌였다간 신급 존재가 그들을 숙청할 것이다.

그렇게 철저히 감시를 받고 있기 때문에, 현재 개최 중인 레이팅게임 국제대회에도 참가할 수 있는 거지만…….

하지만 그들이 전직 테러리스트란 사실에는 변함이 없다. 그런 영웅파가 테러리스트 대책팀 「D×D」의 멤버인 우리에게 협력을 요청하다니…….

레이벨이 조조가 무엇을 부탁하려는 것인지 짐작이 된다는 투로 말했다.

"저희의……『D×D』 관계자, 혹은 적룡제가 협력해 준다면 가능해지는 일이 있다……는 것으로 알면 될까요?"

레이벨이 그렇게 묻자, 조조는 고개를 끄덕이며 답했다.

"역시 적룡제의 두뇌야. 머리가 잘 돌아가는걸."

조조가 말했다.

"실은 대회에 참가한 이후로 우리 팀에 가입 희망자가 몰려들고 있거든. 지금까지는 거절했지만…… 동료들이 테스트를 해 보고 몇 명을 받는 게 어떻겠느냐는 의견을 내놓고 있어."

흐음, 그런 일이 벌어지고 있구나.

뭐, 이 녀석들은 대회에서 파죽지세로 활약하고 있으니까 말이야. 실력에 자신 있는 세이크리드 기어 소유자들이 영웅파에 들어가고 싶어 하는 것도 무리는 아니야.

그중에 쓸모 있는 자가 있다면 영입하고 싶을 것이다.

조조가 말을 이었다.

"하지만 우리는 과거에 큰 죄를 지었어. 함부로 전력을 강화하면 사형감이지. 그래서 상사—— 천제에게 물어봤더니……."

『뭐, 세간에는 정의의 사도로 여겨지는「D×D」…… 그중에서도 적룡제 꼬맹이가 곁에서 지켜본다면 괜찮지 않을까~?』

——제석천이 대답했다고 한다.

조조는 다시 말했다.

"그러니 협력을 부탁하고 싶어. 입단시험 같은 것의 시험 감독관이 되어줬으면 하는데…… 물론 시험 자체는 우리가 준비하겠어. 괜히 불편을 끼칠 생각은 없어."

그렇게 된 거구나.

뭐, 작년이었으면 듣자마자 거절했겠지만…… 이 녀석들과의 관계도 변했으니까 말이야.

"나는 상관없어. 어디까지나 스케줄이 괜찮다면 말이야."

나는 그렇게 말했다.

권속과 이리나는 약간 복잡한 표정을 지었지만, 내 말에 따르겠다는 결론을 내린 것 같았다.

레이벨도 오케이 했다.

하지만 레이벨은 신경 쓰이는 점이 있는지, 조조에게 질문을 했다.

"그런데, 왜 이 빌딩에서 일하고 있는 거죠?"

맞아! 나도 그게 궁금했어! 조조가 청소부라니, 너무 의외라고.

조조는 어깨를 으쓱하며 말했다.

"나는 이곳저곳에 침투할 일이 많거든. 그리고 인간 세상의 정보 및 정세를 직접 입수하는 데는 이런 식으로 일하는 것도 괜찮지. 그것 말고도 자금 문제 때문이기도 해."

레이벨이 입을 열었다.

"자금 문제…… 그러고 보니 영웅파가 자금 부족으로 고생하고 있단 소문을 들은 적이 있어요."

호오, 그런 소문이 돌고 있구나.

조조도 "빈틈이 없는걸." 하고 자조 섞인 웃음을 흘리더니, 레이벨의 말을 긍정했다.

"우리는 사정이 있어서 항상 궁핍하거든. 그래도 너희한테 줄 돈이라면 있어. 그 정도는 준비할 수 있다고."

조조가 그렇게 말했지만…….

그래. 이 녀석들은 돈 문제 때문에 고생하고 있구나.

에르멘힐데는 나에게 귓속말로 이렇게 말했다.

(『카오스 브리게이드』에 속했을 때 파괴한 각 도시에 부흥지원금을 보내고 있다는 이야기를 들었어요)

아~ 자기들이 벌인 짓을 그렇게 속죄하고 있는 거구나……. 그래서 항상 가난한 것이다. 뭐, 이 녀석들이 마수소동 때 일으킨 피해는 상당하잖아…….

그런 내부 사정을 들은 후, 우리는 다음 휴일에 영웅파의 입단 시험에서 감독관을 맡기로 했다——.

그리고 다음 휴일——.

우리는 영웅파의 새로운 구성원을 뽑기 위한 입단 시험이 치러지는…… 도쿄 시바마타에 왔다!

이곳은 「제석천의 영역」 중 하나 같으며, 천제의 위광으로 인근 시설을 빌릴 수 있는 것 같았다. 그러고 보니 시바마타에는 제석천을 모시는 절이 있었지…….

우리는 시바마타의 지하에 있는 광대한 공간에 설치된 시험장에서 감독자 역할을 수행하기로 했다.

천장이 높고 넓이 또한 상당하기에, 다소 거칠게 날뛰어도 괜찮을 것 같았다. 듣자 하니 이런 광대한 공간은 상당수 존재한다고 한다.

그러고 보니 우리 같은 이형의 존재나 이능을 지닌 자들은 이런 지하공간을 자주 이용하네. 초현실적인 세계의 높으신 양반들은 지하에 이런 장소를 너무 많이 가지고 있는 거 아니야?

우리가 그런 의문에 사로잡혀 있을 때, 이번 시험을 치르기 위해 200명 남짓한 입단 희망자가 이곳에 몰려왔다.

다들 표정이 씩씩했다. 남자들은 체격이 좋은 이가 많았고, 여자 중에도 산전수전 다 겪은 강자 같은 면모를 지닌 이가 많았다.

다들 실력에 자신이 있는 듯한 인간이며, 그중에는 세이크리드 기어 소유자나 영웅의 피—— 혹은 영혼을 이어받은 이도 있는 것 같았다.

즉, 이곳에 모인 사람들은 일반인들이 보기에 엄청난 파워를 지닌 인간들인 것이다.

　하지만…….

　"……어, 어이. 저 사람, 적룡제잖아."

　"제노비아 콰르타에 시도 이리나, 로스바이세도 있어."

　"『일성의 적룡제』 팀이 왜 여기 있는 거지……?"

　시험을 치르게 된 사람들은 우리를 보더니 겁먹은 듯한 표정을 지었다.

　레이벨이 입을 열었다.

　"이능을 지닌 인간이 보기에, 잇세 님은 물론이고 다른 분들도 상상을 초월하는 강자죠. 이런 표현은 좀 그렇지만, 괴물처럼 여겨지는 것도 당연해요. 그만큼 대회에서 활약하고 있으니까요."

　그래. 이능을 지닌 인간 전사에게는 우리가 그렇게 보이는구나. 하긴, 대회에서도 필드를 다 부술 기세로 싸워댔으니까 말이야……. 그것도 현재 진행형으로 말이지.

　우리가 이런 대화를 나누고 있을 때, 이 시험장에 설치된 단상에 영웅파 소속인 게오르크가 섰다. 메가폰을 통해 그의 목소리가 주위에 울려 퍼졌다.

　『으음, 이 자리에 모여주신 여러분. 오늘은——.』

　이리하여, 『영웅파 구성원 시험』이 시작됐다.

　우선 필기시험이 있었다.

집합 장소였던 시험장의 옆 공간에는 책상과 의자가 설치되어 있었으며, 그곳에서 필기시험이 치러졌다.

필기시험은 사전에 통보가 됐던 건지, 시험을 치러 온 전사들은 각자의 필기도구를 꺼내서 시험 전 마지막 공부를 하고 있다.

다들 수험생 같네. 뭐, 시험이니 당연하겠지만, 그래도 전사들이 필기시험을······.

필기시험장 구석에서 대기하고 있던 우리에게 갈색 머리카락을 지닌 미남── 페르세우스가 말을 걸었다.

"뭐, 어느 정도는 머리가 돌아가야 하거든. 아, 이건 쑥경단이야."

──시바마타 명물인 쑥경단이구나······.

우리는 그저 지켜보기만 할 뿐이지만, 레이벨은 앞으로 대전하게 될 팀의 전력을 파악할 수 있다고 여기는 건지 흥미진진한 눈길로 시험장 곳곳을 쳐다보고 있었다.

한편, 영웅파 구성원이 책상에 시험용지를 깔았다. 그리고 교단 위에는── 로스바이세 씨가 서 있었다.

현직 교사라서, 필기시험의 담당관을 자청한 것이다.

"앗! 거기, 잡담을 자제하세요! 거기 당신도 시험 전에 화장을 하지 마세요!"

로스바이세 씨는 참가자의 행동을 날카롭게 체크하고 있었다. 역시 교사답게, 시험 전에는 엄격했다.

시험지가 전부 전달된 후에 전원이 조용히 기다리고 있을 때,

로스바이세 씨가——.

"그럼 시험을 시작해 주세요."

……하고 말하자, 필기시험이 시작됐다.

아무 말 없이 펜을 긁적이는 소리가 주위를 가득 채웠다.

……뭐, 입 다물고 그냥 쳐다보기만 하는 것도 좀 그렇기에, 우리는 시험 내용을 체크해 봤다.

시험 내용은 영웅이란 존재에 관한 기본적인 문제, 각 신화에 관한 내용, 현재의 초현실적 세계의 정세 등, 역사부터 현대 사회에 이르기까지의 이형과 이능의 세계에 관한 온갖 문제가 출제되어 있었다.

유럽의 어느 영웅에 대한 전설과 일본 전국시대에 관한 문제도 있잖아. ……나, 이 시험에 합격할 자신이 없어.

——나는 우연히 신경 쓰이는 문제를 발견했다.

문제15. 다음 밸런스 브레이커의 이름을 쓰시오.
「극야(極夜) 천륜성왕(天輪聖王)의 휘회창(輝廻槍)」
(　　　　　　　　　　　　　　　　　)

"네 아종 밸런스 브레이커의 이름이 문제인 거야?"

나는 옆에 앉아있던 조조에게 딴죽을 날렸다!

조조의 밸런스 브레이커…… 그것도 아종 밸런스 브레이커의 이름을 쓰라는 게 문제냐고!

조조가 훗하고 웃었다.

"나도 대회에 출전하고 있잖아. 리더인 내 밸런스 브레이커의 이름 정도는 알고 있어야 하지 않겠어?"

하지만 네 밸런스 브레이커는 내가 아는 밸런스 브레이커 중에서도 꽤나 길고 복잡한 이름이라고.

하지만 나는 기억하고 있다. 폴라 나이트 롱기누스 차크라 발딘! 어때? 대단하지?!

참고로 내가 외우기 어려운 밸런스 브레이커를 꼽자면, 개스퍼의 『포비든 인베이드 발로르 더 비스트』와 이쿠세 씨의 『페르펙투스 테네브리 류카온 에트 포르티스 덴스 라이라프스』, 듈리오의 『플라젤로 디 콜로리 델 아르코발레노, 스페란차 디 브리스코라』이다. 거참, 아종 밸런스 브레이커는 이름이 복잡하다니깐……. 뭐, 그걸 외우는 나도 문제지만 말이야. 뭐, 알고 지내는 동료의 밸런스 브레이커라면 외워야 하지 않겠냐고…….

헤라클레스가 뒤통수를 긁적이면서 말했다.

"……조조의 밸런스 브레이커도 어려운데, 다른 롱기누스의 골 때리는 밸런스 브레이커 명칭도 문제로 낸 거냐."

헤라클레스가 말했다시피, 내가 방금 떠올렸던 개스퍼의 밸런스 브레이커 명칭도 시험 문제로 출제되어 있었다. ……영웅파의 구성원이 되는 건 어렵네.

조조는 덧붙여 말했다.

"이것도 봐."

아까 봤던 문제의 다음 문제를 보니——.

문제16, 문제15는「트루 롱기누스」의 아종 밸런스 브레이커 이름을 적는 것이었습니다만, 이번에는 일반 밸런스 브레이커의 이름을 쓰시오.

(   )

조조는 말했다.

"물론 일반 밸런스 브레이커도 알고 있어야지."

아, 나도 이건 답을 모르겠어.

아종 쪽은 길어서 거꾸로 기억에 남아 있지만, 일반 쪽은 생각이 안 난다! 잠깐, 일반 밸런스 브레이커도 알고 있어야 하는 거야?! 너는 그쪽이 아니잖아!

트루 롱기누스까지는 똑같았는데……. 그리고 백야 어쩌고였던가…….

"이거 좀 봐, 잇세."

제노비아는 시험문제를 손가락으로 가리키며 나에게 말했다.

문제29, 영웅파의 라이벌 팀「일성의 적룡제」의 리더 효도 잇세이를 모티브로 한「젖룡제 찌찌드래곤」이 있는데, 그「찌찌드래곤의 노래」3절 가사를 전부 쓰시오.

"……『찌찌드래곤의 노래』 가사가 문제인 거야?!"

내 노래까지 문제로 내는 거냐…….

"그레모리 가문에 연락해서 판권 문제는 해결했으니 안심해."

조조는 그렇게 말했지만…… 내가 신경 쓰는 건 판권이 아니라고.

"큭, 3절은 생각이 안 나……."

"날아라였나, 눌러라였나……."

"말랑말랑아잉~ 만 생각나……."

거봐, 참가자들도 머리를 붙잡고 고전하고 있잖아! 관심 없는 사람한테는 완전히 미지의 영역이라고!

아시아가 당혹스러운 표정을 지으며 물었다.

"이, 잇세 씨, 이 문제……."

아시아가 신경 쓰고 있는 문제를 살펴보니──.

문제31. 적룡제 효도 잇세이가 다니는 학교의 여학생들 사이에서 유행하고 있는「프린스×비스트」라는 적룡제 효도 잇세이와 그레모리 권속「나이트」키바 유우토를 다루는 동인지가 있다. 이 책의 제15권에서「프린스 유우토」가「비스트 효도」를 덮치려 하면서 입에 담았던 대사를 아래 예문 중에서 고르시오.

1.「내 소드 버스가 네 기프트를 갈구하고 있어.」

2.「자, 내 소드 오브 비트레이어가 되어줘!」

3.「넌 내일부터 내 글로리 드래그 트루퍼의 일부가 되는 거야」

4.「내 그람과 네 아스칼론이 뒤엉킬 때가 됐어」

"왜 이딴 걸 문제로 낸 건데?! 아무 상관도 없잖아!"

나는 무심코 딴지를 날렸다! 당연하잖아! 왜 쿠오우 학원 일부 학생 사이에서만 유행한, 나와 키바의 그렇고 그런 책이 문제로 출제된 건데?! 단순한 희귀 정보가 아니잖아! 여기 있는 참가자 중에 이 문제에 답할 수 있는 녀석이 있다면, 소름이 돋을 거야! 나는 그딴 녀석과는 아는 사이가 되고 싶지 않다고!

"우리 여자 구성원 중에 그 책의 팬이 있는 것 같거든. 그래서 고난이도 문제로 채용했어."

조조가 그렇게 말했다!

진짜?! 그렇고 그런 책이 영웅파 사이에서 돌고 있는 거냐!?

"나는 꽤 좋아해. 17권을 읽으면서 울었을 정도야."

영웅파의 잔 다르크가 태연한 어조로 그렇게 말했다! 잔 씨?! 그게 무슨 소리예요?! 당사자인 나도 이딴 문제는 못 푼다고!

제노비아는 한숨을 내쉬며 말했다.

"학생회장이라서 들은 건데, 소문에 따르면 그 책이 몰래 재판된 것 같아. 신경이 쓰여서 오류와 미라카를 밀정으로 투입해서 조사 중이야."

여전히 제노비아는 나키리 녀석을 이상한 일에 부려먹고 있네…….

그래……. 재판된 거구나……. 사태를 파악해서 재판을 막고 말겠어! 나는 마음속으로 맹세했다.

문득 낯익은 이들이 눈에 들어왔다.

"……쿠오우 학원에 가 본 적이 있긴 한데, 거기서는 이런 게 유행하고 있는 거야?"

"역시 거기는 말도 안 되는 곳이었네요~!"

어, 어라. 일전에 검은색 브래지어 조사를 부탁하러 쿠오우 학원에 왔던 여자애다. 옆에 있는 애도 그때 같이 왔던 여자애네.

저 애들도 영웅파의 시험을 치러 온 건가?

그러고 보니 조조도 그 일에 관여하고 있었지…….

이러쿵저러쿵하는 사이, 필기시험이 무사히 끝났다.

다음은 2차 시험이자 마지막 시험이기도 한 실기시험이었다.

필기시험은 마법과 이능을 이용해 채점했다. 인해전술(우리도 채점에 협력했다)을 펼쳤기 때문에, 몇 시간 만에 채점이 끝났다.

필기시험을 돌파한 사람은 총 스물여섯 명이었다.

스물여섯 명이나 「찌찌드래곤의 노래」 3절 가사를 통째로 암기하고 있었던 건가. 경이롭기 그지없었다. 영웅은 참 고생이 많네…….

실기시험관은 헤라클레스와 페르세우스였다.

두 사람 다 필기시험 때는 심심한지 하품을 하고 있었지만, 실기시험이 치르게 되자 의욕을 불태웠다.

헤라클레스는 팔짱을 끼고 필기시험 합격자들 앞에 당당히 섰다.

"하하하! 실기는 필기시험처럼 만만치는 않을 거다. 간부를 납득시킬 정도의 실력을 선보여야 통과할 수 있거든!"

페르세우스는 검을 능수능란하게 돌리며 말했다.

"세이크리드 기어, 이능, 마법 등을 아낌없이 보여줘. 대회에 참가할 즉시 전력이 필요하니까 말이야. 상대는 전설의 마물 혹은 신이야. 웬만한 실력으로는 합격하기 힘들걸?"

이리하여, 육체파 시험관 두 명에 의한 실기시험이 시작됐다.

영웅파가 바라는 수준의 전사는…… 흔치 않은 건지, 참가자들도 실기시험에서는 고전하고 있었다.

헤라클레스와 페르세우스에게 두들겨 맞고 날아가는 참가자를 보면서, 나는 조조에게 물었다.

"필기시험에서 떨어진 사람들 중에도 실력에 자신 있는 녀석도 있지 않았을까?"

내가 그렇게 말했다.

아까 필기시험에서 떨어진 녀석 중에서도 지식은 몰라도 신체능력이 뛰어난 이들이 있는 것 같았다. 그리고 필기시험 내용 자체에도 문제가 많았던 것이다.

게오르크는 안경을 고쳐 쓰며 대답했다.

"물론 다른 지하공간에서 필기시험 탈락자들이 추가 시험을 치르고 있어. 하지만 우리 영웅파와 대회에서 앞으로 활약할 자들을 어느 정도는 알고 있었으면 하거든."

아하, 필기시험에서 떨어진 사람들도 따로 시험을 보는구나. 하긴, 강력한 능력을 지녔는데 아까 같은 문제 때문에 통과 못 하고 떨어진다면 아까우니까 말이야. 우리한테 소개해 줬으면 좋겠다 싶은 자도 있었어.

게오르크가 갑자기 웃음을 터뜨렸다.

"하지만 유머, 아니 여유가 있는 녀석을 받고 싶기는 해. 우리는 그런 부분이 부족해서 너희한테 깨졌잖아. 뭐, 나는 지금 팀이 싫지는 않지만 말이야."

게오르크와 조조의 시선이 실기시험을 진행하고 있는 헤라클레스와 페르세우스를 향했다.

"자아, 나를 날려버릴 정도의 파워를 선보여 봐라!"

"오, 거기 아가씨. 귀엽네. 나이가 어떻게 돼? 어디 출신이야? 좋아하는 음식은 뭐지?"

헤라클레스는 참가자를 독려하며 날려버렸고, 페르세우스는 여전사의 공격을 피하며 헌팅을 하고 있었다. 살벌한 분위기와는 거리가 먼 실기시험이었다.

적의와 전의 덩어리였던 영웅파와는 거리가 멀었다. 마치 서클 영웅파라고나 할까?

조조, 게오르크, 잔도 쑥경단을 먹으면서 시험을 지켜보고 있네…….

──그런 와중, 실기시험에서 두각을 보이는 자가 나타났다.

우선 가장 먼저 두각을 보인 건──.

"저는 모모노 키비츠히코라고 합니다!"

소매 없는 일본식 외투를 걸치고, 머리에 두건을 한 일본인 남성이 앞으로 나섰다.

그의 주위에는…… 3미터는 될 듯한 커다란 원숭이와 거대한 개가 있었다. 그리고 저 남성이 손을 들자── 허공에 거대한 새가 모습을 드러냈다.

레이벨이 말했다.

"나이가 지긋한 원숭이 요괴와 견신(犬神)……. 저 거대한 새는 중국에서 유래한 걸까요?"

──하고 추측했다. 아~, 이쿠세 씨의 진── 구신(狗神)이 아니라 요괴인 견신이구나. 요괴를 세 마리 거느린 모모노…… 키비츠히코……? 왠지 일본인이라면 누구라도 알고 있을 그 캐릭터가 생각나는데…….

남성이 입을 열었다.

"저는 모모타로, 키비츠히코노미코토의 혼을 이어받은 자입니다!"

오오, 진짜로 모모타로구나! 그러고 보니 모티프가 된 사람이 먼 옛날에 있었다고 했어! 그래서 개, 원숭이, 꿩……이 아니라 새를 거느렸구나.

헤라클레스가 모모타로 씨에게 물었다.

"원숭이와 개는 그렇다 치고, 꿩은 어떻게 한 거야? 저건 꿩 요괴가 아니잖아?"

남성은 표정을 굳혔다.

"꿩 요괴는 없고, 그렇다고 진짜 꿩을 데려오는 것도 좀 그래서……."

피치 못할 사정이 있는 것 같았다. 뭐, 꿩을 데려와 봤자 소용없겠지…….

헤라클레스는 말로 형용할 수 없는 표정을 지으며 납득하더니, 전투태세를 취했다.

"뭐, 좋아. 덤벼!"

모모타로 씨는 허리에 찬 칼을 뽑아 들더니, 세 요괴와 함께 헤라클레스를 향해 돌격했다!

"이야아아아아압!"

의외라면 의외다! 모모타로 씨는 뛰어난 검술로 헤라클레스에게 맞섰고, 세 요괴를 절묘하게 사역하며 맞섰다.

"꽤 하는걸."

"그래."

조조와 게오르크도 관심을 가졌다.

그런 가운데, 페르세우스의 상대 중에서도 두각을 보이는 자가 있었다.

중국의 무협 의상을 걸친…… 정말 귀여운 여자아이가 나타났다!

그 여자아이는 깃털부채를 손에 들더니, 페르세우스를 향해 당당히 자기 이름을 밝혔다.

"나는 제갈량의 피를 이어받은, 현 제갈량!"

귀여운 목소리로 자기소개를 했다!

맙소사! 제갈공명의…… 자손인 거냐?! 오오오오오! 대단하네! 조조가 리더인 팀에 공명의 자손이 들어가려고 하는 거구나! 게다가 로리라고!

이것에는 조조도 흥미진진한 기색으로 웃음을 띠고 있었다.

페르세우스는 그 말을 듣고 유쾌한 듯 웃었다.

"캬, 꼬마 책사님이구나. 우리 리더의 팀에 말도 안 되는 녀석이 들어오려고 하는걸."

페르세우스는 저 어린 공명을 얕보는 것 같았다.

하지만 그런 공명의 눈이 빛났다. 깃털부채를 페르세우스의 발치를 향해 뻗은 것이다.

"뚫려라!"

그리고 그렇게 외쳤지만…… 아무 일도 일어나지 않았다.

"어라라, 아무 일도 안 일어나네?"

페르세우스가 웃음을 흘리며 한걸음 내디딘 바로 그때였다.

펑 하는 가벼운 소리가 들리더니, 페르세우스의 발치에 구멍이 생겼다. 페르세우스는 그대로——.

"아아아아아아아아아아아아아아!"

——하고 비명을 지르며 구멍에 빠지고 말았다!

그 다음에 공명은 구멍의 위편을 향해 부채를 들며 "생겨라!" 하고 외쳤다.

…………페르세우스가 떨어지고 몇 초가 흘렀다. 구멍 안에서는 페르세우스가 "이얍!" 하고 외치며 올라오는 소리가 들려왔다.

"이 정도 구멍으로——."

쿠웅! 페르세우스는 말을 끝까지 잇지 못했다. 머리 위편에 블록이 생겨나더니, 도약한 페르세우스가 그 블록에 머리를 박은 것이다!

"~~~윽!"

구멍에서 빠져나오기는 했지만, 머리 위편에 생겨난 블록에 머리를 박은 페르세우스가 소리 없는 비명을 지르며 몸을 웅크렸다.

공명은 으스대며 말했다.

"어때요? 이게 저의 세이크리드 기어, 『공(孔)과 명(明)과 함정』이에요. 원하는 곳에 간단한 함정을 팔 수 있죠."

오오, 그런 세이크리드 기어도 있구나.

"…………큭!"

약간 여유가 없어진 페르세우스가 공명에게 다가가려 했지만, 구멍과 블록에 진로를 차단당했다.

"아하하하. 페르세우스가 농락당하고 있잖아."

조조가 페르세우스 대 여자 공명의 시험을 보며 즐거워했다.

이거, 모모타로 씨와 공명 양은 합격일지도 모르겠네.

그건 그렇고, 귀여운 여전사 중에 강한 사람은 없는 건가?

내가 엉큼한 눈길로 참가자들을 쳐다보고 있을 때, 조조가 불쑥 말했다.

"여전사와 싸우고 싶지?"

조조가 내 마음을 읽은 것처럼 그렇게 말했다! 하아, 테크닉 타입인 이 녀석은 내 태도만 보고 그런 걸 알 수 있는 거냐.

제노비아가 말했다.

"엉큼한 아우라를 뿜고 있었거든."

"""응."""

내 여자 동료들은 이구동성으로 고개를 끄덕였다.

진짜?! 나, 엉큼한 아우라를 뿜고 있었구나…….

조조가 말했다.

"적룡제가 특별히 시험관을 맡아 주면, 그건 이번 시험에 긍정적으로 작용하겠지. 괜찮다면, 한번 나서보지 않겠어?"

아~ 내가 시험관으로 나서면 이 시험의 필요성과 투명성이 있다는 게 증명될 거라고 여기는 건가?

잔이 말했다.

"적룡제, 귀여운 애라면 필기시험 합격자 중에도 있었어. 저기, 게오르크. 두건을 쓴 그 애는 어때?"

게오르크는 안경을 고쳐 쓰며 말했다.

"두건…… 아, 『빨간 두건』이 모티프인 그 애 말이구나. 하지만 그 사람은——."

잔은 게오르크의 말을 막으며 나에게 말했다.

"그래. 『빨간 두건』이야. 적룡제의 상대로 딱 적당할 것 같지 않아? 꼭 상대를 해 줬으면 좋겠네."

뭔가 꿍꿍이가 있는 것 같지만…… 뭐, 『빨간 두건』이 모티프라면 그렇게 나쁘지는 않을 것 같았다.

하지만 『빨간 두건』이 영웅이야? 그냥 모티프만 가져온 걸까? 잘 모르겠지만…… 미소녀였으면 좋겠네!

나는 감독관용 자리에서 일어선 후, 참가자들 앞에 섰다.

그리고 기대감이 묻어나는 목소리로 말했다.

"빨간 두건을 쓴 분, 안 계세요? 제가 그분 시험관을 맡게 됐어요."

내가 참가자들을 향해 말을 건넸다. 그러자——.

"이런이런……."

귀에 익은 굵직굵직한 목소리가 들렸다.

붉은 두건을 쓴 그 사람의 머리 아랫부분은 미소녀라는 말 자체를 부정하고 있었다. 믿기지 않을 정도로 굵은 목, 두터운 가슴, 거대한 나무의 줄기를 연상하게 하는 두 팔, 내 몸통보다 두꺼워 보이는 다리……!!! 키가 2미터 가량 되는 거한이다! 노인의 얼굴이 어울리지 않을 정도로 생기가 넘치는 육체다!!

"제가 『빨간 두건』……이에요."

그렇게 말하며 등장한 이는 두건을 써서 『빨간 두건』으로 변장한 바스코 스트라다 예하였다!

나는 눈알이 튀어나올 것만 같을 정도로 놀랐다!

마마마, 말도 안 돼! 예하잖아! 틀림없는 예하잖아!! 딱 봐도 예하잖아!!! 이 사람이 무슨 여전사냐고, 잔 다르크으으으으으으!"

내가 간부용 자리에 있는 잔에게 항의했다!

잔은 장난기 섞인 미소를 지을 뿐이었다.

"어머? 나는 여자라고는 말한 적 없거든? 귀여운 애가 있다고만 말했어. 아, 하지만 귀여운 애(예하)였을지도 모르겠네."

그, 그러고 보니 여자라고는 말하지 않았어……! 잠깐만, 귀여운 애(예하)는 뭐냐고오오오오오!

그래도 이건 아니잖아! 예티나 다름없는 눈고릴라나, 미르땅 같은 변태라면 몰라도, 어떻게 예하가 튀어나오냔 말이야!

게다가 여자애로 분장하려고 화장까지 했어어어엇! 손에는 광주리를 들었다고! 저분, 80대거든?! 너무 말도 안 되는 거 아니야?!

──늑대가 벌벌 떨며 도망쳐도 이상하지 않은 「빨간 두건」이 내 앞에 섰다!

아시아, 제노비아, 이리나, 이 교회 트리오는 교회의 높으신 분을 보더니 기도를 올렸다. ……『빨간 두건』 복장이라도 개의치 않나 보네…….

나는 마른 침을 삼키며 마음을 진정시킨 후, 물었다.

"대, 대체 왜 여기 계신 거죠……?"

예하는 작은 목소리로 말했다.

"극비리에 부탁을 받았다네. 영웅파가 시험을 빙자해 다른 꿍꿍이가 있는 건 아닌지 살펴봐달라더군. 후후후, 당연히 기우로 끝났지만 말일세."

아, 그렇구나. 우리와 마찬가지네. 예하는 변장을 하고 참가자로서 영웅파의 동향을 살핀다면, 안정성이 확인되는 건가.

전직 테러리스트도 고생이 많네. 뭐, 이런 취급을 당하고도 남을 짓을 하긴 했지만 말이야.

──예하의 입장을 알았으니…… 같은 목적을 지닌 이들끼리 괜히 싸울 필요는 없다는 식으로 상황을 수습하고 싶네.

나는 뒷걸음질을 치려고 했다.

"예하……가 아니라『빨간 두건』양의 상대는 잔이 하는 편이 낫지 않아?"

내가 그렇게 말했지만, 『빨간 두건』 양은 씨익 웃으며 이렇게 말했다.

"아뇨~. 저는 적룡제 씨와 싸우고 싶어요~."

굵직한 목소리로 그런 말씀하지 마시라고요!

나는 이 싸움을 피하고 싶지만, 근육이 부풀어오르면서 옷 곳곳이 찢어진 『빨간 두건』 양이 나를 향해 주먹을 들었다!

"적룡제 씨, 적룡제 씨. 무서운 늑대를 쓰러뜨리는 법을 가르쳐 주세요~."

"당신이 무서워할 늑대라면 펜리르 급은 되어야 하거든요?! 싫어어어어엇! 이딴 『빨간 두건』 양과 싸우고 싶지 않아아아아앗!"

마음 같아서는 도망치고 싶지만, 결국 각오를 다진 나는 갑옷을 걸치며 『빨간 두건』 양의 시험 상대가 됐다──.

후일, 이 시험의 결과가 우리들 「효도 잇세이 권속사무소」에도 보고됐다.

예의 모모타로와 여자아이 공명을 비롯한 몇 명이 합격한 것 같았다.

『빨간 두건』은…… 뭐, 합격하기는 했지만 사퇴했다고 한다. 그리고 보니 스트라다 예하는 필기시험을 통과했잖아. 어쩌면 「찌찌드래곤의 노래」의 가사를 알고 있을지도 몰라…….

"예하라면 잇세와 키바의 그 책도 아실지 몰라."

제노비아가 그렇게 말했다.

……그딴 건 상상조차 하기 싫거든?! 그것보다 그 책의 재판을 빨리 막고 싶다고!

레이벨이 보고했다.

"잇세 님, 영웅파로부터 전 세계에 존재하는 동화의 기원을 찾는 것을 도와달라는 의뢰가 들어왔는데요……."

동화의 기원?! 내 머릿속에는 백설공주나 신데렐라로…… 분장한 예하가 떠올랐다! 불길한 예감만 들어!

"……사양한다고 전해!"

그 뒤로 한동안, 내 머릿속에서는 동화 속 여자 등장인물이 전부 스트라다 예하로 보이는 현상이 발생했다──.

Infinity Underwear. 1

어느 휴일의 일이다——.

나, 효도 잇세이는 지상 6층, 지하 3층인 우리 집 옥상에서 느긋하게 쉬고 있었다.

이 옥상에는 아무나 써도 되는 테이블과 의자가 있다. 나는 거기에 홀로 앉아 콜라를 마시며 멍하니 하늘을 올려다보았다.

효도 잇세이 권속의 『킹』으로서, 테러리스트 대책팀 『D×D』의 일원으로서, 『찌찌드래곤』으로서, 나는 항상 정신없이 바빴지만, 때로는 혼자 있고 싶을 때가 있었다.

리아스나 다른 여자애들에게 어리광을 부리며 스트레스를 해소하는 것도 좋지만, 요즘은 콜라를 마시며 하늘을 바라보는 것도 좋았다. 혼자 방에 틀어박혀서, 로봇 프라모델을 만드는 것도 좋아하지만 말이다.

나는 레이팅게임 국제대회 『아자젤컵』에 참가 중이지만, 그래서 이런 전사의 휴식도 소중히 여기고 싶었다.

내 주위에는 다양한 사람들이 있지만, 그렇기 때문에 혼자만의 시간을 갈구하게 되는 거라고 생각한다.

내가 그런 생각을 하면서 하늘을 올려다보고 있을 때, 누군가가 옥상으로 올라왔다.

　──엄마와 오피스, 릴리스였다.

　세탁물 바구니를 들고 있는 어머니와 시선이 마주쳤다.

　"어머, 잇세. 옥상에서 쉬고 있니?"

　"응. 나도 혼자 있고 싶을 때가 있거든."

　"고등학생이 무슨 소리를 하는 거니?"

　엄마는 깔깔 웃으면서 옥상에 설치된 빨래 건조대에 세탁물을 널었다.

　그리고 오피스와 릴리스가 그런 엄마를 돕고 있었다.

　"자아, 피스 양, 리스 양. 이번에는 이걸 널렴."

　"나, 팬티를 넌다."

　"팬티, 넌다."

　엄마가 건네준 팬티를 오피스와 릴리스가 (발판 위에 서서) 널었다.

　오피스와 릴리스의 팬티인가…….

　귀여운 팬티를 보니 마음이 누그러지며 표정이 부드러워졌다.

　……어, 나는 왜 오피스와 릴리스의 팬티를 보고 마음이 누그러진 거지? 평소에 자극적인 팬티만 봐서 그럴까?

　──바로 그때, 어떤 팬티가 문득 눈에 들어왔다.

　그것은 오피스가 처음으로 산 팬티였다. 색기라고는 눈곱만큼도 없는, 그저 귀엽기만 한 검은색 팬티다.

　……그래. 저 팬티를 산 지도 1년이 다 되는구나…….

나는 문득 작년 일을——— 오피스와 같이 쇼핑하러 간 날을 떠올렸다.

Life. ∞ 첫 쇼핑

1. 무한의 쇼핑입니다!

그것은 명계에서 일어난 『마수소동』이 종식되고, 무한의 용신——우로보로스 드래곤 오피스가 우리 집에서 살고 얼마 지나지 않았을 때의 일이다.

"오피스 양의 생필품을 사야겠어."

오피스의 생활을 지켜본 엄마가 나에게 그런 말을 했다.

엄마의 말은 지당했다. 빈손으로 나를 찾아온 오피스는——생필품을 하나도 가지고 있지 않았다.

옷가지는 물론이고, 기호품도 없었다.

최강의 드래곤께서 옷가지나 기호품 같은 걸 신경 쓸 것 같지는 않지만, 로마에 가면 로마 법에 따르라는 말이 있으니 이 집에서 살 동안은 다른 동거인과 같은 생활을 하는 편이 좋을 것 같았다.

그날 밤, 우리 집에 사는 멤버들이 내 방에 모이더니 오피스에게 물어봤다.

그 질문 내용은 '이곳에서 생활하게 됐는데, 필요한 건 없어?', '지금까지는 어떻게 살았어?' 등, 오피스의 생활에 관련된 질문이었다.

우선 전자를 물어보았다.

우리를 대표해 리아스가 질문을 했다.

"오피스, 뭐 필요한 건 없니?"

오피스는 무표정한 얼굴로 고개를 갸웃한 후, 이렇게 말했다.

"그레이트레드의 목."

흉흉하기 그지없어! 주저 없이 저딴 소리를 늘어놓잖아!

뭐, 그레이트레드가 오피스의 고향인 차원의 틈바구니를 점거하고 있어서 돌아가지 못하고 있으니, 그게 가장 큰 고민거리이긴 할 것이다!

그래도 여기서 생활하는데 그레이트레드의 수급이 필요하지는 않잖아?!

"……우리는 『카오스 브리게이드』가 아니니까, 그렇게 흉흉한 걸 구해서 줄 수는 없어."

나는 탄식을 터뜨리며 답했다. ……그렇다. 이런 식으로 아무렇지도 않게 그 녀석들에게 부탁을 한 것이다. 그리고 그 녀석들은 그걸 구실 삼아 오피스에게서 힘을 얻어낸 것이리라.

아케노 씨는 가볍게 웃음을 흘린 후, 다음 질문―― '지금까지는 어떻게 살았어?' 를 물어보았다.

"오피스…… 양, 이라고 불러도 되지? 지금까지는 어떻게 살았어?"

아케노 씨가 묻자, 오피스는 잠시 생각에 잠긴 채 고개를 좌우로 흔들었다. 몸짓 하나하나가 참 귀엽네. 이런 녀석이 최강 무적의 드래곤이라는 게 믿기지 않아.

"의자에 앉았다. 방에 있었다. 소원을 들어줬다. 뱀을 줬다. 그뿐."

……오피스가 그런 간소한 대답을 입에 담자, 이 방은 말로 형용할 수 없는 분위기에 휩싸였다. 상상했던 것보다 훨씬 쓸쓸한 생활을 한 것 같았다.

오피스는 뭔가가 생각난 것처럼 덧붙여 말했다.

"하나 더. ——발리, 이야기 상대가 되어 줬다."

——윽.

……발리 자식이 오피스를 챙겨 줬구나. 그 녀석은 못 말리는 배틀 마니아지만, 의외로 남을 배려할 줄 아는 녀석이란 생각이 들었다.

하지만 이래선 오피스를 위해 어떤 생활용품을 준비해야 할지 알 수가 없었다. 필요할 것들을 전부 준비하는 게 나을까?

일단 백화점에 가서 오피스한테 필요할 것 같은 생필품을 전부 살 수밖에 없겠는걸.

내가 그런 생각을 하고 있을 때, 이리나가 표정을 굳히며 입을 열었다.

"저기~ 엄청 궁금한 점이 있는데 말이야. 사실 이걸 먼저 확인해야 뭘 살지를 정할 수 있을 것 같아."

이리나가 이런 말을 했다. 엄청 궁금한 점? 그게 뭐지?

이 자리에 있는 사람들의 시선이 쏠리자, 이리나는 헛기침을 한 후에 오피스에게 물었다.

"오피스 양은—— 여자애인 걸로 알면 될까?"

——윽.

아~ 그렇구나! 그래, 맞아. 이리나가 신경 쓰는 건—— 이 아이의 성별이다.

겉모습만 보면 영락없는 여자애. 그것도 검정 고스로리 옷을 입은 여자애 말이다. 하지만 아자젤 선생님의 말에 따르면 옛날에는 할아버지 같은 모습을 했다고 한다.

할아버지라고, 할아버지. 이 귀여운 모습을 보니 상상도 안 되는데……. 그 이전에 봤을 때도 모습이 달랐다고 한다.

그렇다. 이 녀석은 인간 형태—— 모습을 자유자재로 바꿀 수 있다. 지금은 인간 여자애의 모습을 하고 있지만, 이 용신에게는 성별이란 개념이 없다고 선생님은 말했다.

이리나는 성별이 없다는 점이 신경 쓰인 것이다.

——지금의 오피스를 여자애로 여겨도 될까?

그 대답에 따라, 어떤 생필품을 살지도 달라진다. 여자애는 남자보다 필요한 생필품이 많은 것이다.

그 점은 역시 여자들이 더 민감한가 보네. 나는 전혀 생각하지 못했는데. 생활하는 데 필요한 물건만 사면 끝이라고 생각했으니까 말이야.

하긴. 속옷 하나만 해도 남자용과 여자용은 완전히 다르잖아.

오피스는 우리 모두의 시선을 한 몸에 받으며 이렇게 말했다.

"나, 모른다."

그, 그렇구나……. 뭐, 뭐어, 이 녀석은 성별 같은 걸 딱히 따지지 않잖아. 지금 모습도 별생각 없이 된 것 같거든.

자. 남자, 여자, 혹은 양쪽에게 전부 필요한 생활용품을 사야 할까. 아니면 중성적으로 여기며 대처하는 편이 나을까?

내가 골똘히 머리를 굴리고 있을 때, 누군가가 적절한 질문을 했다.

"그럼 지금은 어떤 속옷을 입고 있어? 그걸로 정하면 되는 거 아니야?"

그렇게 말한 사람은 바로 제노비아였다.

그야말로 호쾌한 판단 방법이다. 이 녀석답다고나 할까……. 하지만, 일단 겉보기에는 영락없는 여자인데, 남자 팬티를 입히는 것도 좀……. 개인적으로는 낭만을 추구하고 싶다.

아, 여자애가 남자 팬티를 입는 것도 마니악한 측면에서 보자면 괜찮을지도 모르겠어!

오피스는 자리에서 일어나더니…….

"나, 팬티 없다."

그렇게 말하며 치마를 걷어 올리려고——!

"스톱이야, 스톱!"

리아스가 즉시 오피스를 말렸다! 나이스 판단! 하, 하지만 좀 아쉽기도 하네……!

"……엉큼한 생각, 했죠?"

"그런가요? 용신까지도 성적인 눈길로 쳐다보면 안 돼요, 잇세 님!"

코네코가 도끼눈을 뜨며 그렇게 말한 후, 레이벨이 나에게 주의를 줬다!

　"잘못했습니다! 남자의 슬픈 본능 때문에 무심코 아쉬워했어요! 안 입은 여자애는 매력적이잖아요!"

　나는 솔직하게 마음을 털어놨다! 사고회로가 에로해서 죄송합니다!

　"잇세 씨! 뭐, 원하신다면 언제든 벗을게요!"

　"아~ 나만 믿어. 잇세를 위해서라면 팬티 정도는 언제든지 벗을 수 있지."

　아시아는 부끄러워하며 팬티를 벗으려 했고, 제노비아는 덩달아 주저 없이 바지를 벗어던지려 했다!

　어이이이이이이잇! 그런 짓을 흉내 내면 안 돼!

　"어?! 왠지 나도 벗어야 할 분위기 아니야?!"

　두 절친의 돌발적인 행동을 본 이리나가 당황했다! 날개가 검은색과 흰색으로 점멸하는 것을 보니, 타천의 위기에 봉착한 것 같았다! 팬티를 벗을지 말지 진지하게 고민 중이라는 증거다!

　내 방에서 뭘 하는 거야, 교회 트리오오오오오오오!

　"저는 안 벗을 거예요."

　로스바이세 씨라면 그렇게 말할 거라고 생각했어요!

　이 모습을 본 아케노 씨는 웃음을 흘렸고, 리아스는 한숨을 내쉬었다.

　곧 리아스는 어깨를 으쓱하며 입을 열었다.

　"오피스가 살게 될 집의 남자이자 장남인 잇세가 여자애로 인식하고 있으니, 여자로 봐도 문제는 없을 거야. 그럼 여자애에게 필요한 생활용품을 장만하자."

다들 리아스의 의견에 찬성했다. 뭐, 부정할 이유도 없으니까 말이야. 성별은 확실치 않지만 겉보기에는 미소녀인 만큼, 다들 오피스를 여자라고 여길 것이다.

"이번 휴일에 오피스의 생활에 필요한 걸 사러 가자. 다 같이 우르르 몰려갈 필요도 없을 테니까, 나와 잇세가 오피스와 동행할게. 잇세, 괜찮지?"

"옛썰!"

나는 리아스의 제안에 바로 오케이를 했다! 이 제안을 거절할 이유가 눈곱만큼도 없거든!

"그레모리 가문의 시종에서 부탁해서 생필품을 장만해도 되겠지만, 오피스는 이 동네에서 살게 됐으니 인간계에 대해 다소 알아두는 편이 좋을 거야. 그런 의미에서도 이 쇼핑은 좋은 경험이 될 거라고 봐. 모르는 부분이 있다면 우리가 도와주면 되겠지."

리아스가 그렇게 말했다.

그래. 세상물정 모르는 용신은 우리가 도와주면 된다고! 세상물정을 모르는 바람에 주위 사람들에게 폐를 끼칠지도 모르니까 말이야.

이리하여, 나와 리아스는 다음 휴일에 오피스를 데리고 생활용품을 사러 가게 됐다.

─ ○ ● ○ ─

쇼핑 당일 정오──.

나와 리아스가 오피스를 데리고 간 곳은── 자주 가는 백화점이었다.

위쪽이 훤히 뚫린 홀 구조이며, 백화점과 쇼핑몰이 합쳐진 복합 상업 시설이다. 가로로 건물 내부에는 다양한 가게가 들어서 있었다.

휴일이라 그런지, 백화점 안은 사람들로 붐비고 있었다.

그렇다. 이곳은 시트리 팀과의 레이팅게임에서 게임 필드였던 그 백화점이다.

오피스는 이곳이 신기한지 무표정한 얼굴로 주위를 두리번거리고 있었다.

이 백화점에는 하굣길에 들리기도 하고, 휴일에 아시아를 비롯한 다른 여자애들과도 자주 온다. 리아스와 여기서 쇼핑을 한 적도 몇 번 있었다.

쇼핑 후, 푸드코트에서 함께 타코야키를 먹으며 느긋하게 시간을 보내는 것도 즐겁다. 나는 백화점에서 쇼핑을 하고 푸드코트에서 식사를 하는 악마가 있어도 괜찮다고 생각한다!

백화점은 악마의 생활도 윤택하게 해 주거든!

"자아, 우선 가구부터 사자. 침대부터 고르는 거야."

선두에 선 리아스는 가구점을 향해 성큼성큼 걸음을 옮겼다.

나는 오피스의 손을 잡아끌면서 쫓아갔다. 오피스의 손을 놓

앉다간 금방 미아가 되어버릴 것 같거든.

우리는 가구점에서 침대와 침구류를 둘러보았다.

오피스에게도 직접 누워서 편한지 확인하게 했다. 뭐, 이 녀석은 전부 '나쁘지 않다.'고 대답했기 때문에, 결국 리아스가 골랐다.

값이 꽤 됐지만, 리아스는 호쾌하게 카드로 구매했다.

그야 뭐, 이 공주님은 쇼핑할 때 아무리 비싼 물건도 저 붉은색 카드 한 장으로 계산한다. 한도액이 없는 특별 사양의 카드라던데……

대체 리아스의 재산은 얼마나 될까……? 공주님의 통장에 돈이 얼마나 있는지 생각해 봤자 의미는 없으려나. 나한테는 무한이나 다름없는 금액일 테니까 말이야.

나도 그레모리 권속이 된 후로 새 통장을 하나 가지게 됐다.

그레모리 권속의 룰로서 악마가 되면 자동적으로 그런 것을 만들어 준다고 한다. 다른 상급 악마의 권속은 어떤지 모르겠지만, 그레모리 가문은 금융기관과 계약한다고 한다.

악마 영업에 따른 급여는 그 통장으로 입금된다.

처음에는 고등학생 아르바이트 수준의 금액이 들어왔지만, 어느 날부터 자릿수가 다른 어마어마한 금액이 들어와서 경악했다. 0의 개수가 잘못된다는 생각만 들었거든!

뭔가 잘못된 게 아닐까 싶어 그레이피아 씨에게 물어보니……

"『찌찌드래곤』의 저작권료 등이 잇세이 씨에게 입금된 거랍니다."

……라는 대답을 들었다!

그렇다. 그 엄청난 금액은—— 찌찌드래곤 관련으로 번 돈이다! 찌찌드래곤의 굿즈가 상품으로 나올 때마다, 내 통장에는 어마어마한 돈이 들어왔다!

눈이 핑 돌아갈 정도의 금액을 본 내 머릿속은 물음표로 가득 찼지만, 결국 '미숙한 악마이자 고등학생에게 이런 거금은 아직 이르다.' 며 그레이피아 씨가 내 통장을 관리하게 됐다.

……나는 바보지만, 그런 엄청난 돈을 보니 감각이 마비될 것 같았다. 그레모리 가문 사람들의 스케줄을 관리 및 통괄하는 그레이피아 씨에게는 항상 감사하고 있습니다.

"……언니가 오늘 쇼핑 금액을 정해 줬어. 그 금액을 초과하면 나중에 혼날 거야."

리아스는 그렇게 말했다.

아, 오늘 쇼핑 금액도 얼추 정해져 있는 거구나. 게다가 그레이피아 씨가 금액을 정한 것이다.

호쾌하게 쇼핑하는 모습을 보고 한도액 같은 건 없는 줄 알았는데, 실은 그렇지도 않았네.

오피스의 생활용품을 살 돈도 관리하고 있다니, 그레이피아 씨는 정말 대단해.

시누이의 돈과 시누이가 거느린 권속의 돈도 관리하는 슈퍼 메이드, 그레이피아 씨!

우리는 그 사람에게 항상 신세만 지고 있다……. 그건 서젝스 님도 마찬가지이려나.

가구를 얼추 고른 우리는 물품은 나중에 집으로 배달될 거라는 말을 들었다. 그리고 가구점을 나선 우리가 다음 가게로 향하려던 바로 그때였다.

『타임세일을 시작합니다! 봉지에 물건을 마음껏 넣으십시오! 아무리 많이 넣어도 한 봉지 5천 엔! 5천 엔입니다! 한 사람에 한 봉지 한정이니 주의해 주십시오! 봉지가 찢어지면 무효이니, 주의해 주십시오!』

　점원이 확성기를 입에 대고 그렇게 말했다. 그쪽을 쳐다보니 옷가게 타임세일 코너에 사람들이 몰려 있었으며, 살기 어린 여성들이 날카로운 안광을 뿜으며 봉지에 옷을 욱여넣고 있었다.

　"뭐하는 거야?! 그 옷은 내가 먼저 잡은 거야!"

　"아니야! 내가 먼저야!"

　투지에 찬 고함 소리가 여기까지 들렸다. 살벌한 옷 쟁탈전이 세일 코너 곳곳에서 펼쳐지고 있었다.

　……무서워! 이런 쇼핑을 할 때면 여성은 야수가 되어서 평소와 차원이 다른 힘과 살기를 뿜는다니깐!

　"이건 제가 먼저 쥐었으니 양보 못해요! 저는 오늘을 위해 지금까지 살아왔으니, 절대 지지 않을 거예요!"

　……귀에 익은 목소리가 들렸다.

　"어머, 로스바이세네. 세일 상품을 한가득 안고 있잖아."

　리아스가 옷가게를 쳐다보며 그렇게 말했다.

　역시 로스바이세 씨였구나! 은발 미녀가 아줌마들 사이에 섞여서 세일 상품인 옷을 봉지에 마구 집어넣고 있네!

그런 로스바이세 씨의 표정은 진지하기 그지없었다! 레이팅 게임 때도 보여준 적이 없을 만큼 절박한 표정을 짓고 있잖아?!

로스바이세 씨는 내 눈으로도 볼 수 없을 만큼 빠른 손놀림으로 세일 코너에서 운동복을 한 벌 챙겼다! 빨라! 키바가 휘두르는 검보다 빠른 거 아니야?!

로스바이세 씨는 그것을 재빨리 봉지에 넣더니, 확보가 완료되자마자 귀엽기 그지없는 미소를 지었다.

"……오늘은 제 평생 최고의 하루예요!"

"진짜?! 세일하는 운동복 한 벌을 손에 넣었다고?!

정말 값싼 행복이다! 뭐, 행복이란 사람 숫자만큼 존재할 테니 바보 취급하면 안 되겠지만…… 그래도 은발 미녀인 당신이 타임 세일 중인 운동복을 손에 넣었다고 '최고의 하루예요.' 라고 말하는 건 좀 그렇지 않사옵니까?!

로스바이세 씨는 진짜 안타까운 미인이야. 엄청 예쁘고 몸매도 좋은데, 화장품에는 거의 돈을 들이지 않고 집에서는 항상 운동복만 입고 지내잖아. 생활용품도 대부분 100엔숍에서 산 것이고, 옷가지도 타임세일 때 산 것이라고.

집에서는 남는 동전을 100엔숍에서 산 저금통에 넣는 것 같았다. 그걸 흔들어 보며 돈이 얼마나 있는지 확인하는 것을 즐긴다는 말도 했었다.

믿기나요? 이 사람, 주부 뺨치는 절약생활을 하고 있지만 나이는 우리와 크게 다르지 않다고요…….

그건 결코 나쁜 일이 아니지만, 미녀로 태어났으니 자기 자신을 꾸밀 물건을 구하라고요! 그런 데 돈을 쓰란 말이에요!

남자 고등학생인 나조차도 그런 생각을 할 지경이다!

"언니가 로스바이세는 자기관리를 철저히 하는 멋진 여성이라고 칭찬했어."

리아스가 그렇게 말했다.

그레이피아 씨가 그런 말을 했다고……? 그리고 보니 그레이피아 씨와 로스바이세 씨는 성격이 비슷한 것 같기도 했다. 성격이 세심하고 쿨한 부분이 말이다.

하지만 결정적인 차이점이 존재한다. 그레이피아 씨는 완벽하지만, 로스바이세 씨는 안쓰럽다는 점이다. 그 점만은 절대 뒤집을 수 없다고 나는 생각한다.

그레이피아 씨는 타임 세일 때 아줌마들과 쟁탈전을 벌이지 않는다고!

하지만 나는 로스바이세 씨에게는 그녀만의 매력이 있어서 좋다는 생각이 들었다.

"아직 세일 상품을 뒤지고 있는 것 같으니 말을 걸기도 좀 그러네. 그냥 가자."

나는 리아스에게 그렇게 말한 후, 오피스를 데리고 다른 가게로 향했다.

아무튼 로스바이세 씨, 힘내세요.

잡화점에 들어서려던 우리의 눈에 어떤 광경이 들어왔다.

"거기 사모님! 지금부터 이 특제 부엌칼로 딱딱한 호박을 간단히 썰 테니 보고 가시죠!"

이 층의 한편에 아주머니들이 몰려 있었다. 왜 모여 있는 건지 궁금해서 가보니, 판매 이벤트를 하고 있었다.

앞치마를 걸친 미남이 날렵하게 부엌칼을 휘둘렀—— 어!

나는 앞치마를 걸친 그 남성을 보고 눈알이 튀어나올 정도로 깜짝 놀랐다!

"자아, 그쪽에 계신 자매에서 언니분! 어이쿠, 어머니셨군요! 이야, 젊으시군요! 저는 자매라고 착각했어요!"

"어머~ 아자젤 씨도 참! 항상 나한테 그런 소리를 한다니깐!"

아자젤 선생님이 중년 여성을 헌팅하고 있었다아아아앗!

저 사람, 휴일에 백화점에서 뭘 하고 있는 거야?! 나와 리아스가 깜짝 놀란 가운데, 선생님은 부엌칼을 능숙하게 휘두르며 딱딱해 보이는 호박을 손쉽게 썰었다.

"어떠십니까, 사모님들! 이것이 바로 전설의 보검, 블레이저 샤이닝 오어 다크니스 블레이드—— 부엌칼 타입입니다!"

저 부엌칼, 이름은 괴상망측하지만 꽤 예리해 보였다.

하지만 저 칼에서 기묘한 기운도 느껴지는데…… 그리고 방금 그 명칭은 어디서 들어본 적이 있는 것 같거든?!

"저 부엌칼은 예전에 아자젤이 연구해서 성과를 냈다던 인공 세이크리드 기어야."

리아스가 그렇게 말했다!

맞다! 얼마 전에 3대 세력이 합동 운동회를 했는데, 그때 난리를 쳤던 흑역사 병기잖아!

아자젤 선생님이 천계에 있던 시절에 했던 망상을 구체화해서 만든 것이라고 한다. 미카엘 씨의 말에 따르면, 선생님의 '내가 생각하는 최강의 세이크리드 기어!' 가 저것이라고 한다!

그 '내가 생각하는 최강의 세이크리드 기어!' 가 부엌칼 타입으로 만들어져서 이런 이벤트에 쓰이고 있는 것이옵니까?!

선생님은 잘린 호박을 사모님들에게 보여주더니, 종이와 목제 도마, 금속까지 간단히 잘랐다.

"자아, 이 예리한 날을 잘 보시죠! 나무와 금속도 자를 수 있습니다! 그리고 이렇게 함부로 쓰는데도 칼날이 상하지 않죠! 거기 계신 사모님! 이 부엌칼, 괜찮지 않습니까?! 악령이나 남편이 바람 피우는 상대도 간단히 썰어버릴 수 있어요! 가정 문제의 해결부터 악령 퇴치까지 이걸로 다 할 수 있죠!"

"어머나! 농담도 참 잘하네!"

"확 한 자루 살까!"

사모님들은 방금 그 말을 농담으로 치부하는 것 같지만, 아마 사실일 것이다! 저 부엌칼이라면 악령도 간단히 해치울 수 있다! 저 부엌칼에 감도는 아우라는 진짜배기니까 말이다!

저 악당 선생님은 대체 뭘 팔고 있는 거야?! 전직 타천사 총독이면 좀 위엄 있게 행동하라고요! 뭐, 이제 와서 이런 말을 해 봤자 소용없겠지!

리아스는 어이없다는 듯이 한숨을 내쉬며 중얼거렸다.

"무단으로 사용한 그리고리의 자금을 저런 식으로 회수하고 있는 것 같네……. 하지만 일반인에게 인공 세이크리드 기어를 파는 건 도가 지나쳐. 아자젤이라면 인간에게 큰 영향을 주지 않도록 손을 썼겠지만……. 그래도 내버려둘 수는 없겠네."

리아스는 핸드폰을 꺼내더니, 누군가와 이야기를 나누기 시작했다.

통화를 마친 리아스는 나를 향해 미소를 지었다.

"셈하자 총독에게 보고해달라고 상대 측에 연락해 뒀어. 역시 새로운 체제의 그리고리는 다르네. 말하자마자 바로 대처해 주잖아. 아마 곧 아자젤을 잡아갈 거야."

맙소사! 그리고리에 연락을 한 거구나! 사퇴한 선생님을 대신해 새롭게 총독이 된 이가 바로 셈하자 씨다. ……총독으로 취임하고 얼마 되지도 않았는데, 이런 일을 보고하니 좀 마음에 좋지 않네. 아마 상대방도 마음고생이 끊이지 않을 거야…….

"자아, 오늘 이 부엌칼을 사주신 분에게는 덤으로 이것을 드립니다! 디재스터 오브 버닝 오어 프리즈 포트입니다! 그 어떤 걸 삶아도 절대 눌어붙지 않는 최고의 냄비이며, 단단하기 그지없——."

나와 리아스는 열변을 늘어놓고 있는 선생님을 두고 이 자리를 벗어났다. 선생님이 오피스를 데리고 쇼핑하러 나온 우리를 본다면 한 소리 할 게 뻔하니까 말이야. 들키기 전에 도망치자.

우리는 그 후로 선생님을 보지 못했지만, 아마 그리고리 관계자에게 잡혀갔을 것이다…….

그리고 이런 소리를 해 봤자 소용없겠지만, 교사는 부업 금지라고요!

잡화점에서 생활 잡화를 산 나와 리아스, 오피스는 가게를 나서던 길에 키바, 개스퍼와 마주쳤다.

"부장님. 잇세 군. 오피스를 데리고 쇼핑 중인가요?"

"응. 너희도 쇼핑 중이니?"

리아스가 그렇게 묻자, 키바는 봉지 안에 든 것을 보여줬다.

──슈퍼마켓 봉지 안에 든 것은 식료품이었다.

"예. 오늘은 오후에 개스퍼 군과 요리라도 할까 해서요."

키바는 시원한 미소를 지으며 그렇게 말했다.

미남다운 휴일이다! 백화점에서 식료품을 산 후, 대낮부터 집에서 요리를 하는 거냐! 키바와 개스퍼는 우리 집 근처 맨션에서 함께 살고 있다. 요리는 키바가 맡는 것 같은데…… 이 녀석이 만든 요리를 딱 한 번 먹어본 적이 있는데, 정말 맛있었어. 게다가 화려한 이탈리아 요리도 익혀서 그런지, 플레이팅도 예술적이었지!

요리할 줄 아는 미남이라면 그야말로 최강이잖아! 키바라면 그 어떤 여자애의 입맛도 사로잡아서 자기 포로로 만들 수 있을 거야!

키바를 좋아하는 신라 선배가 이 녀석의 요리를 맛봤다간 너무 기쁜 나머지 정신줄을 놓을지도 모른다.

"키바는 뭘 산 거야?"

나는 개스퍼가 안고 있는 봉투를 손으로 가리키며 물었다.

"커, 컴퓨터 부품이에요~."

아~ 그렇구나. 개스퍼는 컴퓨터를 잘 다룬다. 컴퓨터를 통해 인간과 계약하고 대가를 받는 것이다. 그 실적은 우리보다 낫다. 그레모리 권속의 귀중한 수입원이다.

키바는 미남이니까 휴일에는 애인과 데이트라도 하는 게 더 어울릴 것 같지만……. 이 녀석은 좀처럼 애인을 만들지 않아. 저 잘생긴 얼굴이 아깝네!

내가 그런 생각을 해 봤자 의미 없나.

그런 생각을 할 때, 어느 여성이 우리에게 말을 걸었다.

"어머, 리아스 양과 효도 잇세이 군이군요."

안경을 쓴 미인―― 학생회 부회장인 신라 츠바키 선배였다.

이런 곳에서 신라 선배와 마주칠 줄은 몰랐다! 왠지 오늘 이 백화점에 내 지인들이 잔뜩 놀러온 것 같다!

"쇼핑 중이신가요――."

――하고 우리에게 친근한 목소리로 말을 건 신라 선배의 눈에 키바가 들어온 것 같았다. 아무래도 나와 리아스는 봤지만 키바는 미처 못 봤던 건지, 얼이 나갈 정도로 깜짝 놀란 것 같았다. 키바도 여기 있는 줄은 몰랐던 것이리라.

신라 선배의 표정과 몸이 딱딱하게 굳었다. 나와 리아스에게 말을 건넨 후, 입을 쩍 벌린 채 그대로 굳어버렸다.

신라 선배는 키바에게 반해서 그런지, 내가 봐도 재미있는 반응을 보였다.

키바는 신라 선배를 향해 미소 지었다.

"안녕하세요, 신라 선배. 쇼핑 중이신가요?"

"아, 예. 새로운 책장을 장만하려고…… 키, 키바 군도 쇼핑 중인가요?"

"예. 정확하게는 쇼핑을 마친 참이지만요."

"식료품이군요. 요, 요리라도 하실 건가요?"

"예. 오후에 개스퍼 군과 함께 만들 생각입니다."

"……요, 요리도 할 줄 아는군요……. 대단해요. 나, 남자의 귀감이에요!"

"예? 가, 감사합니다."

언동이 약간 이상해진 신라 선배, 그리고 어떤 반응을 보이면 좋을지 모르겠다는 키바가 대치하는 구도가 펼쳐졌다.

흐뭇한 듯한 표정으로 그 모습을 지켜보고 있던 리아스는 가볍게 헛기침을 한 후에 키바에게 말했다.

"유우토, 츠바키의 쇼핑을 도와줘. 책장을 살 거라니까, 도와주는 사람이 있으면 여러모로 편할 거야."

리아스가 그런 제안을 했다. 오오, 이거 혹시……?

"저, 저기, 리아스 양! 그, 그렇게 배려해 주시지 않아도 되는데……!"

신라 선배는 얼굴을 새빨갛게 붉힌 채 허둥댔다. 리아스가 한 말의 진의를 눈치챈 건지, 허둥대고 있었다. 우리 부회장님은 참 귀엽네! 평소에는 무시무시할 정도로 쿨하면서 말이야!

리아스라면 신라 선배의 마음을 알고 있는 게 당연했다. 리아스와 학생회장님은 절친 사이니까 말이다. 리아스는 우리 집의 빈방에서 때때로 소나 회장님과 수다를 떨기도 했다.

키바는 리아스의 제안을 듣고 고개를 끄덕였다.

"예, 부장님. 신라 선배, 제가 동행하죠."

"…………윽!! 으, 으뉴……!"

이 부회장, 방금 '으뉴'라고 말했어!

키바의 신사적인 태도에 신라 선배도 완전히 그로기 상태인 것 같았다. 미소를 머금은 순간, 여성 한정 필살기라 해도 과언이 아닌 반짝반짝 미남 아우라가 뿜어진 것을 남자인 나도 느낄 수 있었다!

신라 선배는 김이 날 것만 같을 정도로 얼굴을 붉히더니, 대꾸조차 제대로 하지 못했다.

"개스퍼, 저 두 사람을 부탁해."

"아, 예. 잘은 모르겠지만 최선을 다해볼게요, 부장님!"

개스퍼도 리아스의 말에 그렇게 답했다. 단둘만 있게 된다면 신라 선배가 버티지 못할 테니, 개스퍼는 적절한 완화제 역할을 해 줄 것이다.

"자아, 가구 가게에 가죠."

키바는 신라 선배를 에스코트했다. 나이트다운 그 태도에서는 약간의 서먹함이 느껴졌지만—— 신라 선배가 진심으로 기뻐하고 있는 것 같으니 괜찮다 싶었다.

리아스는 인파 속으로 사라지는 저 세 사람을 응시하며 옆에 있는 나에게 말했다.

"나는 츠바키를 응원하고 싶어. 유우토와 잘 어울리는 것 같거든."

키바와 신라 선배인가. 앞으로 어떻게 될지는 알 수 없지만, 키바에게 어엿한 애인이 생기면 좋을 것 같다는 생각이 들었다.

저 녀석은 항상 웃으며 냉정하게 생각하지만, 너무 날카로워서 위태위태해 보이는 칼날 같을 때가 있다. 내면에 잠들어 있는 열기만으로는 권속들 중에서도 손꼽히지 않을까 싶을 정도다.

……그런데 나는 왜 미남을 진지하게 걱정하고 있는 거지?! 괜한 참견이야. 내가 저 녀석의 걱정을 다 하다니, 정신이 나갔나 보네!

으으윽! 나는 키바를 적당히 응원할 거야! 대신, 신라 선배를 진심으로 응원해야지! 뭔가 모순되는 것 같지만, 이걸로 충분해!

그렇게 키바 일행과 헤어진 우리는 다음 가게로 걸음을 옮겼다.

바로 그때였다. 악기점 앞을 지나가던 우리는 눈에 익은 남성과── 레이벨, 코네코를 발견했다.

상대방도 우리는 본 건지, 말을 걸어왔다.

"리아스와…… 효도 잇세이냐."

"라이저! 인간계에 온 거야?"

리아스는 깜짝 놀랐다! 나도 놀랐다! 레이벨, 코네코와 함께 악기점에 있던 키가 큰 남성은 바로 라이저 피닉스였다!

우와, 이 사람이 이 백화점에 있을 거라고는 생각도 못했다! 아니, 인간계에 있을 줄은 꿈에도 몰랐다고! 오늘 이 백화점은 대체 어떻게 되어먹은 거야?!

라이저는 겸연쩍은 표정을 지으며 손가락으로 뺨을 긁적였다.

"아~ 그게 좀 볼일이 있어서 말이지."

"제가 걱정이 되어서 보러 온 거랍니다."

레이벨은 빙그레 웃었다. 옆에 있는 코네코가 "저는 그냥 같이 다니고 있어요." 하고 중얼거렸다.

라이저는 여동생이 걱정되어서 보러 온 건가. 그리고 인간계에 온 김에 백화점에도 들른 걸까? 의외로 라이저는 좋은 오빠네. 이러니 레이벨도 라이저에게 잔소리를 하면서도 그렇게 따르는 것이다.

코네코도 이 두 사람과 같이 백화점에 왔구나. 이러니저러니 해도 코네코와 레이벨은 사이가 좋다. 일전에 내가 생사불명이었을 때에 두 사람은 가까워졌다고 한다. 나를 잃고 상실감에 사로잡힌 서로를 위로해 줬다고 들었다.

왠지 미안하지만, 두 사람이 가까워졌으니 결과적으로 잘된 걸까?

"너희는 데이트 중인 것 같지는 않군. ……그런데 저 아가씨는 누구지?"

라이저의 시선이…… 내 옆을 향했다. 그곳에는 나와 손을 잡은 오피스가 있었다.

아, 맞다. 라이저는 오피스에 대해 알지도 못하고, 알아서도 안 되는 입장이지.

그럼 어떻게 둘러댈까. 라이저 수준의 악마라면 존재감과 분위기, 아우라로 오피스가 인간이 아님을 눈치챘을 것이다.

새로운 리아스의 권속이다! 라고 소개할 수도 없다. 리아스는 모든 체스말을 다 썼으니까 말이다!

내가 고민에 잠겨 있을 때, 코네코가 갑자기 이런 말을 중얼거렸다.

"……부장님과 잇세 선배의 자식이에요."

코, 코네코, 그건 너무 티 나는 거짓말 아니야?! 우리 자식이라기엔 오피스는 너무 크다고!

나는 말도 안 되는 설명이란 생각이 들었지만…… 라이저는 그 말을 듣더니…….

"…………."

무표정한 얼굴로 딱딱하게 굳어버렸다.

그 모습을 본 레이벨이 고개를 갸웃하고 "오라버니? 오라버니, 왜 그러세요?" 하고 말하며 얼굴을 들여다보았다. 그리고 라이저의 얼굴 앞에서 손을 흔드는데도 반응이 없고——.

잠시 후, 라이저는 입가를 부르르 떨면서 엉엉 울기 시작했다!

"……젠장! 드디어 리아스의 처녀가아아아앗!"

격노하고 있다! 게다가 온몸에서 불꽃을 뿜고 있잖아! 일반인이 잔뜩 있는 이런 곳에서 초차원 배틀을 벌일 수는 없다고!

그리고 뻔한 거짓말이잖아! 이렇게 빨리 애가 생길 리가 없다고!

"오라버니! 방금 그건 코네코 양의 농담이에요! 정말! 리아스 님과 잇세 님 사이에 이렇게 큰 자식이 벌써 생길 리가 없잖아요! 정신 좀 차리세요! 그리고 부끄러우니까 이런 데서 이상한 소리 좀 하지 마세요오오오! 약혼 파티 때와는 처지와 대사가 정반대잖아요오오오오!"

얼굴이 새빨개진 레이벨은 눈물을 흘리며 분노를 터뜨리는 오빠를 말리려 했지만, 라이저는 나를 향해 투지를 불태우기만 했다!

"후후후. 자아, 잇세! 도망치자!"

리아스는 내 손을 잡아끌면서 도망치려 했다! 나와 오피스도 덩달아 뛰기 시작했다!

"이 노오오오옴! 다음에 또 결투하자, 효도 잇세이! 리아스의 찌찌를 걸고 말이다!"

라이저가 가게 앞에서 고함을 질렀다!

"헛소리 하지 마! 리아스의 가슴은 내 꺼야! 그래도 결투라면 언제든 받아주겠어요!"

나는 그런 말을 남긴 후, 리아스와 오피스를 데리고 도망쳤다!

2. 용신과 팬티입니다!

우리는 푸드코트에서 가볍게 식사를 했다. 참고로 오피스는 도넛을 우걱우걱 먹었다. 곁에서 관찰하고 안 것인데, 이 녀석은 뭐든 잘 먹지만 그중에서도 과자를 즐겨 먹었다.

"나, 도넛, 쿠키 좋다."

용신에게 살이 찐다는 개념이 없는 것 같으니, 단것을 얼마든지 마음껏 먹을 수 있을 것이다. 그런데 용신에게도 굶주림이 존재할까? 수수께끼가 끊이지를 않았다.

자아, 쇼핑은 얼추 끝났다. 이제…… 오피스의 팬티만 사면 된다! 그렇다! 여성용 팬티 말이다!

──좋아, 팬티를 입수하러 가자!

우리는 여성용 속옷 코너를 찾았다.

……왠지 감개무량한걸. 나는 이런 곳과 인연이 없는 남자라고 생각했다. 여성용 속옷 코너는 선택받은 남자만 들어설 수 있는 곳이잖아?

연인을 따라온 남자 혹은 아내를 따라온 남편, 아니면 딸을 따라온 아버지만이 들어설 수 있을 것이다.

나는…… 연인을 따라온 남자? 로서 이곳에 오고 싶지만, 지금은 쇼핑을 하는 가족을 따라온 남자라고 봐야 하려나?

그래도 괜찮아! 나는 드디어 이 금단의 영역에 발을 들였다고! 오피스는 속옷 코너의 입장 교환권이라 불러도 될 거야!

……우와, 다양한 크기의 온갖 브래지어와 팬티가 전시되어 있어……! 정통파 스타일의 흰 팬티에, 안이 훤히 비치는 레이스 팬티도 있잖아……!

게다가 가게 내부 분위기도 멋지네! 조명이 속옷을 찬란히 비추고 있고, 상품이 진열된 선반 하나하나도 디자인적으로 화려했다.

앗! 저 브래지어…… 크네! 엄청 크다고! 저기에 들어갈 찌찌라면 볼륨이 상당할 거야!

오오, 저기 있는 조그마한 브래지어도 괜찮은걸!

그래, 브래지어의 사이즈가 클수록 선택지가 줄어드는구나. 일반 사이즈의 브래지어는 다양성으로 승부를 하는 것이다.

레이팅게임과 마찬가지네. 파워가 있다고 꼭 좋기만 한 건 아니야. 다양한 테크닉을 지니면 임기응변에 맞출 수 있어. 하지만 나는 그래도 파워 승부를 고집하고 싶네.

——큰 가슴이 좋아. 가슴은 크면 클수록 좋다고.

중학생 시절에는 속옷을 입힌 마네킹만 봐도 흥분했지. 가까이에서 보는 것만으로도 정말 끝내줬다. 이 거리, 이 공기, 이것이 선택받은 자만이 차지할 수 있는 영역…… 풍경……!

이런 무릉도원이 이렇게 가까운 곳에 있었구나……!!

그래, 나는 이런 행복을 누려도 돼! 나한테는 이런 행복이 어울린다고!

"어머, 저 사람…… 누구를 따라온 걸까?"

"애인이 있을 것 같지는 않은데…… 혹시 변태 아니야……?"

감동한 내가 연신 고개를 끄덕이자, 다른 여자 손님들이 나를 수상하게 여겼다. ……리아스와 오피스한테 꼭 붙어 있어야겠다. 이곳은 끝내주는 비경이지만, 한 걸음만 잘못 내디뎌도 돌이킬 수 없는 사태가 벌어질 수 있는 위험한 곳이기도 했다.

"오피스, 어떤 속옷이 좋겠니?"

"나, 모른다."

"그럼 색깔만이라도 골라보렴. 좋아하는 색깔이 뭐니?"

"……검은색."

"그렇구나. 오피스한테는 검은색이 어울려. 이건 어때? ……사이즈가 좀 클지도 모르겠네."

"크게 만들까? 나, 가슴이 납작해."

"가슴 크기는 마음대로 조절할 수 있겠지만, 당신 정도의 키면 지금 크기가 가장 자연스러워."

리아스와 오피스는 속옷을 물색하기 시작했다. 오피스를 돌보는 리아스는 마치 언니…… 아니, 딸을 둔 엄마 느낌이었다! 이런 게 모성애라는 걸까. 리아스는 모성애가 많을 거야. 그래서 무심코 어리광을 부리고 싶어지는 거라고!

내가 그런 생각을 할 때, 근처에 있는 여자애들의 대화가 들렸다.

"아시아, 이 대담한 속옷 좀 봐."

"으윽! ……구멍이 뚫려 있잖아요, 제노비아 씨!"

"응. 엉덩이가 훤히 보여. 속옷 기능을 못 하고 있지. 하지만 이런 게 승부 속옷 아닐까? 이리나는 어떻게 생각해?"

"나, 나한테 묻지 마! 나는 크리스천이야! 속옷은 순백색만 있거든?!"

"어…… 하지만 일전에 이리나 씨가 곰이 프린트된 핑크색 팬티를 세탁…… ."

"아시아 야아아아아아앙! 그걸 어떻게 알고 있는 거야?! 꺄앗! 그걸 본 거야?!"

"곰 그림 팬티를 입었다고 주님이 화내실 리가 없어, 이리나. 나는 요즘 들어 속이 훤히 비치는 것도 입거든?"

"제노비아도 참! 그야말로 소악마적인 도전이네!"

"후후후, 나도 악마거든. 아시아, 나는 한 걸음 앞서고 있어. 그리고 엉덩이가 훤히 보이는 구멍 뚫린 팬티를 사서, 잇세와의 짝짓기 전쟁에서 승리하고 말 거야."

"으으으으윽! 마, 맙소사! 잇세 씨와 더 가까워지기 위해서는 이, 이런 속옷을 입어야만 하는 거군요……! 아뇨. 제가 이걸 입으면, 리아스 언니에게 다가설 수 있을지도 몰라요! 저, 저도 사겠어요!"

"뭐어어어엇?! 제노비아도…… 아시아 양도 그 팬티를 살 거야?! 아니, 또 분위기가 그렇고 그런 쪽으로 흐르고 있네! 아아 아아! 주여, 그리고 미카엘 님, 저는 어쩌면 좋을까요?! 이 엉덩이 노출 팬티를 사면, 저의 신앙이 더욱 깊어질까요?!"

──이런 식으로, 교회 트리오가 엉덩이 노출 팬티 앞에서 결심을 하거나 고민에 잠겨 있었다.

……얘네도 이 백화점에 쇼핑을 하러 왔구나. 게다가 하필이면 속옷 코너에 있다니…….

"너희는 여기서 뭘 하고 있는 거야……?"

내가 탄식 섞인 목소리로 그렇게 말하자, 세 사람은 깜짝 놀란 표정으로 나를 돌아보았다.

하지만 제노비아는 곧 마음을 진정시키더니, 진지한 목소리로 나에게 물었다.

"마침 잘 왔어, 잇세. 우리 셋 중에서 이 구멍 뚫린 팬티가 가장 어울릴 것 같은 여자애는 누구야? 네 의견이 정답이야!"

느닷없이 그딴 질문 하지 말라고!

"…………."

"…………."

아아, 아시아와 이리나도 진지한 표정으로 내가 답하기만 기다리고 있잖아!

하아, 젠장! 왜 나는 속옷 코너에서 이 세 사람 중에 엉덩이가 훤히 보이는 팬티가 누구에게 가장 잘 어울리느냐는 질문을 받고 있는 거지? 다른 손님들이 기이한 눈으로 본다고!

뭐라고 대답하면 좋을까? 세 사람 다 표정이 진지하잖아. 으음, 하지만…….

뭐, 좋아. 일단 대충 대답하고 넘어가자.

"으음, 이리나일 것 같아."

내가 그렇게 말한 순간, 이리나는 얼굴을 새빨갛게 붉히며 몸을 배배 꼬았다.

"이, 이런 데서 타천하면 안 돼! 견디는 거야, 이리나……! 하, 하지만 잇세 군이 나한테 가장 잘 어울릴 거라잖아……! 어, 어쩌지?! 으으으으, 타천할 것만 같아!"

이리나는 머리를 감싸 쥐며 필사적으로 뭔가와 싸우고 있었다. 이, 이런데서 날개를 펼쳤다간 난리가 나겠지…….

"살게요! 이거, 살게요!"

이리나는 눈앞에 있는 팬티를 쥐더니, 카운터로 뛰어갔다!

"멈춰, 이리나! 그건 내가 살 거야!"

"아뇨, 제가 사겠어요!"

제노비아와 아시아가 그 뒤를 쫓아갔다.

　……세 사람은 여전히 텐션이 끝내주네. 뭐, 사이가 좋으니 됐어.

　교회 트리오를 쳐다보며 흐뭇한 표정을 짓고 있던 나는 우연히 어떤 광경을 봤다.

　"아케노, 이렇게 화려한 속옷을 살 건가요?"

　"예, 소나. 잇세 군이 이런 걸 좋아하거든요."

　소나 회장님과——아케노 씨였다!

　교회 트리오만이 아니라 저 두 사람도 속옷 코너에 있다니……. 오늘 이 백화점은 악마들로 우글거리네! 다들, 이 백화점을 너무 좋아하잖아! 휴일에 갈 곳이라고는 여기뿐인 거냐?!

　그나저나, 이 조합은 엄청 신기하다! 그야 저 두 사람이 사적으로 친구 사이라는 것은 알고 있었다.

　하지만 리아스 없이 둘이서 쇼핑을 하고 있는 광경이 나는 엄청 신기하게 느껴졌다! 그래, 리아스는 오늘 오피스의 쇼핑에 동행하고 있으니까, 아케노 씨와 회장님이 단둘이서 외출을 한 거구나.

　……왠지 저 두 사람의 대화가 신경 쓰였다. 단둘이 있을 때, 아케노 씨와 소나 회장님은 어떤 이야기를 나눌까?

　나는 머뭇머뭇 다가가서 귀를 기울여봤다.

　"소나는 이런 속옷을 안 사나요?"

　"예, 저는 평범한 속옷으로 충분해요. 때때로 무늬가 있는 속옷을 사기도 하지만, 아케노나 리아스처럼 투명하거나 형태가 극단적인 속옷은 입지 않아요.”

오오, 역시 회장님은 고지식하네. 속옷도 완전 고지식하구나!

아케노 씨가 미소를 지었다.

“어머나, 보여줄 상대가 있다는 것만으로도 구매 의욕이 달라지지 않을까요?”

“속옷 기능만 갖췄다면 충분해요. ……뭐, 만에 하나라도 남이 봤을 경우에 부끄럽지 않도록 최소한의 센스가 필요할 거라고 생각하지만 말이에요…….”

“그래요. 만약 마음에 둔 남성이 자신의 팬티를 봤을 때, 나쁜 인상을 가지게 되는 건 싫잖아요? 여성은 언제든 남성에게 호감을 줄 수 있는 속옷을 착용해야만 한다고 생각한답니다.”

“……일리 있는 말이군요. 하지만——.”

“어머, 이건 괜찮군요.”

아케노 씨가 손에 쥔 것은…… 천 면적이 너무 적어서 속옷 기능을 포기한 듯한 팬티였다!

우와아앗! 저런 팬티도 있구나! 어, 엉덩이가 훤히 보이잖아! 중요 부위를 제대로 가리긴 하는지 의심이 갈 정도야!

아케노 씨가 흥미를 가지며 그 팬티를 손에 쥐자, 소나 회장님은 얼굴을 살짝 붉혔다.

“아, 아케노. 그건 좀…… 그걸 속옷이라고 할 수 있을까요?”

“우후후, 속옷 맞아요. 잇세 군이라면 이런 걸 좋아할 것 같으니까, 리아스가 없을 때 이런 걸 입고 승부에 임하면 넘어올지도 모르겠네요.”

"……집에서 입을 거라면 아무 말도 안 하겠지만, 학교에서는 입지 마세요. 풍기가 문란해질 테니까요. 그리고 당신과 리아스는 학교에서도 지나치게 화려한 속옷을 입지 않나요?"

"소나도 참. 사적일 때도 여전히 학생회장처럼 구는군요. 우후후, 당신은 정말 언니와 정반대네요. 세라포르 님이라면 이런 속옷에 흥미를 가질 거예요."

아케노 씨가 그렇게 말하자, 회장님은 갑자기 허둥댔다.

"자, 잠깐만요! 언니에게 그런 속옷을 권하지 말아요! 효도 잇세이 군에게만 보여주고 말아요!"

"우후후, 당신도 세라포르 님 못지않은 시스콤이네요."

"시스콤이 아니에요. 저는 어디까지나 언니를 관리할 뿐이에요. 안 그랬다간, 언니한테 이상한 벌레들이 꼬일 테니까요."

"소나는 고지식한데도 참 재미있다니까요."

"으으……."

아케노 씨는 즐거운 눈치인데, 회장님은 얼굴에 불만이 어렸다.

우와, 정말 재미있는 대화다! 흐음, 저 두 사람은 리아스가 없을 때 이런 대화를 나누는구나. 귀중한 광경을 봤어.

소나 회장님은 레비아탄 님을 저렇게 과보호하는구나. 레비아탄 님이 소나 회장님을 과보호하는 줄만 알았다. 자매가 서로를 소중히 여기는 것이다. 이건 귀중한 정보다.

하지만 아케노 씨가 들고 있는 거의 끈이나 다름없는 저 팬티! 아케노 씨가 저걸 입고 나에게 안겨든다면…… 므흐흐! 끝내주겠네! 팬티가 저런 거면 브래지어는 대체 어떤 걸까?! 상상의 나래가 펼쳐지고 있어!

──바로 그때, 누군가가 아케노 씨와 소나 회장님에게 다가가고 있었다.

사지와── 하나카이 양, 1학년 니무라 양이다! 회장님도 그 세 사람을 본 것 같았다.

"어머, 사지와 모모, 루루코군요. 이런 데서 마주칠 줄은 몰랐어요."

하나카이 양이 회장님에게 다가가며 물었다.

"회장님! 제 말 좀 들어보세요! 루루코가 겐한테 야한 속옷을 골라달라고 했어요! 너무 외설스럽지 않나요?! 불순해요!"

투 테일을 한 니무라 양은 그 말을 듣더니 고개를 휙 돌리며 이렇게 말했다.

"저는 남자 의견을 듣고 싶었을 뿐이에요~. 모모 씨도 겐시로 선배한테 속옷을 골라달라고 하면 되잖아요."

"뭐, 뭐어?! 이런 속옷 코너에 겐을 데리고 왔다간, 에로스에 미친 바보가 되어버릴 거야! 겐을 야수로 만들 작정이야?!"

하나카이 양이 발끈하자 니무라 양이 여유롭게 미소를 흘렸다.

"요즘 세상에 남자 고등학생이 속옷 하나 가지고 그렇게까지는 되지 않을걸요?"

──미안하지만, 저는 엄청 흥분했습니다!

내가 송구한 마음에 사로잡혀 있을 때, 사지 자식이 당혹스러워 하며 회장님에게 이렇게 말했다.

"저, 저는 속옷이니, 에로스니 같은 건 신경 안 써요! 회장님, 진짜예요! 저 두 사람과 백화점에서 우연히 마주쳤는데, 어쩌다 보니 여기까지 끌려온 것뿐이에요! 그래도 회장님과 만난 건 영광이에요!"

사지는 회장님에게 변명을 늘어놓았다.

사지는 회장님에게 반했으니, 오해를 풀고 싶으리라. 하지만 하나카이 양과 니무라 양의 사지 쟁탈전이 과열되고 있네…….

회장님은 안경을 고쳐 쓴 후, 간결하게 말했다.

"사지, 남성이 함부로 여성의 속옷 코너에 들어오면 안 돼요. 그리고── 에로스는 적절히 자제하도록 하세요."

"회, 회장님…… 그런 게 아니라고요……."

오해를 풀지 못한 사지는 회장님의 말을 듣고 충격을 받은 눈치였다. 그 모습을 본 아케노 씨가 빙그레 미소를 지으며 웃음을 흘렸다.

사지 겐시로가 진정으로 마음에 둔 사람은 여전히 요지부동이네. 으음, 여러모로 어려울 것 같지 않아? 회장님이 나를 이름으로 부르는 걸 사지가 안다면, 브리트라 파워로 나한테 저주를 걸지도 몰라…….

학생회 멤버의 대화를 더 듣는 것도 좀 그럴 것 같았기에, 나는 슬며시 이 자리를 벗어났다.

자, 리아스와 오피스의 쇼핑은 어떻게 되고 있을까 싶어 돌아가 보니──.

리아스가 통로 쪽에서 가게 안을 두리번거리고 있었다. 난처한 표정을 보니 무슨 일이 일어난 것 같았다.

그런데, 오피스가…… 없네?

리아스에게 뛰어가 보니, 나를 보자마자 이렇게 말했다.

"오피스가 사라졌어!"

……용신이 미아가 된 것 같았다.

리아스가 점원에게 재고 확인을 하느라 잠시 정신을 판 10초 남짓한 시간에 벌어진 일이다. 잠시 눈을 뗐더니, 오피스가 사라졌다고 한다.

"내 잘못이야……."

리아스는 가라앉은 목소리로 그렇게 말했다.

아니, 잘못한 사람은 바로 나다. 우연히 마주친 교회 트리오와 아케노 씨, 회장님에게 정신이 팔린 바람에……. 그렇게 동경했던 속옷 코너에 들어선 덕분에 한껏 들뜬 것 같았다.

……오피스의 손을 계속 잡고 있었다면, 이런 일이 벌어지지 않았을 것이다.

나는 근처에 있던 교회 트리오와 아케노 씨, 소나 회장님, 그리고 사지 일행에게 오피스를 찾는 것을 도와달라고 부탁했다.

속옷 코너 앞을 집합 장소로 정한 후, 우리는 백화점 안을 뛰어다녔다.

누군가에게 끌려간 것일까? 가능성이 없지는 않지만, 뭔가에 흥미가 생겨서 쫓아갔거나 백화점 안에 관심이 가서 둘러보다 우리와 떨어지고 말았다── 그럴 가능성이 컸다.

"……뭐, 뭐어, 용신이니까 위험에 처할 것 같지는 않지만, 오피스 때문에 남이 위험에 처할 가능성은 있지……."

나는 고개를 갸웃거렸다. 일반인에게 힘을 사용하지 말라고 일러뒀으니, 큰 문제는 없을 것이다. 의외로 순진한 아이라서, 말이 잘 통하기도 하고 말이다.

……다른 진영, 혹은 적대 세력에게 납치됐을 가능성은…… 아주 없다고는 할 수는 없다.

이 동네가 3대 세력에 있어 특별한 장소인 만큼 적대 세력이 함부로 들어올 수는 없을 테지만, 꼭 그렇다고 단정할 수 있는 것도 아니니…….

으윽, 생각을 하면 할수록 나쁜 쪽으로 흐른다!

아무튼, 그 녀석이 갔을 만한 곳이나 흥미를 가질만한 곳을 둘러볼 수밖에 없다!

"백화점 안은 넓잖아. 오피스가 이곳에 계속 있을 거라고 볼 수는 없고, 발로 뛰어서 찾는 데도 한계가 있어. 사역마를 이용하자."

리아스도 일반 손님에게 들키지 않게 사역마를 부려 오피스를 찾기 시작했다. 그리고 바로 그때—— 안내 방송이 백화점에 울려 퍼졌다.

『보호자를 찾습니다.』

오오! 어쩌면……! 우리가 희망을 가지며 귀를 기울이자——.

『빨간 머리에 가슴이 큰 어머니. 엉큼하게 생긴 아버지. 노란색 장발에 가슴 크기는 평범한 언니. 멍청하고 완력이 좋아 보이는 언니. 자칭 천사인 언니. 새 같아 보이는 남매와 고양이 같아 보이는 여자애. 검은 머리에 가슴이 큰 또 한 명의 어머니. 박복해 보이고 가난한 듯한 은발 언니. 그리고 미남과 여장 소년과 안경 여성……? 이에 해당하시는 분들이 계신가요? 혹은 근처에 이런 외모를 지닌 분들은 안 계신가요? 미아 보호 센터에서 여자아이가 기다리고 있습니다. ……아, 주임님! 죄, 죄송합니다! 하, 하지만 이렇게 말하면 바로 알아들을 거라고 이 아이가…… 아아, 실례했습니다! 방금 말은 못 들은 걸로 해 주세요!』

……왠지 방금 엄청 무례한 안내 방송을 들은 것 같은데!

아무튼, 빨간 머리에 가슴이 큰 어머니?! 그리고 엉큼하게 생긴 아버지?!

그게 누구야?! 어, 우리야?! 가게 안의 손님들이 "저 사람들 아니야?", "맞는 것 같네."라며 우리를 주목하고 있었다!

오피스 녀석, 미아 보호 센터에 있는 거냐!

우리를 부모님이라고 설명한 거구나! 아니면 점원이 설명을 듣고 그렇게 생각한 건가?!

"아, 아무튼 오피스가 있는 곳에 빨리 가 보자!"

사람들의 눈길을 끈 바람에 수치심을 느낀 건지, 얼굴이 빨개진 리아스가 그렇게 말하며 서둘러 걸음을 옮겼다! 우리도 그 뒤를 따랐다!

통로에 있던 다른 손님들이 호기심이 어린 눈길로 우리를 쳐다보았다!

"어머, 고등학생 정도로 보이는 부부네? 아, 빨간 머리! 저 사람들이구나!"

"화, 확실히 멍청하고 완력이 좋아 보이는 언니야!"

"자칭 천사(웃음)."

"검은 머리에 가슴이 큰 어머니…… 어머니가 두 명인가? 언니도 많잖아? 가, 가정환경이 참 복잡하네."

"진짜로 엉큼하게 생긴 젊은 아버지네!"

다들 말을 함부로 하네!

우리는 얼굴을 새빨갛게 붉히며 서둘러 걸음을 옮겼다!

젠장! 젠자아아아앙! 우리가 왜 이런 일을 겪어야 하냐고! 부끄러워서 미치겠네!

"저는 당분간 부끄러워서 이 백화점에 못 올 것 같아요!"

아시아는 부끄러운지 얼굴을 가린 채 걸음을 옮기고 있었다!

"멍청하게 생겨서 거 되게 미안하네."

"천사 맞거든?! 진짜거든?!"

제노비아와 이리나도 납득이 안 되는 눈치였다.

우리와 행동을 함께 하고 있지 않은 라이저 남매와 코네코도 지금쯤 부끄러워하고 있겠지?

키바와 개스퍼, 신라 선배, 로스바이세 씨도 이 방송을 들었을지도 몰라!

"후후후, 미안해요. 그래도 웃음을 멈출 수가 없네요. 후후후."

방송에서 호명되지 않았던 소나 회장님은 우리와 함께 이동하며 계속 웃음을 흘렸다.

"예, 계속 웃으라고요! 저희는 울고 싶을 지경이지만요!"

"우후후, 또 한 명의 어머니 포지션인가요. 나쁘지 않네요. 다음에 오피스 양, 잇세 군과 함께 불륜 플레이를 하는 것도 재미있을 것 같군요."

아케노 씨는 아까 방송에서의 설명이 마음에 든 눈치였다! 오피스를 데리고 불륜 플레이를 하는데 흥미가 생긴 것 같군요!

그런데 오피스 녀석은 우리의 외모를 점원에게 그대로 설명했구나. 어쩌면 우리가 언급한 동료들의 특징을 그대로 입에 담은 걸지도 모른다.

그리고 어머니라 불린 리아스는———.

얼굴을 붉히기는 했지만, 왠지 기뻐보였다.

"어머니. 내가 어머니. 우후후. 잇세가 아버지. 그래, 맞아. 그렇게 보이는구나. 오피스도 참……."

오늘 들어 가장 기분이 좋아 보였다. 그렇게 부끄러운 방송을 듣고, 호기심에 찬 눈길을 받는데도, 리아스는 끝내주는 미소를 머금고 있었다.

"늦어. 나, 기다리다 지쳤다."

오피스는 그런 말을 하며 우리를 맞이했다!

눈곱만큼도 미안해하지 않는 눈치였다. 아무래도 솜사탕을 먹는 어린애를 보고, 그대로 속옷 코너 밖까지 넙죽넙죽 따라간 것 같았다.

리아스는 오피스에게 딱히 화를 내지 않았으며, 오히려 솜사탕을 사 줬다.

"오피스, 어때? 솜사탕은 맛있니?"

"폭신폭신하고 달다. 맛있다."

"우후후, 그렇구나. 그래도 앞으로는 우리 곁에 꼭 붙어 있어."

"알았다."

리아스는 오피스를 상냥한 눈길로 응시하며 즐거운 듯한 표정을 지었다.

"맞아. 엄마는 아이에게 자상해야지. 오피스, 솜사탕 더 먹을래?"

"먹겠다."

리아스는 시종일관 기분이 좋아 보였다. 오피스에게 '어머니'로 여겨진 게 기쁜 것 같았다. 겉모습만 보면 오피스는 리아스의 딸 같아 보이기는 했다.

내가 아버지구나. 그리고 리, 리아스의 남편……? 그, 그것참 영광이네!

자식이라. 나도 언젠가 진짜 아버지가 되는 걸까. 상상도 안 돼.

그 후, 우리는 다시 쇼핑을 시작했다. 도중에 코네코와 레이벨, 라이저, 로스바이세 씨도 합류해서 다 같이 백화점 레스토랑에서 늦은 점심을 먹었다. 인원이 많아서 자리를 나눠 앉았다.

키바와 개스퍼, 신라 선배는 먼저 돌아간 것 같았다. 그쪽도 일이 어떻게 돌아갔을지 좀 궁금하기는 했다. 키바의 반응과 신라 선배의 태도를 보면, 아직 전도다난할 것 같지만 말이다.

한편, 우리와 같은 자리에 앉은 라이저가 햄버그를 맛있게 먹고 있었다. 나는 그 모습을 보고 관심을 가졌다.

"라이저 씨는 햄버그를 좋아하는구나! 이미지와 안 맞네!"

내가 그렇게 말하자, 라이저는 얼굴을 붉혔다.

"뭐라고?! 적룡제! 햄버그는 맛있다고! 그러는 너야말로 햄버그에 된장국이냐?! 전직 인간은 야만스러운 조합으로 식사를 해서 문제라니깐!"

"뭐?! 햄버그에는 된장국이 잘 어울린다고!"

무시하지 마! 쌀과 된장국만 있으면 웬만한 건 전부 반찬으로 먹을 수 있어! 불닭 자식은 그것도 모르나 보네!

"정말, 잇세 님과 오라버니는 햄버그 가지고 싸우지 마세요!"

레이벨이 나와 라이저 사이에 끼어들며 말렸다!

"나, 햄버그 좋다."

"……햄버그 정식은 최고예요."

옆에서는 오피스와 코네코가 묵묵히 요리를 먹고 있었다. 다른 테이블에 앉은 시트리 권속도 즐겁게 식사를 하고 있지만, 사지는 텐션이 바닥을 치고 있었다.

동경하는 사람한테 에로스 같은 소리를 듣는 게 뭐 대수냐고! 나도 꿋꿋하게 살고 있단 말이야!

하지만 이처럼 평화롭고 즐거운 식사는 오랜만일지도 모른다.

뭐, 다른 손님들이 우리를 호기심 어린 눈으로 보고 있지만 말이야! 아까 방송에 우리 외모가 언급됐기 때문이겠지…….

우연이기는 해도 아는 사람이 이렇게 많이 휴일에 같은 백화점에 몰리다니……. 이 백화점은 악마 비율이 엄청나네…….

이것도 용신님의 가호이려나? 에이, 그렇지는 않겠지.

"마지막으로 100엔숍에 들렀다 가죠! 오늘은 좋은 일이 있었으니까, 과감하게 500엔 어치는 살까 해요!"

로스바이세 씨는 의기양양하게 전리품을 들고 눈을 반짝이며 말했다. 오피스의 표현에 따르면 박복해 보이고 가난한 듯한 은발 언니…… 딱 맞는 말이네.

……오늘 쇼핑을 가장 즐긴 사람은 로스바이세 씨일 거다.

3. ∞한(인피니티) 「New Life」

백화점의 그 방송은 우리 학교에도 널리 알려졌고, 한동안 우리는 '백화점에서 난리 법석을 떤 고등학생 부부와 그 가족'으로서 화제가 됐다.

물론 오해지만……. 그 안내 방송이 그렇게 재미있었다는 거겠지! 진짜 부끄럽네!

"잇세! 리아스 선배와 너 사이에 애가 있다는 게 무슨 소리야?!"

"너, 애를 만든 거냐?! 고등학생이 속도위반 결혼을 한 거냐고! 용서 못해!"

그리고 바보인 마츠다, 모토하마는 나한테 엄청 캐물어댔다.

당사자인 오피스는 쇼핑을 즐긴 눈치고, 팬티도 무사히 착용했다.

리아스는 정말 기뻐 보였다. 이런저런 일로 부끄럽기는 했지만, 지인들의 평소 못 보던 모습을 봤으니, 이번 쇼핑은 대성공이다!

마츠다와 모토하마를 따돌린 나는 어느새 구교사 근처에 와 있었다.

고개를 들어보니, 오피스가 2층 창문을 통해 바깥 풍경을 응시하고 있었다.

이 녀석, 학교에 왔구나. 때때로 마방진을 통해 이 학교에 오는 것 같던데⋯⋯. 뭐, 구교사 밖으로 나오지는 않지만 말이다.

그런 오피스와 시선이 마주쳤다.

"잇세, 오늘은 날씨가 맑다."

용신은 구름 한 점 없는 푸른 하늘을 응시하며 그렇게 말했다.

"⋯⋯나, 이곳에 온 후로 인간계의 하늘, 자주 보게 된 것도, 같다."

⋯⋯이 녀석의 고향인 차원의 틈바구니는 만화경 안 같은 공간이 펼쳐진 장소였다.

"저기, 오피스. 여기 하늘은 네 고향에 비하면 어때?"

무한이라 불리던 용신은 내 질문을 듣더니, 조용히 미소를 지었다.

"나쁘지 않다."

그렇구나. 나쁘지 않구나. 그럼 괜찮겠지. 이 녀석은 이곳에 있을 수 있을 거야.

여기에는 너를 괴롭히는 녀석이 없거든. 뱀을 요구하는 녀석도 없어.

"또 백화점에 가자."

"그건 기대된다."

아아, 오피스가 있으면 여러모로 고생을 할 것 같지만—— 그만큼, 즐거울 것 같았다.

Infinity Underwear.2

——이런 일도 있었지.

그 쇼핑이 벌써 1년 전 일이라니, 정말 놀랍다.

엄마와 용신 자매가 세탁물을 너는 모습을 보며 추억에 잠겨 있던 나는 쿠노가 옥상으로 올라오는 모습을 보았다.

쿠노도 세탁물 바구니를 들고 있었다.

"피스 님, 리스 님, 나도 같이 널겠다!"

쿠노는 그렇게 말하더니, 발판을 이용해 빨래 건조대에 자기 세탁물을 널기 시작했다.

"세탁물, 넌다."

"넌다."

"널자꾸나."

오피스, 릴리스, 쿠노가 담소를 나누며 세탁물을 너는 모습을 보고 있으니, 마음이 치유되는 것 같네. 이 순간, 평화를 실감하게 돼.

　미소를 머금으며 세 소녀를 응시하고 있을 때, 내 눈앞에 세탁물 바구니가 놓였다.

　내 앞으로 온 엄마가 나에게 말했다.

　"네 옷가지도 있으니까, 너는 걸 도와주렴."

　"알았어."

　나는 자리에서 일어난 후, 내 세탁물이 들어있는 바구니를 들고 빨래 건조대 쪽으로 향했다.

　이렇게 평화로운 한때가 흘러갔다──.

작가 후기

안녕하십니까, 여러분. 이시부미 이치에이입니다.

이번에는 오래간만에 단편집을 냈습니다. 「DX.4」에서는 『아자젤컵』의 두 시합을 다뤘으니, 본격적인 단편집은 「DX.3」 이후, 거의 1년 반 만이군요.

지난 권인 『진 하이스쿨 D×D』 2권의 후기에서 「다음은 진 D×D 3권」이라고 말씀드렸습니다만, 단편집인 「DX.5」가 먼저 나오게 된 이유는 후기 후반부에서 이야기 드리겠습니다.

그럼 우선 각 에피소드에 관해 해설을 하겠습니다. 잡지 게재 분량과 내용 보완을 위한 신규 에피소드가 변칙적으로 번갈아 수록되어 있습니다.

『불사조, 부활하다?』──시간대 : 17~19권 사이

레이벨이 이적하면서 자리가 빈 라이저의 『비숍』을 뽑는 이야기입니다. 그건 그렇고, 꽤나 카오스한 내용이군요……. 캇파가 나오지를 않나, 눈고릴라가 나오지를 않나, 나고야산 토종닭이 나오지를 않나, 바플 군이 나오지를 않나……. 이렇게 읽어 보니 마음 가는 대로 쓴 느낌이 물씬 나는군요. 왠지 반갑습니다.

『Unknown Dictator』——시간대 : 『아자젤컵』예선 중

피닉스 관련 에피소드입니다. 최근 본편에서 화제가 되고 있는 기계를 조종하는 신규 롱기누스 『언논 딕테이터』의 설정을 파헤치는 신규 SS입니다. 처음으로 미국의 에이전트가 출연한 거라고 생각합니다. 때로는 CIA 같은 게 나와도 괜찮을 것 같아서 써 봤습니다. 매그너스의 이미지는 마블 작품의 비행 타입 히어로입니다.

『피닉스』팀에 들어갔습니다만, 시그바이라와 상성이 좋을 것 같군요.

매그너스 로즈는 언젠가 본편에서도 출연할 예정입니다.

『펜드래건 씨네 메이드 양』——시간대 : 17～19권 사이

아서와 르페이의 설정을 파헤치기 위해 쓴 이야기입니다. 일레인 씨는 본편에 전혀 등장하지 않기 때문에, 저도 이 에피소드를 다시 읽을 때까지는 어떤 인물인지 잊고 있었습니다. 기회가 된다면 앞으로 활용하고 싶군요.

『Collbrand』——시간대 : 『아자젤컵』예선 종료 후

『펜드래건 씨네 메이드 씨』를 다시 읽어 보고 써야겠다고 생각한 SS입니다.

아서와 일레인의 장래와 신규 롱기누스인 『알페카 타이런트』

가 언급되는 이야기죠. 『언논 딕테이터』의 소유자를 CIA로 했으니, 『알페카 타이런트』의 소유자는 영국 왕족 관련 인물로 하자고 생각했습니다. 언젠가 르페이 편에서 다룰 예정이죠. 이건 그 서장 격인 이야기입니다.

이 글을 쓰면서, '아서 힘내~.' 라고 생각했습니다.

『영재교육 합숙』──시간대 : 17~19권 사이

토스카를 다뤄 보자고 생각해서 쓴 이야기입니다. 본편에는 거의 등장하지 않는 소녀이니, 이 에피소드를 통해 어떤 사람인지 상상해 주셨으면 합니다.

그건 그렇고, 키류는…… 교육에 나쁜 캐릭터군요! 하지만 아시아를 비롯한 교회 관계자 여자애들과 친해지는 데 있어서는 전문가인 만큼, 활약하고 맙니다.

마지막 부분의 리아스와 토스카의 대화는 작가인 저도 마음에 들었습니다.

『Go West!』──시간대 : 17~19권 사이

발리를 다루는 이야기를 쓰고 싶어서 집필한 이야기입니다. 발리는 서유기와 얽히는 케이스가 많으니, 현 저팔계와 현 사오정을 출연시키기로 한 거죠. 이 두 사람은 이 에피소드에서 처음으로 출연했습니다. 일본에서는 사오정을 캇파로 여기니, 당연히 샐러맨더 토미타도 등장합니다.

그러고 보니 「DX.5」를 다시 살펴보니 쿠로카의 분량이 상당하군요.

『Salamander Tomita』──시간대 : 『아자젤컵』 예선 종료 후

「DX.5」의 구성(단편에 실릴 에피소드)을 정한 후에 다시 살펴보니, 샐러맨더 토미타의 분량이 많더군요! 그리고 단편에서는 자주 이름이 나오고, 첫 등장 때도 쿠로카와 싸운 데다……그리고리의 괴인이니까…….

창조자인 저 또한 이 캇파를 잘 모릅니다만, 묘한 매력이 있는 것 같아서 확 발리 팀의 보결 멤버로 삼았습니다. 이것으로 원작판 서유기와 일본판 서유기의 멤버를 재현할 수 있겠군요.

이 캇파의 말투가 이야기에 따라 달라진다는 점은 저도 파악하고 있습니다만, 말투를 고치지 않는 것도 재미있을 것 같아 그냥 됐습니다.

참고로 요괴 중에서도 엄청난 천재 캇파이기 때문에, 등장할 때마다 강해집니다. 그런 걸로 해 뒀습니다. 사실 저도 최상급 캇파가 어떤 존재인지 잘 몰라요…….

『공주님들의 꽃꽂이』──시간대 : 22권 즈음(리아스에게 프러포즈한 후)

개인적으로 D×D 단편 느낌이 물씬 나는 이야기라 마음에 듭니다.

아무튼, 영문 모를 요소로 재미있고 우스꽝스러운 이야기를 만들자고 생각하며 쓴 단편입니다. 역시 시그바이라는 단편에 잘 어울리는 캐릭터군요.

하지만 놀랍게도 키바가 아무렇지도 않게 여체화를 하는군요……. 키바가 때때로 여자가 되어서 그런지, 작가 본인도 이 녀석이 남자인지 여자인지 종잡을 수가 없을 때가 있습니다.

『Kimono Girl?』──시간대 : 『아자젤컵』 예선 도중

토스카가 등장하는 이야기를 신규로 쓰고 싶어 집필한 SS입니다. 잇세의 여체화는 상상조차 안 되는 만큼, 절대 안 쓸 생각입니다.

『백룡황의 흑역사』──시간대 : 24권 후

세계관을 공유하는 『타천의 구신 −SLASHDØG−』의 간행이 본격적으로 시작됐으니, 본편과도 연관이 있는 슬래시 독 팀과 얼음공주 라비니아를 등장시키자는 생각으로 쓴 이야기입니다. 라비니아가 출연한다면, 발리도 당연히 나와야 하지 않겠습니까. 24권에서 나온 흑역사 노트에 관한 이야기를 보완해주는 에피소드입니다.

나나다루 시그네는 잡지 게재 때는 등장하지 않았습니다만, 이번 책을 수록하면서 가필 수정을 통해 넣었습니다. 독립구현형 사흉 「도철」이 세 마리 나오는데, 『타천의 구신 −SLASHDØG−』을 읽은 독자 분들은 이 점에 가장 놀라셨을 거라고 생각합니다.

그 경위는 『타천의 구신 −SLASHDØG−』 혹은 진 D×D에서 이야기할까 합니다.

슬래시 독 팀(협력자 포함)은 그 외에도 더 있으며, 머지않아 D×D에서도 등장시킬까 합니다.

『Restaurant.』──── 시간대 : 『아자젤컵』 본선 도중

새로 쓴 단편이며, 시간대 순서로 본다면 최근 이야기입니다. 잇세의 권속이 되고 얼마 안 된 잉빌드도 등장하죠. 이쿠세 토비오가 주방장인 레스토랑의 이야기가 『백룡황의 흑역사』에서 나오니, 그 부분을 보완하는 SS를 써 봤습니다. 흔히 볼 수 없는 발리와 조조의 일상이 담겨 있습니다.

발리와 같이 식사 중이던 도몬 겐부는 『SLASHDØG』의 등장인물입니다. 발리와의 관계가 궁금한 분은 『타천의 구신 ─SLASHDØG─』도 체크해 주십시오.

『슈퍼 히어로 트라이얼』──── 시간대 : 24~25권 즈음

신생 영웅파를 이야기하고 싶어서 쓴 에피소드입니다. 일전에 시바마타(와 그곳에서 제석천을 모시는 유명 사찰)에 취재를 간 적이 있는데, 그때 이런 이야기를 쓰자고 생각했습니다.

성창술사 겸 청소부인 조조의 뜻밖의 일면도 드러나며, 신규 멤버로 모모타로와 공명이 들어와서 새로운 포진이 갖춰졌습니다.

『Infinity Underwear.1』──── 시간대 : 『아자젤컵』 본선 도중

최근 이야기입니다. 다음 단편인 『첫 쇼핑』을 과거를 회상하는 느낌으로 수록하는 편이 처음 읽는 독자 여러분이 받아들이기 쉬울 거라는 편집자님의 의견에 따라 집어넣은 토막 에피소드입니다. 하긴, 각 단편의 시간대가 뒤죽박죽이긴 하니까요.

에로에로한 잇세도 옥상에서 홀로 콜라를 마시고 싶을 때도 있습니다.

『첫 쇼핑』──시간대 : 12권 직후

드래곤매거진에 12.5권이라는 형태의 중편으로 별책에 실렸던 이야기입니다.

오피스가 효도 가에 온 후, 편하게 지낼 수 있게 다들 도와주려고 하는 에피소드입니다. 아시아의 가슴이 평범한 크기였던 시절이죠. 이때 이후로 쑥쑥 성장합니다.

이 이야기는 「DX.5」에 실린 원고 중에서 가장 오래된 것이며, 2012년에 나온 것이니 약 7년 전의 원고군요. 그래서 문장뿐만 아니라 잇세의 심정 등이 현재와 좀 다릅니다. 신선하면서도, 작가인 저 본인이 나이를 먹으며 달라진 부분들을 실감할수 있죠.

이때의 잇세와 저 자신의 문장이 젊다고 느껴지는 것을 보면, 저도 조금은 늙은 걸지도 모르겠군요. 30대 초반과 후반은 사고방식이나 매사를 파악하는 방식이 여러모로 달라지니까요.

연령적으로는 아자젤이나 아주카에게 친근감을 느끼고 있습니다.

『Infinity Underwear.2』──시간대 : 『아자젤컵』 본선 도중

『Infinity Underwear.1』에서 이어지는 이야기입니다. 평범하고 평화로운 일상을 단 몇 페이지를 통해 담는 것도 좋군요.

──그럼 각 에피소드 해설을 마치겠습니다.

자, 후기 앞부분에서 언급했던 「왜 진 D×D 3권에서 『DX.5』로 바뀌었는가」에 대해 이야기를 드리자면…….

현재, 저는 고혈압 치료를 받고 있습니다. 작년에 과로하면서 건강을 해쳤기 때문입니다.

실은 진 D×D 2권 집필 도중(작년 가을경)에 몸이 나빠지면서 두통이 빈발하더니, 가슴이 심하게 뛰었습니다. 피곤해서 자고 싶은데도 잠이 오지 않는 힘든 상황에 처했죠.

그 후, 출장지에서 몸이 나빠져서 병원에 갔습니다. 그리고 검사를 받아본 결과, 큰 병은 아니었습니다만, 고혈압 진단을 받았습니다.

한때 혈압이 200 근처까지 올랐으며, 업무 도중에 무통, 가슴 떨림, 불면증 등으로 컨디션이 나빠졌던 것도 과로에 따른 고혈압이 원인이었습니다.

게다가 목과 어깨, 팔에서 문제(통증)가 발견됐습니다. 이건 목뼈에 이상이 발생했기 때문이었죠. 컴퓨터를 같은 자세로 장시간 동안 쭉 보고 있었기 때문이었습니다.

현재 혈압과 목의 이상을 약으로 치료하며, 건강을 살피고 있습니다.

혈압 쪽을 조기에 치료를 시작한 것은 불행 중 다행이었습니다. 조금만 늦었다면, 과로와 합쳐져서 뇌와 심장에 심각한 증상이 발생했을지도 모릅니다.

2018년은 D×D와 SLASHDØG의 집필＋4기 애니메이션 「하이스쿨 D×D HERO」 방송＋Blu-ray&DVD의 특전소설 「하이스쿨 D×D 0」 집필＋작품 10주년 기념서적＋각종 취재＋각종 체크＋토크 이벤트 등으로 과거 최고의 업무량을 자랑했으며, 제 몸이 이 업무량을 견뎌내지 못했습니다.

그래서 2018년 연말과 2019년 연초는 치료와 요양을 우선하고 있습니다. 장편을 쓸 체력이 없기 때문입니다(특히 액션 신을 쓸 체력이 완전히 돌아오지 않았습니다). 그래서 이번에 본편이 아니라 단편집을 내게 됐습니다.

하지만 이 책이 발간될 즈음에는 몸 상태가 나아졌을 거라 생각합니다. 다음에는 진 하이스쿨 D×D 3권과 『타천의 구신 -SLASHDØG-』 4권을 꼭 낼 테니, 독자 여러분께서도 기다려주시면 감사하겠습니다.

제 몸 상태에 관한 이야기를 마쳤으니, 이제 감사 인사를 드릴까 합니다.

미야마 제로 님, 담당편집자 T님. 이번에도 신세를 졌을 뿐만 아니라, 크게 폐를 끼쳤습니다.

다음에야말로 진 하이스쿨 D×D 3권을 전달해드리고 싶습니다. 그러기 위해서라도 건강을 회복한 후, 집필 컨디션을 되찾고 싶습니다.

　진 D×D 3권은 지난번에 말씀드린 대로 신 교토 편이 될 것이며, 쿠노(와 야사카) 편입니다. 많은 기대 부탁드립니다.

〈출전〉

Life. 1 불사조, 부활하다? 드래곤매거진 2014년 9월호
Unknown Dictator. 신규 집필
Life. 2 펜드래건 가문의 메이드 드래곤매거진 2015년 3월호
Collbrand. 신규 집필
Life. 3 영재교육 합숙 드래곤매거진 2015년 7월호
Life. 4 Go West! 드래곤매거진 2015년 9월호
Salamander Tomita. 신규 집필
Life. 5 공주님들의 꽃꽂이 드래곤매거진 2017년 1월호
Kimono Girl? 신규 집필
Life. 6 백룡황의 흑역사　드래곤매거진 2018년 1월호
Restaurant. 신규 집필
Life. 7 슈퍼 히어로 트라이얼 드래곤매거진 2018년 5월호
Infinity Underwear. 1 신규 집필
Life. ∞ 첫 쇼핑　드래곤매거진 2012년 7월호 부록
Infinity Underwear. 2　신규 집필

역자 후기

안녕하십니까. 근로청년 번역가 이승원입니다.

『하이스쿨 D×D DX』 5권을 구매해 주셔서 진심으로 감사드립니다.

어느새 2019년도 가을에 접어들었습니다.

올해는 9월에 태풍이 몰려오더니, 태풍 러시가 끝난 직후에 급격히 추워지는군요.

9월 말만 해도 에어컨이 그리울 정도로 더웠는데, 지금은 아침마다 이불 밖으로 나가기 싫을 정도로 쌀쌀합니다.

그래도 배고픔을 이기지 못하고 결국 이부자리 밖으로 나가서 아침 준비를……. 여러분, 배고픔이 이렇게 무섭습니다, AHAHA.

그럼 『하이스쿨 D×D DX.』 5권에 대해 조금 이야기해 볼까 합니다.

스포일러가 포함되어 있을 수도 있으니 본편을 안 읽으신 분은 유의해 주시길!

이번 권은 오래간만의 단편집이었습니다. 작가님께서도 말씀하셨다시피, DX.3 이후로 오래간만의 단편집! 개인적으로 개성적이고 매력적인 등장인물을 보유한 『하이스쿨 D×D』 시리즈의 단편집을 좋아하는지라, 이번 권도 역자로서, 그리고 독자로서 참 재미있게 즐겼습니다.

그리고 단편집에서도 늘어나는 신규 캐릭터와 설정! 펜드래건 가문의 메이드인 일레인은 메이드와 마법사라는 속성을 겸비한 매력적인 캐릭터였습니다. 아서와의 신분의 벽을 뛰어넘는 사랑 또한 눈길을 끌고 있죠. 르페이가 메인인 본편도 곧 나올 테니, 그 내용에서 일레인이 멋진 활약을 보여주기를 고대하고 있습니다!

그리고 토스카 양의 일상을 볼 수 있어서 좋았습니다. 키바 유우토의 동포인 그녀는 구출된 후로 본편에서 중요하게 다뤄지지 않았습니다만, 그녀가 키바의 곁에서 어떻게 살아가고 있으며, 또한 누구(?)에게 악영향(?)을 받아 어느 쪽(?)으로 물들어가고 있는지가 이번 단편집에서 다뤄졌습니다. 키바를 함락(?)시킬 가능성이 큰 캐릭터인 만큼, 앞으로도 계속 나왔으면 좋겠습니다!

그럼 이만 줄이겠습니다.

항상 재미있는 작품을 맡겨주시는 노블엔진 편집부 여러분께 감사드립니다. 앞으로도 잘 부탁드립니다.

건강검진 받은 직후에 고깃집에 가자면서 연락을 준 악우여.

마취가 풀려서 따끔거린다면서 삶은 옥수수를 미친 듯이 흡입하는 네 모습에 충격과 공포를 동시에 느꼈다. 밥 대신 옥수수로 탄수화물을 보충하겠다고 당당히 말하는 너에게 박수를 보내마……

  마지막으로 제게 버팀목이 되어주시는 어머니와 『하이스쿨 D×D DX.』를 읽어 주신 모든 분들께 진심으로 감사드립니다.

  다음번에는 『진 하이스쿨 D×D』 3권 후기에서 다시 뵐 수 있기를 진심으로 빕니다!

2019년 10월 중순
역자 이승원 올림

하이스쿨 DXD DX.5 ~슈퍼 히어로 트라이얼~

2019년 12월 20일 제1판 인쇄
2020년 01월 02일 제1판 발행

지음 이시부미 이치에이 | **일러스트** 미야마 제로

옮김 이승원

발행 영상출판미디어(주)
등록번호 제 2002-000003호
주소 21311 인천광역시 부평구 평천로 132 (청천동)
전화 032-505-2973(代) | FAX 032-505-2982

ISBN 979-11-6524-023-3
ISBN 978-89-6730-068-5 (세트)

노블엔진(NOVEL ENGINE)은 영상출판미디어 (주)의 라이트노벨 및 관련서적 브랜드입니다.

이시부미 이치에이
관련작 리스트

[소설]

하이스쿨 DXD 1~25 (완)
하이스쿨 DXD DX. 1~5
진 하이스쿨 DXD 1~2

·글 : 이시부미 이치에이 / 그림 : 미야마 제로

타천의 구신 –SLASHDØG– 1~2

·글 : 이시부미 이치에이 / 그림 : 키쿠라게

[코믹스]

하이스쿨 DXD 1~11 (완)

·만화 : 미시마 히로지 / 원작 : 이시부미 이치에이

[화보집/팬북]

미야마 제로 화집 하이스쿨 DXD

·원작 : 이시부미 이치에이 / 그림 : 미야마 제로

하이스쿨 DXD 하렘킹 메모리얼

·원작 : 이시부미 이치에이 / 그림 : 미야마 제로, 키쿠라게

진 하이스쿨 DXD

1~2

◆

나, 효도 잇세이는 야릇한 방면에서 유명한 고3. 그리고 상급 악마다. 리아스의 권속이 되고 1년 반이 지난 지금은 리아스와 모두에게 프러포즈한 상황에서, 하렘왕 엔딩까지 앞으로 한 발짝 남은 상태였다!

그럴 때, 나는 정체불명의 악마들이 한 여자애를 덮치려는 걸 봤어! 악마들은 나를 모르는 눈치인데, 그 여자애는 나를 보고 뭔가 중얼거리고……

"이 피의 색깔은, 라즈베리보다 진한 붉은색. 당신의 갑옷과 똑같아."

자, 리아스에게 구원받은 시절의 나 같은 여자애를, 그냥 내버려 둘 순 없지! 하급 악마에서 성장한 내 힘을 보여주겠어!

 이시부미 이치에이 지음 | 미야마 제로 일러스트 | 2020년 1월 제2권 출간
청춘의 상상, 시동을 걸어라!

공녀 전하의 가정교사

1

"부유 마법을 그렇게 간단히 다루는 사람은 처음 봤어요."

"간단하니까요. 모두 하려고 하지 않을 뿐이에요."

사회의 기준에서는 측정할 수 없는 규격 외마법 기술을 가졌으면서도 겸허하게 살아가는 청년이 은사의 부탁으로 가정교사로서 지도하게 된 것은 '마법을 못 쓰는' 공녀 전하. 모두가 포기한 소녀의 가능성을 저버리지 않는 그가 가르치는 것은—— 상식을 파괴하는 마법수업!

소녀에게 봉인된 수수께끼를 해명할 때,
교사와 학생의 전설이 시작된다

나나노 리쿠 지음 | cura 일러스트 | 2020년 1월 출간
청춘의 상상, 시동을 걸어라!

마왕 토벌이 끝나고, 눈에 띄기 싫어서 길드 마스터가 되었다.
2

♦

평화로운 일상을 추구하며『은의 물병』을 경영하는 딕에게, 전 길드 마스터 셀레나에게서 심상찮은 의뢰가 들어온다.

숨겨진 비밀을 해명하고 자신을 의지하는 수인 소녀와 길드 마스터 자매에게 도움의 손길을 뻗는 딕. 그러나 왕도에 있는 길드들을 뒤흔든 일대 사건의 흑막은 아무래도 딕의 과거를 아는 숙명의 여자인 듯한데——?

*"언젠가 내가 원할 때,
나를 반드시 죽여 줘."*

인터넷 연재판에서 굴지의 인기를 끈 광기의 히로인 등장!
눈에 띄기 싫어하는 영웅, 그 과거가 밝혀지는 제2탄!

아카츠키 토와 지음 | 나루세 히로후미 일러스트 | 2020년 1월 출간
청춘의 상상, 시동을 걸어라!

세계의 비밀이 모습을 드러내는 액션 판타지, 제4탄

어째서 내 세계를 아무도 기억하지 못하는가

4

~신벌의 짐승~

영웅 시드의 검과 무술을 계승하여 '진정한 세계를 되찾겠다'고 결의한 소년 카이는 성령족 영웅, 리쿠겐 쿄코의 협력을 받아 수수께끼의 괴물 절제기관을 격파하면서 세계윤회를 초래한 원흉은 마지막 4영웅, 환수족의 라스이에로 좁혀졌다.

한편, 잔은 너무나도 순조로운 세계의 해방에 당혹감을 느끼면서도 환수족이 지배하는 슐츠 연방으로의 진출을 결의한다. 절제기관을 거느리고 암약을 계속하는 라스이에, 존재가 밝혀진 두 명의 '시드'――'이 세계의 비밀을 아는 자들'과 카이 일행이 만나게 될 때, 5종족 대전 뒤에 숨어있던 「진정한 지배자」가 눈을 뜨는데――.

사자네 케이 지음 | **neco** 일러스트 | **2020년 1월 출간**

청춘의 상상, 시동을 걸어라!

대마왕에게서는 도망칠 수 없다?!
평범함을 추구한 대마왕의 두 번째 인생, 스타트!

사상 최강의 대마왕, 마을 사람 A로 전생하다

2

일찍이 《용사》 리디아가 이끌었던 군세의 주요 멤버, '격동의 용사' 실피 메르헤븐. 오랜 세월을 뛰어넘어서, 《마왕》의 환생인 아드를 찾아 학원으로 전학을 왔다?!

아드＝《마왕》이라고 실피가 주장하자, 오히려 주변에서는 아드를 숭배하기 시작한다!

그리고 실피가 아드를 감시하는 와중에, 전통 행사인 학교 축제를 중지하라는 협박문이 오는데…… 아드는 모략의 소용돌이에 서게 되지만, 물론 이에 굴복할 이유는 없다!

내 패도를 가로막는 것은 없다.
대마왕은 모든 부조리를 유린한다!

 카토 묘진 지음 | 미즈노 사오 일러스트 | 2019년 12월 출간
청춘의 상상, 시동을 걸어라!